TIDE, TOD UND TÜDELKRAM

Elke Pistor, Jahrgang 1967, studierte Pädagogik und Psychologie. Seit 2009 ist sie als Autorin, Publizistin und Medien-Dozentin tätig. 2014 wurde sie für ihre Arbeit mit dem Töwerland-Stipendium ausgezeichnet und 2015 für den Friedrich-Glauser-Preis in der Kategorie »Kurzkrimi« nominiert. Elke Pistor lebt mit ihrer Familie in Köln.
www.elke-pistor.de

ELKE PISTOR

TIDE, TOD UND TÜDELKRAM

KRIMINALROMAN

emons:

Bibliografische Information der Deutschen Nationalbibliothek
Die Deutsche Nationalbibliothek verzeichnet diese Publikation
in der Deutschen Nationalbibliografie; detaillierte bibliografische
Daten sind im Internet über http://dnb.d-nb.de abrufbar.

MIX
Papier | Fördert
gute Waldnutzung
FSC® C083411

© Emons Verlag GmbH
Alle Rechte vorbehalten
Umschlaggestaltung: Nina Schäfer, unter Verwendung
eines Motivs von shutterstock.com/Alenka Karabanova,
shutterstock.com/USBFCO
Gestaltung Innenteil: DÜDE Satz und Grafik, Odenthal
Lektorat: Marit Obsen
Druck und Bindung: CPI – Clausen & Bosse, Leck
Printed in Germany 2022
ISBN 978-3-7408-0806-8
Originalausgabe

Unser Newsletter informiert Sie
regelmäßig über Neues von emons:
Kostenlos bestellen unter
www.emons-verlag.de

Dieser Roman wurde vermittelt durch die
Autoren- und Verlagsagentur Peter Molden, Köln.

Für Günni

Plunder gibt es immer wieder.

Annemie Engel

KAPITEL 1

Als Annemie Engel erwachte, wusste sie, dass es kein Tag wie jeder andere werden würde. Denn heute war der erste Urlaubsmorgen ihres Lebens. Das machte sie nervös. Mehr noch, es ängstigte sie. Was sollte sie mit sich anfangen, wenn sie nicht arbeiten konnte? Annemie Engel liebte ihre Arbeit und mochte keine Veränderungen. Sie freute sich, wenn ihre Tage planbar, überschaubar und berechenbar waren. Mit geschlossenen Augen genoss sie die letzten Augenblicke im warmen Bett. Sie stellte sich vor, wie sie gleich zu Hause aufstehen, ihren lindgrünen Bademantel mit Rosenmuster überziehen und in der Backstube einen ersten Kaffee trinken würde, bevor sie sich ans Werk machte. Heute standen neben den üblichen Sorten auch eine Tiramisu-Torte, eine Joghurt-Sahne-Torte mit Exotik-Früchten und eine Regenbogentorte auf dem Plan, denn heute war der erste Sonntag im Monat. Am zweiten Sonntag buk sie Schwarzwälder Kirsch, Velvet Cake und die Joghurt-Sahne-Torte mit Waldbeeren. Die Kundinnen und Kunden des Cafés liebten Annemies Joghurt-Sahne-Torten. Deswegen gab es sie am dritten Sonntag mit Schokolade und am vierten mit karamellisierten Haselnüssen auf und Karamellstreifen in der Creme. An den sehr seltenen fünften Sonntagen im Monat musste die Kundschaft auf diese Torte verzichten, denn Annemie hatte sich nach vielen Versuchen eingestehen müssen, dass es keine weitere Variante gab, die ihren Ansprüchen genügte.

Annemie fand es beruhigend zu wissen, was sie erwartete. Früher hatte sie im Voraus festgelegt, welche Marmelade sie an welchem Wochentag zum Frühstück aß. Doch das war vorbei, seit die jungen Leute bei ihr wohnten. Nun gab es Nuss-Nougat-Creme auf dem Frühstückstisch. Selbstverständlich selbst gemachte, die sie »Nussiolade« nannte, denn ein Blick auf die Zutatenliste der gekauften Gläser hatte Annemie einen Schauer über den Rücken und ihre Zuckerwerte in die Höhe gejagt, ohne dass sie auch nur einen Bissen davon gegessen hätte.

Die Regenbogentorte war Maike Assenmachers Idee gewesen. Die junge Ärztin war eine ihrer beiden neuen Hausgenossen. Maike hatte sich nicht nur in Annemies Mitbewohner Farin verliebt, sondern mit ihm gemeinsam auch Annemies Café aus dem Dornröschenschlaf erweckt, in dem es achtundzwanzig Jahre geschlummert hatte. Farin war der einzige Mann im Haus, sah man von den Katern ab. Wobei die natürlich aus unterschiedlichen Gründen nicht als volle Männer gerechnet werden konnten. Farin hatte eines Tages mit gepackten Koffern vor Annemies Tür gestanden und verkündet, er müsse nun bei ihr wohnen. Das ganze Warum und Wieso hatte sich erst nach und nach entblättert und mit Annemies Bruder Harald, einer explodierten Weihnachtsmarktbude und einem Todesfall zu tun gehabt, hinter dem wiederum völlig andere Gründe steckten. Aber das war eine ganz eigene Geschichte. Im Ergebnis wohnte Annemie nun nicht mehr allein, aß selbst gemachte Nuss-Nougat-Creme zum Frühstück und hatte in den letzten beiden Jahren mehr Veränderungen erlebt als in den vergangenen dreißig ihres Lebens zuvor.

Als Erstes hatten Maike und Farin den Stil des Cafés komplett umgekrempelt. Annemie konnte zwar nicht verstehen, warum sie die lackierten Buchenmöbel, die sie in den achtziger Jahren für teures Geld angeschafft und immer sehr gut gepflegt hatte, gegen Tische, Stühle, Sessel, Sofas, Regale und Kommoden austauschten, die aus den Anfängen des letzten Jahrhunderts stammten und allesamt Wurmlöcher aufwiesen. Ihren Einwand »Das sieht hier jetzt aus wie auf dem Sperrmüll!« hatten sie nicht gelten lassen, sondern ihr erklärt, das sei heute modern. Dass Maike und Farin die meisten Möbel tatsächlich vom Sperrmüll und die ursprüngliche Einrichtung noch für einen guten Preis verkauft hatten, linderte ihre Abneigung etwas, und sie hatte sich weitere Einwände verkniffen. Immerhin gaben sie so nicht unnötig Geld aus. Allerdings war Annemie den Möbeln erst einmal sehr gründlich und ausgiebig mit Politur zu Leibe gerückt, bis die alten Oberflächen wieder glänzten, auch wenn sie seither etwas streng rochen. Außerdem hatte sie darauf bestanden, die drei Pierrot-Figuren aus dem alten Café gut sichtbar aufzustellen.

Den Niedelsingern schien das Sammelsurium zu gefallen. Erst

waren nur ein paar Neugierige gekommen, dann die Nachbarn, die ebenfalls neugierig waren. Weniger auf das Café als auf sie, Annemie Engel, diese verschrobene alte Frau, die sich jahrzehntelang in ihrer Backstube verkrochen hatte und nie vor die Tür gegangen war, ehe sie nun auf einmal zusammen mit zwei jungen Leuten wieder das Leben ins Haus ließ. Den Neugierigen und den Nachbarn gefiel es im »Engelsstübchen«, wie das Café nun hieß, so gut, dass sie ihren Familien, Freunden, Freundinnen und den Menschen auf ihrer Arbeit davon erzählten. Woraufhin die Familien, Freunde und Freundinnen und die Menschen von der Arbeit ebenfalls ins »Engelsstübchen« kamen. Sie saßen auf den alten, wurmstichigen Stühlen, Sesseln und Sofas, aßen Annemies Torten und Törtchen und erzählten dann ihrerseits ihren Familien, Freunden und Freundinnen und den Menschen auf ihrer Arbeit davon. Schon nach kurzer Zeit wurde es schwer, einen freien Platz im Café zu finden.

Damit das so bleiben würde, hatten Farin und Maike Annemie überredet, neue Tortenrezepte zu kreieren. Annemies Torten waren himmlisch, aber auch die beste Buttercremetorte wird irgendwann langweilig. Und so kam die Regenbogentorte ins Spiel.

Zuerst hatte Annemie sich geweigert, war die Torte doch trotz ihrer vielen Farben geschmacklich eher eintönig gewesen. Aber dann hatte sie sich diesbezüglich etwas einfallen lassen, und seitdem konnte sie auch dieses Backwerk guten Gewissens verkaufen.

Annemie tastete mit ihrer Rechten nach den beiden Herren, die mit ihr das Bett teilten, fand aber nur Leere vor. Sie runzelte die Stirn. Belmondo und Engelbert von Adel, ihre stolzen Kater, die sonst immer auf den extra für sie ausgebreiteten Kopfkissen schliefen, schienen nicht da zu sein. Dabei hörte sie doch ihr leises Schnarchen. Sie wandte den Kopf zur Seite und öffnete die Augen. Was sie sah, irritierte sie. Neben ihr bauschte sich nur ein einziges Kissen und gar kein Kater. Da wurde es ihr wieder klar: Sie befand sich nicht in ihrem Bett in ihrem Haus in Niedelsingen, sondern in einer Pension im schönen Luftkurort Bad Nordersielergroden, und wer da schnarchte, war keiner ihrer

Kater. Das Geräusch drang durch die Tür zum Nebenzimmer und wurde von Werner Assenmacher, ihrem Begleiter auf dieser Reise, verursacht.

Annemie drehte sich auf den Rücken und starrte die Decke ihres Zimmers an. In den gesamten fünfundsechzig Jahren ihres Lebens war sie noch niemals in Urlaub gefahren, sah man von dem dreitägigen Fahrradausflug ab, den sie im Alter von siebzehn Jahren mit drei anderen Mädchen gemacht hatte. Wäre es nach ihr gegangen, hätte sich daran auch nichts geändert. Annemie lebte gerne in Niedelsingen. Sie musste nicht wegfahren. Wenn sie etwas Neues sehen wollte, schaute sie Reiseberichte im Fernsehen an oder fuhr in die nächstgelegene größere Stadt. Das aber eher ungern und nur, wenn es absolut notwendig war.

Wenn man berücksichtigte, dass sie bis zu Farins Auftauchen über Jahre noch nicht einmal ihr Haus verlassen hatte, kam schon eine Fahrt ins benachbarte Glimberg einem dreiwöchigen Urlaub gleich.

Jetzt lag sie hier und fragte sich, wieso um alles in der Welt sie sich zu diesem Urlaub hatte überreden lassen. Einfach ihre Backstube im Stich zu lassen, erschien ihr in diesem Moment als der größte Fehler ihres Lebens. Annemie machte sich Sorgen. Schaffte Farin es wirklich allein? Sie hatte ihm in den letzten Tagen jedes Detail noch einmal erklärt, alles aufgeschrieben und penibel darauf geachtet, dass sämtliche Gerätschaften einsatzbereit und die Vorräte aufgefüllt waren.

Farin hatte hoch und heilig versprochen, beim geringsten Zweifel anzurufen und sie um Rat zu fragen.

Annemie griff nach ihrem Handy, schaltete es an und suchte nach Hinweisen, ob Farin angerufen hatte. Maike hatte ihr verschiedene bunte Kästchen auf das Mobiltelefon geladen und ihr erklärt, was man damit alles machen konnte. Nachrichten schreiben, Fotos verschicken und Videos ansehen. Sogar telefonieren ging, auch wenn Annemie das bisher mangels Gelegenheit noch nicht ausprobiert hatte. Wen hätte sie damit anrufen sollen? Maike und Farin wohnten mit ihr in ihrem Haus, und Werner kam morgens, mittags und abends ins »Engelsstübchen«, um »nach dem Rechten zu sehen«, wie er sich ausdrückte.

Farin hatte sich nicht gemeldet. Dabei war es fast fünf Uhr. Annemie suchte seine Nummer und rief ihn an. Nicht dass er verschlafen hatte.

Das Freizeichen ertönte. Annemie wartete und lauschte in den Hörer. Es dauerte eine Weile, bis Farin das Gespräch annahm. »Käsekuchen, zwei Obstböden und die Schwarzwälder sind schon fertig, die Böden für zwei Regenbogen im Ofen und die Joghurt-Sahne-Torte in der Kühlung«, meldete er sich.

»Zwei Regenbogen?«

»Kindergeburtstag.« Im Hintergrund schepperte etwas.

»Kommst du denn zurecht, Herr Farin?«

»Ja.«

»Hast du keine Fragen?«

»Eigentlich nicht.«

»Hast du den Joghurt auch gut über Nacht abtropfen lassen?«

»Wie du es mir gesagt hast, Frau Annemie.«

»Hast du frische Beeren besorgt? Nimm nicht die tiefgekühlten. Es ist Sommer, die Leute wollen jetzt frisches Obst.«

»Maike war gestern auf dem Markt und hat wunderbare Beeren mitgebracht.« Farin lachte leise. »Loszulassen ist eine Kunst, die die Mutter lernen muss, damit das Kind laufen kann, sagte die Tante meiner Großmutter väterlicherseits immer.«

Annemie räusperte sich, sagte aber nichts. Farins weitläufige Verwandtschaft hatte einen ebenso großen Schatz an Lebensweisheiten aufzubieten, die er gerne bei jeder möglichen und unmöglichen Gelegenheit zum Besten gab.

»Maike und ich haben alles im Griff hier. Du solltest den Urlaub genießen, Frau Annemie. Einfach mal abschalten.«

»Ich genieße doch.«

»Mitten in der Nacht?«

»Selbstverständlich. Unsere Zeit hier ist begrenzt, und ich wollte einen frühmorgendlichen Strandspaziergang machen.« Das war ihr zwar gerade erst eingefallen, klang aber deutlich besser als das Eingeständnis, dass ihre innere Uhr sie geweckt hatte.

»Dann viel Spaß und einen schönen Gruß an die Möwen!« Farin beendete das Telefonat.

Annemie stellte sich vor, wie er jetzt zu dem Regal mit den Schüsseln ging, eine sauber glänzende herausnahm und die Zutaten für die nächste Torte abwog. Große Sehnsucht nach ihrer Backstube überkam sie. So also fühlte sich Heimweh an. Sie seufzte und legte das Mobiltelefon auf den Nachttisch. Dann schüttelte sie energisch den Kopf. Solche Sentimentalitäten wollte sie erst gar nicht aufkommen lassen. Wo kämen sie denn da hin? Sie stand auf, klaubte ihre Kleidungsstücke zusammen und ging ins Bad. Exakt dreißig Minuten später – warum sollte sie hier mehr Aufwand betreiben als zu Hause? – war sie bereit für den Tag. Das Schnarchen aus dem Nebenraum war verklungen. Ob Werner ebenfalls schon wach war? Dann könnten sie gemeinsam zum Spaziergang aufbrechen. Annemie trat an die Zwischentür, klopfte leise und lauschte. Stille. Sie klopfte erneut und legte ihr Ohr an die Tür.

Aus dem Nebenraum drang kein einziges Geräusch.

»Nicht dass ihm etwas zugestoßen ist«, murmelte sie und legte die Hand auf die Klinke. »In unserem Alter weiß man ja nie.« Sie drückte die Klinke hinunter und öffnete langsam die Tür zum Zimmer ihres Begleiters.

Getrennte Zimmer. Das war eine ihrer Bedingungen gewesen, als Maike und Farin ihnen diesen Urlaub geschenkt hatten. Denn auch wenn Werner keinen Hehl daraus machte, wie gerne er seine Jugendliebe zu Annemie wiederaufleben lassen würde, und auch wenn Annemie sich im Stillen eingestand, dass ihr dieser Gedanke ebenfalls nicht unangenehm war, so bestand sie doch auf Sitte und Anstand.

»Werner?« Sie schob die Tür gerade so weit auf, dass sie das Bett sehen konnte. Werner lag auf der Seite, seinen Arm um die zusammengeknüllte Bettdecke geschlungen, als wäre sie ein Mensch. Er rührte sich nicht. Annemie ging ins Zimmer, trat an sein Bett und beugte sich zu ihm hinunter. Vorsichtig hielt sie einen Finger unter seine Nase. Er atmete noch. Werner Assenmacher lächelte leicht im Schlaf.

Annemie richtete sich auf, betrachtete ihn schweigend, dann ging sie wieder hinaus und schloss leise die Tür. Sie brachte es nicht übers Herz, ihn zu wecken. Gegen die Morgenkälte zog sie die neue dicke Strickjacke über, die Maike extra mit ihr für diesen Urlaub gekauft hatte. Draußen wehte ein frischer Wind. Im kleinen Frühstückscafé »Zur Meeresbrise«, das der gleichnamigen Pension angeschlossen war, brannte noch kein Licht. Sonja Hansen, die Pensionswirtin, stand sicherlich in der Backstube und bereitete alles für das Frühstück der Gäste und den Tagesbetrieb vor.

Annemie kämpfte gegen den Drang an, Sonja Hansen ihre Hilfe anzubieten. Schließlich war sie hier, um Urlaub zu machen, sich zu entspannen, und nicht, um zu backen. Allerdings beschlich sie der deutliche Verdacht, dass Letzteres sehr zu ihrer Entspannung beitrüge. Vor allem, wenn sie dabei ihre geliebten Schlager singen könnte.

Was das betraf, musste sie allerdings zugeben, dass Farin und Maike ihr doch eine riesengroße Freude gemacht hatten. Denn neben den Bahntickets in den Norden hatten noch zwei weitere Ausdrucke gelegen. Zunächst hatte Annemie nicht gewusst, was das für Karten sein sollten, bis sie den in fetten Buchstaben aufgedruckten Namen gelesen hatte: Peter Juwel. Der Peter Juwel, dessen Schlager sie alle auswendig kannte. Der Peter Juwel, dessen Musik seit Jahrzehnten in ihrer Backstube erklang. Die Marzipantorte gelang immer besonders gut, wenn sie beim Backen seine Lieder sang. Der Peter Juwel, dessen Autogrammkarte von 1982 bis heute als Lesezeichen in ihrer Rezeptsammlung diente. Es waren Eintrittskarten für sein »Unsre Liebe schrieb das Leben«-Konzert. Das Programm versprach die größten Hits und die Premiere von gleich drei neuen Liedern. Außerdem sollte er auf diesem Konzert eine Goldene Schallplatte verliehen bekommen. Diese Information stand zwar nicht auf den Karten, aber Maike hatte sie in einer dieser Zeitungen gelesen, die bei ihrem Friseur auslagen, und Annemie umgehend davon berichtet.

Annemie trällerte leise vor sich hin. Von der Liebe, vom Leben und dem Glück und von der Tragik, die beides verband. Sie durchquerte den kleinen Garten der Pension, schloss die Gartenpforte hinter sich und spazierte in Richtung Strand.

Gestern hatte sie zum ersten Mal in ihrem Leben das Meer gesehen. Direkt nach der Ankunft hatte Werner sie zu einem

Spaziergang überredet. Sie war überwältigt gewesen. Die Luft, das Wasser, die Möwen. Alles war neu und wundervoll. Gut, für Annemies Geschmack waren auf der Strandpromenade etwas zu viele Menschen unterwegs gewesen. Kinder tobten, Hunde bellten, und irgendjemand hatte ein tragbares Radio deutlich zu laut aufgedreht. Aber Werner hatte sie eingehakt und sicher durch die wogenden Menschenmengen geleitet. Durch und durch ein Gentleman der alten Schule. So, wie Annemie es erwartete. Mit der Liebe hatte sie noch weniger Erfahrung als mit dem Verreisen. Aber aus vielen Filmen wusste sie, was sich gehörte. Der Herr warb um die Dame, mit Stil und Zurückhaltung. Schickte anonym rote Rosen – so wie Peter Alexander als Herr Leopold im »Weißen Rössl am Wolfgangsee« – oder andere kleine Aufmerksamkeiten. Nun hatte sie zwar bisher noch keine Rosen von ihm erhalten, weder anonym noch direkt, aber was nicht war, konnte ja noch werden.

Jetzt, um diese Uhrzeit, war der Strand vermutlich menschenleer. Die meisten Urlauber lagen noch in ihren warmen Betten. Annemie zog die Strickjacke vor der Brust zusammen. Sie fror. Die Luft war klar, aber klamm und schmeckte nach Salz. Sie überquerte den Bad Nordersielergrodenschen Marktplatz und bog hinter der Kirche rechts ab. Den Weg war sie gestern gemeinsam mit Werner gegangen. Als Nächstes kämen ein großes Schild mit dem Hinweis auf eine Gärtnerei und dann die Abzweigung zum Strand.

Annemie ging zügig, blieb aber nach hundert Metern stehen. Irritiert schaute sie sich um. Das sah anders aus als gestern. Oder erinnerte sie sich nur nicht richtig? Hätte das Gärtnereischild nicht bereits viel früher kommen müssen? Sie schaute sich um. Sollte sie sich wirklich verlaufen haben? So groß war Bad Nordersielergroden ja nun nicht, da sollte es doch möglich sein, den Weg zum Strand zu finden. Annemie beschloss, den eingeschlagenen Weg einfach so lange weiterzugehen, bis sie auf ein Gebäude stieß, das ihr bekannt vorkam. Oder auf ein Hinweisschild.

Beides kam schneller in Sicht, als sie erwartet hatte. An der Seitenwand des großen Supermarktes hing ein Wegweiser zum Kurpavillon, der sich wiederum ganz in der Nähe der Strandpromenade befand. Annemie wusste das deswegen so genau, weil sie Werner überredet hatte, schon einmal zu schauen, wo das Konzert mit Peter Juwel stattfinden würde und wo ihre Sitzplätze sein würden. Zu ihrem großen Bedauern war der Platz vor der Bühne gestern Abend allerdings noch nicht bestuhlt gewesen. Aber vielleicht war das jetzt anders. Sie konnte schauen, wo sie hinmussten, und vielleicht sogar schon Probe sitzen.

Annemie beschleunigte ihre Schritte. Sie sang laut von Leben, Lieben und Leidenschaft, hörte in ihrem Kopf die Musik und Peter Juwels Stimme, und es war ihr egal, ob ihre eigenen Töne schief und krumm waren. Hinter der nächsten Ecke erkannte Annemie den Pavillon. Der Platz vor der Bühne war leer. Immer noch keine Stuhlreihen. Doch etwas lag auf der Treppe, das gestern noch nicht da gewesen war.

Annemie blinzelte. Nicht etwas. Jemand. Ein Mensch. Annemie ging, so schnell sie konnte, bis sie die Person erreicht hatte. Sie beugte sich über den Mann.

Da lag Peter Juwel und rührte sich nicht.

KAPITEL 2

Der Sänger lag auf dem Rücken, das linke Bein in einem Winkel verdreht, der nicht gesund aussah. Hatte er genau wie Annemie zu dieser frühen Morgenstunde schon einmal die Bühne in Augenschein nehmen wollen und war dann gestürzt? Annemie berührte den reglosen Mann zaghaft an der Schulter.
»Herr Juwel?« Sie schüttelte ihn leicht.
Nichts.
»Hallo?« Sie nahm seine Hand, strich und klopfte sie kräftig. Mit dem Ärmel der Strickjacke blieb sie am eingerissenen Daumennagel des Toten hängen und zog sich ein paar Fäden aus dem Gewebe. Das durfte doch nicht wahr sein. Annemie wusste nicht, worüber sie sich mehr aufregte. Da hatte sie zum ersten Mal Gelegenheit, ihn live zu sehen, und auf einmal war er tot. Immerhin würde sich der Schaden an der Jacke wieder reparieren lassen. »Herr Juwel, können Sie mich hören?« Sie tätschelte seine Wange.

Wieder kam keine Reaktion. Seine Haut fühlte sich eiskalt an. Annemie hielt ihm wie zuvor Werner einen Finger unter die Nase. Außer der frischen Morgenbrise spürte sie nichts. Peter Juwel war tot. Entsetzt richtete sie sich auf und schaute sich um. Niemand zu sehen. Was konnte sie tun?

Die Polizei. Sie musste die Polizei informieren. Annemie griff in die Tasche ihrer Strickjacke und stöhnte leise auf, als sie darin nur Leere vorfand. Ihr Mobiltelefon lag auf dem Nachttisch neben ihrem Bett in der Pension. Sie hatte vergessen, es mitzunehmen.

»Ich bin es eben nicht gewohnt«, erklärte sie dem toten Peter Juwel im Tonfall einer Entschuldigung. »Wissen Sie, Maike hat mir schon sehr oft gesagt, wie wichtig es ist, sein Handy immer dabeizuhaben. Vor allem in Notfällen wie jetzt. Aber ich denke nie daran. Früher hatten wir so was ja auch nicht und sind klargekommen, oder nicht?«

Peter Juwel gab, wie zu erwarten gewesen war, keine Antwort.

Annemie zögerte. Was sollte sie tun? Hier ausharren und Totenwache halten, bis der nächste Spaziergänger, die erste Joggerin des Tages oder eine Hundebesitzerin beim frühmorgendlichen Gassigang vorbeikam? Womöglich würden die dann denken, sie hätte etwas mit dem Tod des Sängers zu tun. Und wenn es so war? Was – der Gedanke kam ihr mit Schrecken –, wenn Peter Juwel doch noch nicht tot war, sondern ihm noch geholfen werden könnte? Sie war Konditorin, keine Ärztin. Dann wäre sie, Annemie Engel, schuld an seinem Tod.

Ein weiteres Mal beugte sie sich zu ihm hinunter, lauschte, fühlte, rüttelte. Es half nichts. Ein Arzt musste her. Und die Polizei.

Annemie ging, so schnell sie konnte, in Richtung der Häuser. Als sie das erste erreicht hatte, klingelte sie Sturm. Die Leute würden die Polizei und den Notruf informieren, und sie könnte dann wieder zurück zum Strand und bei Peter Juwel ausharren, bis Hilfe kam.

Im Haus blieb alles still und dunkel. Entweder waren die Leute nicht zu Hause, oder sie schliefen mit diesem Knetgummizeug in den Ohren, denn die Klingel war nicht zu überhören. Annemie wartete noch einige Sekunden, dann lief sie weiter zum nächsten Haus. Doch auch hier reagierte niemand. Die Erklärung dafür entdeckte sie beim dritten erfolglosen Versuch. Ein Schild pries diese Häuser als Luxus-Feriendomizile an, sie waren noch nicht bewohnt. Annemie fragte sich, warum man in einem Ferienhaus einen Videoraum und Fitnessgeräte brauchte, wenn man die schönste Natur und viel Platz für Bewegung direkt vor der Haustür hatte. Vielleicht war sie nicht die Einzige, die so dachte, und deshalb standen die Häuser trotz des Sonderangebots, dessen Preis Annemie im Übrigen noch immer sehr beachtlich fand, leer. Nein. Es war das Beste, wenn sie sich direkt an die Polizei wandte. Was brachte es denn, hier von Haustür zu Haustür zu laufen, wenn niemand öffnete. Je weiter sie sich dabei von der Kurgartenbühne entfernte, umso länger würde sie für den Rückweg brauchen. Die Polizeistation befand sich am Marktplatz, und dort würde sie nun ohne weitere Umwege hingehen.

Immerhin brannte in den Fenstern der Polizeiwache Licht, als Annemie etwas außer Atem dort ankam. Sie hatte sich sehr beeilt, war fast gelaufen.

»Guten Morgen«, sagte sie, schnappte nach Luft und legte die Hände auf die hohe Theke, die sie von dem diensthabenden Beamten trennte. Sie hatte Mühe, darüber hinwegzuschauen.

»Mein Name ist Annemie Engel, und ich habe etwas zu melden.«

Der Beamte schaute sie an, rollte mit dem Schreibtischstuhl ein Stück zurück und gähnte. Dann stand er auf und kam zu Annemie.

»So mitten in der Nacht? Was haben wir denn?«

»Was *wir* haben, kann ich Ihnen nicht sagen, denn ich weiß ja nicht, wie es Ihnen geht.« Annemie musterte den jungen Mann. »Außer dass Sie eine Mütze Schlaf vertragen könnten, ist Ihnen so auf den ersten Blick nichts anzusehen. Was mich betrifft, ich persönlich habe auch nichts. Das kann man von dem Herrn, um den es geht, allerdings nicht sagen.«

»Und um welchen Herrn geht es?«

»Um Peter Juwel.«

»Was ist mit ihm?«

»Er ist tot.«

Jetzt kam doch etwas Bewegung in den Polizisten. Annemie sah förmlich, wie diese Mitteilung ihn in Spannung versetzte.

»Bitte genauer: Wer ist dieser Peter Juwel, in welchem Verhältnis stehen Sie zu ihm, wann ist er verstorben, und wo ist er jetzt?« Die Fragen prasselten auf Annemie ein.

»Sie kennen Peter Juwel nicht?« Für Annemie unvorstellbar.

»Nein. Tut mir leid.«

»Der Schlagerstar. Er gibt heute Abend …« Sie verstummte und korrigierte sich: »Er *sollte* heute Abend ein Konzert auf der Kurgartenbühne geben. Ich habe Karten, wissen Sie?«

»In welchem Verhältnis stehen Sie zu dem Toten?«

»Wie meinen Sie das?«

»Sind Sie mit ihm verheiratet? Ist er Ihr Partner?«

»Nein. Natürlich nicht.«

»Woher wissen Sie dann, dass er tot ist?«

»Ich habe seine Leiche gefunden. Auf ebenjener Kurgartenbühne, auf der er heute eigentlich auftreten sollte.«

»Sie haben seine Leiche gefunden? Jetzt gerade? Was machen Sie denn um diese Uhrzeit am Kurhaus?«

Annemie holte tief Luft und schloss für einen kurzen Moment die Augen. Selbst wenn man bedachte, dass sechs Uhr in der Früh für die meisten jungen Menschen eine unchristliche Zeit darstellte und sein Kopf nach einer langen Nachtwache sicherlich nicht mehr richtig arbeiten konnte, hätte sie bei einer solchen Meldung doch etwas mehr Aktivität erwartet. »Wollen Sie jetzt wirklich mit mir diskutieren, warum ich einen Strandspaziergang mache, oder wollen Sie mich dorthin begleiten, damit ich es Ihnen zeigen kann?«

Der junge Polizist wandte sich ab. »Harry? Hol mal den Wagen. Einer muss mit raus.«

In einem Türrahmen, den Annemie bisher nicht bemerkt hatte, erschien eine gleichfalls junge, wenn auch nicht ganz so müde wirkende Polizistin. Sie musterte Annemie über die Theke hinweg, nickte und zog einen Schlüsselbund aus ihrer Uniformhose. »Kommen Sie bitte. Sie müssen mir zeigen, wo Sie die Leiche gefunden haben.«

»Aber er war ganz sicher dort.« Annemie zeigte auf die Stelle am Fuß der Treppe. »Da hat er gelegen. Das linke Bein ganz verdreht. Ich bin zu ihm gegangen. Habe ihn an der Schulter gefasst. Ihn gerüttelt. Ihn angesprochen. Ich habe ihm sogar den Finger unter die Nase gehalten und nichts mehr gespürt.«

Annemie war vollkommen aufgelöst. Sie hatte sich das doch nicht eingebildet! Peter Juwel hatte dort mit verdrehten Gliedmaßen gelegen und keinen Mucks mehr von sich gegeben. Aber es war nicht zu leugnen: Jetzt lag er dort nicht mehr. Nicht die kleinste Spur von ihm.

»Frau Engel …«

Der Ton der Polizistin gefiel Annemie nicht. Er hatte so etwas Salbungsvolles. So eine vorgeschobene Güte und Geduld, wie man sie kleinen Kindern entgegenbrachte. Oder alten Leuten, die nicht mehr ganz richtig im Kopf waren.

»Reden Sie nicht so mit mir. Ich weiß, was ich gesehen habe.«

»Vielleicht hatten Sie ja nur einen schlechten Traum?««

»Ich träume nicht. Niemals.«

»Oder Sie haben es sich nur eingebildet?«

»Ich bilde mir auch nichts ein.«

»Manchmal denkt man, man hätte etwas gesehen, und dann war es doch nicht so.«

»Halten Sie mich für senil?«

Die Polizistin schwieg.

»Hören Sie. Ich bin weder senil noch verrückt. Peter Juwel lag hier auf diesen Stufen, vollkommen leblos.«

»Vielleicht ist er ja wirklich gestürzt und war für einen Moment bewusstlos. Sie haben ihn gefunden, und als Sie losgezogen sind, um uns zu informieren, ist er wieder wach geworden und nach Hause gegangen.«

»Dann sollten wir schnellstmöglich dorthin fahren und nachsehen, wie es ihm geht. So eine tiefe Bewusstlosigkeit kann Folgen haben. Von dem Bein ganz zu schweigen.« Annemie machte sich auf den Weg. Nach wenigen Schritten stoppte sie, weil sie bemerkte, dass die Polizistin ihr nicht folgte. »Was ist? Wir müssen uns beeilen.«

Die Polizistin verschränkte die Arme vor der Brust, blieb aber, wo sie war. »Frau …«, sie suchte kurz nach Annemies Namen, »Engel«, ergänzte sie zögerlich, bevor sie wieder eine Pause machte.

Annemie schwieg, obwohl sie innerlich brodelte. Wie konnte diese junge Frau da so tun, als wäre nichts geschehen?

»Frau Engel«, setzte die Polizistin erneut an. Sie sprach langsam und laut. »Wir werden jetzt nicht gemeinsam zu Herrn Juwel fahren, denn ich kann mir nicht vorstellen, dass er sonderlich begeistert wäre, um diese Uhrzeit aus dem Bett geholt zu werden.« Sie machte einen Schritt auf Annemie zu und streckte ihr in einer Geste den Arm entgegen, die wie eine Mischung aus Abführen und Unterhaken wirkte. Annemie ignorierte sie.

»Was ist mit den Krankenhäusern? Es wird doch sicherlich Krankenhäuser geben?«

»Natürlich, die St.-Ansgar-Klinik und das Städtische Krankenhaus. Aber auch dort werden wir nicht gemeinsam hinfahren. Jedenfalls nicht, um Peter Juwel zu suchen, Frau Engel.«

Annemie schnaubte und marschierte weiter. Wenn diese Polizistin nichts unternehmen wollte, blieb ihr nichts anderes übrig, als die Dinge selbst in die Hand zu nehmen. Ihr erster Spaziergang gestern mit Werner hatte sie bis zur Strandpromenade geführt. Dort stand das erste Haus am Platz. Ein historisches Gründerzeithaus mit sehr viel Eleganz. Die Zimmer nach vorne hinaus mit direktem Meerblick. In Annemies Augen die einzig würdige Bleibe für einen Star wie Peter Juwel. Und falls er dort nicht war – so groß war Bad Nordersielergroden nun auch wieder nicht, als dass sie die Krankenhäuser nicht finden würde.

»Frau Engel?«

Die Polizistin klang ein wenig irritiert, aber das kümmerte Annemie nicht. Unbeirrt setzte sie ihren Weg fort.

»Frau Engel.«

Jetzt schlich sich so etwas wie Strenge in den Tonfall. Annemie drehte sich nicht um. Wenn die Polizistin sie schon für eine alte und senile Frau hielt, konnte sie sich auch so verhalten.

»Frau Engel!«

Jetzt klang es, als hielte sie bereits die Waffe im Anschlag. Womöglich packte sie nun auch noch das Attribut schwerhörig oder stur auf die Liste. Oder beides. Annemie beschloss, sie in dem Glauben zu lassen. Hinter ihr schien sich die Polizistin in Bewegung zu setzen. Annemie hörte ihre Schritte immer näher kommen und ein weiteres »Frau Engel«, bevor sie sich unvermittelt festgehalten fühlte. Gezwungenermaßen blieb sie stehen.

»Ich bringe Sie jetzt zu Ihrer Pension, Frau Engel. Kommen Sie bitte mit«, sagte die junge Frau mit einer polizeilichen Strenge, die keinen Widerspruch mehr duldete. Sie deutete auf den Polizeiwagen, mit dem sie hierhergekommen waren. Der nächste Satz klang versöhnlicher. »Ruhen Sie sich noch ein wenig aus. Danach sieht die Sache sicherlich schon wieder ganz anders aus.«

»Du hast *was* getan?« Werner Assenmacher zog ein großes weißes Taschentuch aus der Hosentasche seines Schlafanzugs und tupfte sich damit über die Stirn.

Annemie hatte es nach ihrer Rückkehr in die Pension nicht mehr ausgehalten und Werner geweckt, um ihm ihre Erlebnisse zu berichten, obwohl es erst kurz nach sieben Uhr gewesen war. Dabei hatte es sie ausnahmsweise nicht gestört, dass er noch nicht angezogen war. Bei jeder anderen Gelegenheit hätte sie selbstverständlich vor der Tür gewartet, bis er den gestreiften Pyjama aus- und ein ordentliches Hemd samt Hose angezogen hätte. Aber ihre Aufregung war nach wie vor zu groß gewesen, um so lange auszuharren. So saßen sie nun in Werners Zimmer, Annemie in einem kleinen Sessel unter dem Fenster und Werner auf seinem Bett. Er hatte ihren Worten stumm bis zu der Stelle gelauscht, an der die Polizistin sie persönlich bis zur Haustür begleitet hatte.

»Ich habe ihr ein Trinkgeld gegeben.«

Werner starrte sie an, kniff kurz die Augen zusammen und betupfte erneut sein Gesicht. »Das meine ich nicht.« Das Tuch verschwand wieder in der Hosentasche. »Ich meine den toten Peter Juwel. Du hast seine Leiche gefunden?«

»Ja. Oder auch nein. Ich dachte, ich hätte seine Leiche gefunden. Als wir wieder dort ankamen, war von ihr jedoch nichts mehr zu entdecken.«

»Bist du dir da sicher?«

»Ja, natürlich bin ich mir sicher. Zuerst war sie da, dann, als ich die Stelle der Polizistin zeigte, nicht mehr.«

»Das meine ich nicht.« Werner griff wieder nach dem Tuch, behielt es aber nur in der Hand.

»Was meinst du dann?« Annemie wurde langsam ungeduldig. Wenn Werner nie das meinte, was sie aus seinen Worten heraushörte, würden sie beide ein Problem bekommen.

»Vielleicht hatte die Polizistin ja recht.« Werner rutschte auf seinem Bett hin und her. Beiläufig strich er die Bettdecke glatt.

»Womit?«

»Schau, Annemie. Nur weil du in Niedelsingen einen Mord aufgeklärt hast, bedeutet das nicht, dass nun auf einmal Leichen deinen Weg pflastern.«

»Was willst du damit sagen, Werner?« Annemie stand von dem Sessel auf. Sie richtete sich zu ihrer vollen Größe von einem Meter einundsechzig auf, straffte sich und betrachtete ihren Begleiter empört wie einen Hefeteig, der trotz aller Sorgfalt nicht aufgehen wollte.

»Vermutlich gibt es eine ganz einfache Erklärung, Annemie.«
»Bläst du jetzt in das gleiche Horn wie die Polizei, Werner?
Hältst du mich auch für eine senile alte Frau?« Annemie konnte
es nicht glauben.
»Nein. Aber Haralds Tod hat dir zugesetzt. Unsere Phantasie
spielt uns manchmal einen Streich und …«
»Ich habe keine Phantasie, Werner. Niemals.« Annemie
knöpfte den obersten Knopf ihrer Strickjacke zu, ging zur Tür
und verließ grußlos den Raum. In ihrem Zimmer zog sie die Jacke aus und hängte sie ordentlich auf einen Kleiderbügel. Kurz
zögerte sie. Sollte sie zurückgehen? So ein unvermittelter Abgang
war nicht besonders höflich. Aber Werner war auch nicht besonders höflich, wenn er ihren Worten keinen Glauben schenkte.

Unter ihrem Fenster stand der Zwilling des Sessels aus Werners Zimmer. Sie setzte sich darauf und schaute nach draußen.
Was, wenn die Polizei und Werner doch recht hatten und das
alles entsprang nur ihrer Einbildung? Die Sache mit ihrem Bruder Harald war nicht spurlos an ihr vorübergegangen, da hatte
Werner durchaus ins Schwarze getroffen. In stillen Momenten
trauerte sie um ihn. Vor allem aber bedauerte sie von Herzen die
vielen verschenkten Jahre, in denen sie wegen einer Reihe von
Missverständnissen und einem unnötigen Streit nicht miteinander gesprochen hatten. Wenn man sich so lange wie sie von
den Menschen ferngehalten hatte, wurde man vielleicht wirklich
etwas seltsam und bildete sich Tote ein, wo keine waren.

Annemie starrte auf die katerlosen Kopfkissen und hatte zum
zweiten Mal an diesem Tag Heimweh.

KAPITEL 3

»Kein Kuchen backt sich von allein.« Annemie sprach immer über alles mit ihren Katern und dachte gar nicht daran, ausgerechnet jetzt damit aufzuhören. Auch wenn die beiden nicht hier waren. Sie stützte ihre Hände auf den hohen Lehnen des Sessels ab und hievte sich hoch. Sie fühlte sich steif und unbeweglich. »Das kommt vom Nichtstun.« Sie rieb sich den Rücken. »Am besten wäre ich zu Hause geblieben. Aber es hilft ja nichts.«

Sie entschied sich gegen die Strickjacke und für den ebenfalls neuen, leichten hellgrauen Mantel, zog ihn an und musterte sich in dem schmalen, langen Spiegel an der Zimmertür.

»Ein Spaziergang entlang der Uferpromenade ist jetzt genau das Richtige«, sagte sie zu sich selbst. Kurz überlegte sie, Werner Bescheid zu geben. Aber in den Filmen ließen die Damen die Herren auch immer etwas schmoren, wenn man sich gestritten hatte.

Fünfzehn Minuten schnellen Schrittes später bereute Annemie eine ihrer Entscheidungen. Die morgendliche Frische hatte sich zu einer milden Brise gewandelt, und die Sonne schien von einem beinahe wolkenlosen Himmel. Der Mantel war zu warm. Sie zog ihn aus, legte ihn sorgsam gefaltet über ihren Unterarm, an dem sie ihre Handtasche trug, und fand sich sehr elegant. Passend zu den mondänen Häusern entlang der Promenade, in deren unteren Geschossen vornehme Geschäfte residierten. Bad Nordersielengroden war mehr als nur ein Kurort. Zumindest stand das in der kleinen Broschüre, die Farin und Maike neben den Konzertkarten in den Umschlag gesteckt hatten. Sie versprach stilvolle Erholung, vielfältige Kultur und unvergessliche Meeres(augen)blicke. Von Leichen vor der Freiluftkonzertbühne war darin nicht die Rede gewesen.

Annemie blieb vor einem Hotel stehen und blickte an der Fassade empor. »Hotel zur Kurpromenade« prangte in geschwungenen Lettern über dem Eingang, vor dem ein Portier in funkelnder

Uniform Wache hielt. Mit einer leichten Verbeugung öffnete er Annemie die Eingangstür, als sie die drei lang gezogenen Stufen hinaufging und die Empfangshalle betrat. Drinnen hielt sie den Atem an. So viel Pracht und Glanz in einem Raum hatte sie noch nie gesehen. An der Decke funkelten kristallene Kronleuchter, die dunkel gestrichenen Wände waren wie Bilder von schweren Goldrahmen eingefasst. Überall in der Halle verteilt standen kleine Gruppen von Ohrensesseln um zierliche Tischchen herum. In einigen dieser Sessel saßen Menschen, tranken Tee und unterhielten sich. Annemie überlegte, wie viele fleißige Hände notwendig waren, um das alles sauber zu halten. Sicherlich eine Menge. Aber auch wenn sie sich in ihrer Pension »Zur Meeresbrise« wunderbar aufgehoben fühlte, war sie nach wie vor davon überzeugt, dass Stars wie Peter Juwel selbstverständlich in so eine Umgebung gehörten. Zielstrebig ging sie auf den Empfang zu.

»Guten Morgen. Wie kann ich Ihnen helfen?« Der Herr hinter dem Empfangstresen hätte ebenso gut der Vater einer Braut sein können. Sein schwarzer Anzug saß perfekt, das helle Hemd strahlte makellos weiß. Nur ein kleines Ansteckschild an seiner Brusttasche wies ihn als jemanden aus, der hier arbeitete und nicht residierte.

»Guten Morgen. Mein Name ist Annemie Engel, und ich mache zurzeit Urlaub hier.«

»Sie sind Gast bei uns im Haus?« Annemie sah, wie es in ihm arbeitete.

»Nein. Ich wohne in der Pension ›Zur Meeresbrise‹.«

»Aha.« Er räusperte sich. »Was kann ich denn für Sie tun?«

»Ich möchte gerne zu Herrn Juwel. Peter Juwel«, schob sie schnell hinterher – für den unwahrscheinlichen Fall, dass auch er nicht wusste, wer das war. Wobei man von einem Hotelangestellten erwarten durfte, die Gäste zu kennen. Aber da er bei ihr auch nicht sicher gewesen war, hielt Annemie es für das Beste, ihm weitere Informationen zukommen zu lassen. »Herr Juwel soll heute Abend auf der Kurparkbühne ein Konzert geben. Heute Morgen habe ich ihn …« Annemie verstummte kurz und überlegte, wie sie den Satz beenden konnte, ohne dass ihr Gegenüber sie ebenfalls sofort in die Schublade »verrückte Alte« legen würde. »Ich habe ihn heute Morgen auf der Promenade getroffen, und da fühlte er sich nicht gut. Können Sie mir bitte sagen, wie es ihm jetzt geht?«

Der Hotelangestellte hinter dem Empfangstresen lächelte, als bisse er in ein misslungenes Zitronentörtchen. »Es tut mir leid, aber zum einen gibt es bei uns keinen Gast mit dem Namen Juwel. Zum anderen dürfte ich Ihnen auch keine Auskunft geben, selbst wenn der Herr unser Gast wäre. Höchste Diskretion ist einer unserer Grundsätze.«

»Hören Sie, junger Mann. Peter Juwel ist ein Star. Glauben Sie, er steigt in irgendeiner Kaschemme ab? Jetzt schauen Sie doch bitte einmal in Ihre Bücher.«

»Ich habe bereits nachgesehen.« Er wies mit einer Hand auf den Computerbildschirm. Keiner unserer Gäste trägt diesen Namen.«

»Sind Sie sicher? Es ging ihm gar nicht gut.«

»Natürlich bin ich sicher.« Der Mann richtete sich zu seiner vollen Größe auf und zog sein Jackett straff. Er wirkte in seiner Ehre beleidigt. Annemie verharrte kurz.

»Danke.« Sie wandte sich ab und ging Richtung Ausgang.

»Warten Sie.« Der Hotelangestellte kam hinter dem Empfang hervor und eilte ihr nach. Annemie schaute ihn über ihre Schulter hinweg an. Das Zitronentortige war aus seinem Gesicht verschwunden. Er hielt einen Prospekt in der Hand.

»Sie scheinen sich wirklich Sorgen um den Herrn zu machen, Frau Engel.« Er reichte ihr den Prospekt. »In Bad Nordersielergroden gibt es viele gute Hotels und Pensionen. Vielleicht ist er in einem anderen Haus abgestiegen. Hier stehen alle Adressen und Telefonnummern drin.« Er lächelte nun wieder freundlich. »Viel Glück.«

Vor der Tür steuerte Annemie auf die nächste Bank zu. Sie setzte sich, sah zu dem Hotel hinüber und dachte nach. Wenn Peter Juwel, was sie immer noch nicht recht fassen konnte, nicht hier abgestiegen war, sondern in einem der vielen anderen Hotels, hatte sie eine Menge Arbeit vor sich. Sie blätterte in dem Prospekt und überschlug kurz die Zahl der genannten Hotels. Das waren sicher mehr als dreißig Adressen. Ganz hinten fand sie auch die Anschriften der beiden Krankenhäuser. Das St. Ansgar lag ganz in der Nähe. Die Hotels konnte sie unmöglich alle zu Fuß ablaufen. Blieb nur das Telefon.

Sie öffnete ihre Handtasche und suchte ihr Handy. Als sie es endlich ganz unten gefunden, ans Tageslicht gezogen und angeschaltet hatte, hielt sie es einen Moment in der Hand. »Rasenmäher, Werner« stand auf ihrem Display. Die Autokorrektur hatte beim Eintrag in das Telefonbuch aus Assenmacher »Rasenmäher« gemacht. Bisher hatte sie noch keine Gelegenheit gefunden, Maike zu bitten, ihr zu zeigen, wie sie das berichtigen konnte. Werner hatte also angerufen. Drei Mal. Wollte er sich entschuldigen? Annemie beschloss, ihn nicht zurückzurufen. Solche Dinge erledigte man besser von Angesicht zu Angesicht. Er musste sich noch etwas gedulden, bis er sie um Verzeihung bitten durfte.

Annemie schlug die Seite mit dem Hotelverzeichnis auf und klappte sie direkt wieder zu. Was, wenn Juwel der falsche Name war? Wenn Peter Juwel nicht als Peter Juwel im Hotel abgestiegen war? Vielleicht war Juwel ein Pseudonym. Wenn Annemie es recht bedachte, war das sogar sehr wahrscheinlich. Menschen hießen Müller oder Yilmaz oder Nowak oder Rossi, nicht Juwel. Wie seltsam, dass sie bisher noch nie auf die Idee gekommen war. Für sie hieß ihr Lieblingssänger eben Peter Juwel und nicht anders. Allerdings hatte sie keine Ahnung, wie dieser andere Name lauten könnte. Also konnte sie auch nicht danach fragen. Aber sie konnte anders vorgehen.

Wieder nahm sie sich ihr Handy vor, versuchte sich zu erinnern, was Maike ihr über den Umgang mit dem weltweiten Netz beigebracht hatte. Nach dem dritten Versuch hatte sie Erfolg. Ein strahlender Peter Juwel schaute sie von ihrem Display aus an.

Annemie stand auf und ging zu dem Portier am Eingang.

»Kennen Sie diesen Herrn?«, fragte sie und hielt ihm das Telefon entgegen. Der Mann trat einen Schritt näher, blinzelte und betrachtete das Foto.

»Natürlich. Das ist doch Peter Juwel. Wer kennt den nicht? ›Unsre Liebe schrieb das Leben, hart geprüft und doch bestanden …‹« Er sang die ersten Takte des Liedes leise vor sich hin und wiegte sich dabei in den Hüften, ehe er sich wohl erinnerte, wo er sich gerade befand und was seine Aufgabe war. Sofort wurde er wieder ernst und nahm Haltung an. Annemie schöpfte Hoffnung.

»Dann ist er doch hier?«, wollte sie wissen.

»Meinen Sie hier, in unserem Haus?« Der Portier schüttelte den Kopf. »Nein. Da muss ich Sie leider enttäuschen.«

Das kleine Fünkchen Hoffnung verschwand so schnell wie Mini-Muffins in Kindermündern. Annemie bedankte sich bei dem Portier, stieg die wenigen Stufen zur Uferpromenade hinunter und wandte sich in Richtung St.-Ansgar-Klinik. Nach einer kurzen Wegstrecke entdeckte sie ein erstes Hinweisschild, das eine nur noch geringe Entfernung bis zum Ziel versprach. Unterwegs erkundigte sie sich noch in zwei weiteren Hotels und einer Pension nach Peter Juwel und zeigte auch jedes Mal das Foto. Die Besitzerin der Pension hatte zwar ebenfalls eine Eintrittskarte für das Konzert am Abend, teilte Annemie aber zu ihrem sehr großen Bedauern mit, Herr Juwel logiere leider nicht in ihrem Haus.

Das St. Ansgar war ein altehrwürdiger Bau aus dicken Basaltsteinen. Genau in der Mitte des lang gestreckten Gebäudes befand sich der Eingang in einem großen Torbogen. Darüber erhoben sich eine weitere Etage und ein Dachgeschoss, das mittig platziert genau halb so breit war wie die beiden unteren Etagen. Oben auf dem Dach thronte ein leuchtturmähnliches Zwiebeltürmchen. Die Fenster waren sehr gleichmäßig verteilt und lagen exakt übereinander. Annemie mochte das Gebäude auf Anhieb. Ihr gefielen solche symmetrischen Strukturen, und sofort überlegte sie, wie sie eine Torte in dieser Art backen könnte. Die Etagen und den Turm als Schichten aus dunklem Sachertortenteig, dazwischen jeweils eine leckere Creme. Für die Fenster fiele ihr auch noch etwas ein. Die entscheidende Frage war, ob die Torte ein Mäntelchen bekommen sollte oder nicht. »Naked Cake« hieß das heute. Wobei Annemie sich immer noch nicht sicher war, ob dieser Trend nicht eher daher kam, dass ein schöner und glatter Überzug sowohl Übung als auch Können verlangte.

Vor dem Torbogen blieb sie stehen und schaute nach oben. Ein Schokoüberzug käme in Frage. Dann rief sie sich selbst zur Ordnung. Schließlich war sie nicht hier, um neue Torten zu erfinden. Und wie würde sie so eine Torte überhaupt nennen? Schoko-Haus? St. Ansgars Versuchung? Nein. Darum ging es jetzt wirklich nicht. Jetzt ging es darum, Peter Juwel zu finden und sich zu vergewissern, dass es ihm gut ging. Und auch darum, sich selbst zu beweisen, dass sie nicht senil war. Allerdings würde ihr, daran erinnerte sie sich noch aus der Zeit mit Harald, das Krankenhaus keine Auskunft geben dürfen. Sie war mit Peter Juwel weder verwandt noch verschwägert und kannte ja noch nicht einmal seinen richtigen Namen. Sie konnte also nicht einfach zum Empfang gehen und sich nach ihm erkundigen. Sie musste ihn schon selbst suchen. So groß war das Krankenhaus nicht, als dass das nicht gelingen konnte. Und eine freundliche alte Dame würde auf ihrem Weg durch die Eingangshalle sicher niemand aufhalten.

Annemie fasste sich ein Herz, betrat das Krankenhaus, fand sofort den Hinweis zu den Stationen und ging zielstrebig darauf zu. Aus dem Augenwinkel erkannte sie eine weitere Person, die einige Schritte hinter ihr in die Eingangshalle kam. Es war die junge Polizistin. Sie hatte Annemie nicht erkannt. Vielleicht brachte sie die geordnete Frisur und den eleganten Mantel nicht mit der windzerzausten alten Frau in Strickjacke von heute Morgen in Verbindung.

Trotz des Risikos, von ihr entdeckt zu werden, beschloss Annemie, in der Nähe zu bleiben, um zu hören, was die Polizistin hier wollte. Verdeckt von einer Säule, standen nahe dem Empfang einige Sessel für Besucher und Patienten bereit. Annemie setzte sich mit dem Rücken zu der Krankenhausmitarbeiterin in einen der Sessel und bemühte sich, möglichst viel von dem Gespräch mitzubekommen. Es drangen zwar nur Gesprächsfetzen zu ihr herüber, doch es ging wirklich um Peter Juwel. Den Namen verstand sie deutlich. Die Antwort der Dame am Empfang ging jedoch im Lärm einer Gruppe Pflegerinnen unter, die die Halle durchquerten.

Annemie riskierte einen vorsichtigen Blick über die Schulter.

Die Polizistin hielt der Dame vom Krankenhaus gerade ein Foto hin. Die Befragte schüttelte bedauernd den Kopf und verwies die Polizistin an die Notaufnahme. Annemie erhob sich und folgte ihr in gebührendem Abstand.

»Kann ich Ihnen helfen? Suchen Sie etwas?« Eine Pflegerin stand mit einem Mal neben Annemie. Sie hatte sie nicht kommen hören, was sicherlich an diesen leisen Schuhen lag, die heutzutage alle trugen. Früher waren die Ärzte und Schwestern mit anständigen Holzpantinen durch die Gänge geklappert. Da war man wenigstens gewarnt.

»Nein danke.« Annemie nickte ihr kurz zu und versuchte gleichzeitig, die Polizistin nicht aus den Augen zu verlieren.

»Sind Sie Besucherin? Zu den Stationen geht es nämlich dort entlang.« Sie wies in die entgegengesetzte Richtung und lächelte freundlich.

Unter anderen Umständen hätte Annemie sich über die höfliche junge Frau gefreut. Das war heutzutage nicht mehr selbstverständlich, dass die Jugend dem Alter mit Respekt begegnete. Eine Erfahrung, auf die sie nach den langen Jahren ihrer Abgeschiedenheit sehr gerne verzichtet hätte. Trotzdem musste sie die sympathische Schwester so schnell wie möglich loswerden, wenn sie noch eine winzige Chance haben wollte, die Polizistin zu belauschen.

»Danke. Ich befinde mich durchaus auf dem richtigen Weg und brauche keine Hilfe.« Sie sah die Pflegerin streng an. Vielleicht half das ja. Dann wandte sie sich von ihr ab und wollte weiter in Richtung Notaufnahme, wurde aber durch einen Beinahe-Zusammenprall abrupt gestoppt.

»Frau Engel.« Die Polizistin trat einen Schritt zurück. »Was machen Sie hier?«

»Was macht eine alte Frau schon in einem Krankenhaus? Einen Tanzkurs besuchen?«

»Geht es Ihnen nicht gut?« Wieder die Pflegerin. So langsam ging Annemie deren Helferdrang doch auf die Nerven.

Die Polizistin musterte Annemie misstrauisch. »Ihre Anwesenheit hier hat nicht zufällig etwas mit dem Vorfall von heute Morgen zu tun?«

»Natürlich nicht.«

»Sie suchen also nicht nach Peter Juwel?«

»Mir war nur von all der Aufregung etwas übel, und deswegen dachte ich, es sei sinnvoll, einen Arzt aufzusuchen.« Annemie strich über ihr Kleid. »Aber wenn ich es mir recht überlege, geht es mir schon wieder besser.« Sie nickte der Pflegerin zu. »Danke für Ihr Bemühen. Ich finde selbst hinaus.« Sie drehte sich um und marschierte in Richtung Ausgang.

Mit zwei Schritten hatte die Polizistin sie eingeholt und ging neben ihr her. »Frau Engel. Um ganz sicher zu sein, dass Sie keinen weiteren Unsinn machen, werde ich Sie jetzt wieder in Ihre Pension fahren. Versprechen Sie mir, diese Angelegenheit uns zu überlassen?«

Annemie blieb stehen. »Also ist es jetzt doch eine Angelegenheit für Sie?«, fragte sie mit leichtem Triumph in der Stimme.

»Wir erkundigen uns lediglich nach dem Verbleib des Herrn.«

»Weil Sie mir jetzt doch glauben, dass er dort gelegen hat?«

»Was wir glauben oder nicht, ist erst einmal nicht wichtig. Was für uns zählt, sind Fakten. Und die trage ich gerade zusammen.«

»Was haben Sie denn schon alles für Fakten gesammelt?«

»Das darf und werde ich Ihnen nicht sagen, Frau Engel.« Sie verließen gemeinsam das Gebäude. »Dort hinten steht der Wagen.«

Werner Assenmacher erkundigte sich nicht, ob sie der Polizistin wieder ein Trinkgeld gegeben hatte. Er sagte auch nichts dazu, dass Annemie heute bereits zum zweiten Mal in einem Polizeiwagen vorgefahren kam. Ganz im Gegenteil.

Kaum hatte Annemie das Grundstück betreten und das Gartentürchen hinter sich geschlossen, trat Werner aus dem Haus und hielt ihr einen tropfenden Blumenstrauß entgegen. Tulpen mit einer Menge Grünzeug. Keine Rosen, aber immerhin.

»Wie schön. Du bist wieder da!«

Annemie machte keine Anstalten, die Blumen entgegenzunehmen. Was genau war damit nun zu tun? Natürlich wusste sie, was man normalerweise mit Blumensträußen tat. Man kaufte sie und stellte sie in eine passende Vase. Aber was veranstaltete man mit

Blumen, die einem unvermittelt unter die Nase gehalten wurden? Wie sollte sie reagieren? Sie versuchte, sich an die gesehenen Filme zu erinnern, um Fehler zu vermeiden. Sollte sie verzückt daran schnuppern und dann ihrem Liebsten in den Arm fallen und ihn leidenschaftlich küssen? Nein. Das kam immer erst am Ende des Films. Erwartete Werner etwa etwas in dieser Art? Aber waren sie denn für solcherlei Unternehmungen nicht beide schon ein bisschen zu alt? An solche Szenen mit Schauspielern in ihrem Alter konnte Annemie sich nicht erinnern.

Werner ließ Blumen und Schultern sinken. »Ich möchte mich bei dir entschuldigen, Annemie. Selbstverständlich halte ich dich nicht für senil, und schon gar nicht misstraue ich deinen Worten.« Die Hand mit dem Strauß wanderte wieder nach oben.

»Sie haben Ihrem Verehrer einige schwere Stunden bereitet, Frau Engel.« Sonja Hansen trat aus dem Haus und lachte ein herzliches Lachen. Sie musste Annemies Ankunft durch die Fenster des Cafés beobachtet haben. »Er hat sich große Sorgen um Sie gemacht. Jetzt erlösen Sie ihn schon.«

Annemie sah zwischen der Pensionswirtin und Werner Assenmacher hin und her. So verhielt es sich also, wenn man für einen anderen Menschen wichtig war. Wenn sich jemand Sorgen um einen machte. Annemie war sich nicht sicher, wie sie das fand. So viel Aufmerksamkeit. Sie beschloss, es zu genießen.

»Haben wir eine Vase?«, fragte sie, nahm die Blumen und ging ins Haus.

KAPITEL 4

»Kuchen löst keine Probleme. Aber Äpfel tun das ja auch nicht.«
Sonja Hansen stellte je einen Teller mit einem großen Stück Kuchen vor Annemie und Werner ab. »Nach so einem aufregenden Vormittag haben Sie sich ein schönes Stück redlich verdient.«
Annemie hob den Teller auf Augenhöhe, drehte ihn und schnupperte an der Torte. Dann stellte sie den Teller wieder ab, nahm ihre Kuchengabel zur Hand und stach ein Stück davon ab. Wieder begutachtete sie es und roch daran, bevor sie es sich in den Mund steckte. Einen Moment lang behielt sie es im Mund, schloss konzentriert die Augen, dann erst kaute und schluckte sie.

»Was ist Ihre Freundin? Kuchensommelière?« Sonja Hansen war mit der Kaffeekanne in der Hand neben dem Tisch der beiden stehen geblieben.

»Ihr Name ist Annemie Engel, und sie ist die wohl größte Konditorin der Welt«, sagte Werner Assenmacher mit Stolz in der Stimme. Annemie verschluckte sich, hustete und öffnete die Augen. »Gut, ich gebe zu, das ist ein abgewandeltes Zitat über den berühmten Detektiv Hercule Poirot aus … warten Sie, gleich fällt es mir ein …« Er versenkte ebenfalls seine Gabel im Kuchen.

»Ah ja, aus ›Der blaue Express‹ von Agatha Christie. Aber es ist die Wahrheit.«

»Agatha Christie kannte Frau Engel?« Sonja Hansen wirkte verblüfft.

»Werner.« So wie Annemie den Namen aussprach, konnte es alles bedeuten. Von »Werner, sei jetzt still, du übertreibst maßlos mit deiner Schmeichelei, und es ist mir peinlich, so gelobt zu werden« über »Werner, sei jetzt still, ich möchte in Ruhe meinen Kuchen essen« bis hin zu »Werner, sei jetzt still, verwirre die gute Frau doch nicht so«. Und genau so meinte sie es auch. In dieser Reihenfolge.

Annemie verstand auf einmal, wieso Unterhaltungen bei langjährigen Paaren oft mit wenigen Worten auskamen. Und Werner verstand, was sie sagen wollte, obwohl sie beide kein Paar und erst recht kein langjähriges waren. Andererseits konnte Werner auf langjährige Eheerfahrungen ohne Annemies Beteiligung zurückblicken. Mit Maikes Mutter war er bis zu deren Tod verheiratet gewesen, und nichts von dem, was Maike oder er über diese Zeit erzählt hatten, deutete auf eine schwierige Ehe hin. Im Gegenteil. Er dachte immer noch liebevoll an seine verstorbene Frau und hatte Annemie bei einem Glas Wein freimütig und beinahe zärtlich von ihr erzählt. Kannte er diesen Ton also vielleicht von seiner verstorbenen Frau, und war eines der Geheimnisse ihrer guten Ehe gewesen, dass er die Kunst der Unterhaltung mit wenigen Worten verstand?

Werner verstummte. Annemie bemerkte seinen Gesichtsausdruck und war verunsichert. Er sah aus wie jemand, dem gerade die letzte Rosinenschnecke vor der Nase weggeschnappt worden war.

»Werner ist Buchhändler, müssen Sie wissen. Ein sehr guter.« Vielleicht konnte sie damit etwas wiedergutmachen. Sie wusste es nicht. Sie hatte ja noch nicht einmal kurzfristige Erfahrungen in Liebesdingen. »Er liebt Kriminalromane.«

»Da sind Sie beide ja ein echter Glücksfall für mich. Ich habe leider nie Zeit zum Lesen. Dabei liebe ich gute Geschichten beinahe genauso sehr wie gute Torten.« Sonja Hansen zog einen Stuhl vom Nebentisch heran und setzte sich zu ihnen. »Darf ich?«

Annemie und Werner nickten. Annemie war froh über das unverfängliche Thema des Gesprächs. Über Torten konnte sie sich besser unterhalten als über Tote oder, noch schlimmer, über die Frage, ob sie nun, wie Sonja Hansen es genannt hatte, »Werners Freundin« war. Konnte man so was in ihrem Alter überhaupt sein? Jemandes Freundin?

»Backen Sie die Torten für Ihr Café denn selbst?«

»Ja selbstverständlich. Die Torten und auch die Brötchen für das Frühstück. Keine Backmischung, eigene Rezeptur.« Sonja Hansen rückte mit dem Stuhl ein Stück näher an den Tisch heran.

Annemie nickte wohlwollend. Alles andere hätte sie enttäuscht, und sie nahm sich vor, diese Brötchen gleich morgen zu kosten.

»Vielleicht verraten Sie mir eines Ihrer Rezepte, und ich probiere es aus, während Sie hier bei mir sind«, sagte die Pensionswirtin und ergänzte an Werner gewandt: »Und Sie geben mir einen Tipp für ein Buch, das ich auch in ganz kleinen Abschnitten lesen kann. Abschnitte, die zwischen den Moment, in dem ich abends müde ins Bett falle, und den, in dem mir die Augen zufallen, passen. Die also genau zwei Minuten lang sind.«

»Mir wird sicherlich etwas einfallen, womit ich Sie vielleicht sogar fünf Minuten bei der Stange halten kann«, sagte Werner. »Manche Bücher sind es wert, auf Schlaf zu verzichten, und haben eine doppelt so gute Erholungswirkung.«

Annemie nickte. »Ich verrate Ihnen eines meiner Rezepte – aber nur unter einer Bedingung.«

»Welche?«

»Sie lassen mich in Ihre Backstube, und ich zeige es Ihnen.«

»Annemie, wir haben doch Urlaub.«

»Ein paar freie Tage sind noch lange kein Grund, nicht zu backen, Werner.« Sie stach einen weiteren Bissen von dem Kuchen ab und aß ihn genüsslich auf. »Dieser hier ist Ihnen übrigens ganz hervorragend gelungen, Frau Hansen.«

»Was glauben Sie denn, was ich in meiner Handtasche habe?« Annemie baute sich entrüstet vor der Sicherheitsmitarbeiterin auf, die in dunkelblauer Uniform und mit einem martialisch wirkenden Gürtel samt Funkgerät an der Eingangsschleuse zum Konzertgelände stand. Wie der Platz vor der Kurgartenbühne in der kurzen Zeit eine solche Wandlung erfahren konnte, war Annemie ein Rätsel. Wo heute Morgen noch eine freie Fläche in der Morgensonne gelegen hatte, erstreckten sich nun Stuhlreihen, umgeben von einem menschenhohen Bretterzaun, der zufällig Vorbeigehenden den Blick auf die Bühne verwehrte.

Der Zaun war an drei Stellen offen. Dort befanden sich die Einlasskontrollen. Lange Schlangen hatten sich davor gebildet. Es ging nur sehr langsam vorwärts. Schon als sie in der Schlange gewartet hatten und von einem Bein aufs andere getreten waren, hatte Annemie bezweifelt, ob sie es bis zum angekündigten Konzertbeginn bis auf ihre Sitzplätze schaffen würden. Warum hielten die Leute denn den Verkehr so auf? Nur das Wissen, gleich entweder Peter Juwel auf der Bühne singen zu hören oder ihre Beobachtungen bestätigt zu bekommen, hatte Annemie durchhalten lassen, bis sie schließlich an der Reihe waren.

»Es sind nur Taschen bis zu einer Größe von DIN A4 erlaubt«, sagte die Sicherheitsmitarbeiterin. »Ihre Tasche ist mindestens dreimal so groß.«

»Ich besitze nur diese eine Handtasche.«

»Aber sie ist zu groß.«

»Das ist Ansichtssache. Wie soll ich denn sonst die beiden Sitzkissen, unsere Getränke und die Butterbrote transportieren? Können Sie mir das bitte erklären?«

»Glasflaschen und mitgebrachte Lebensmittel sind ebenfalls verboten.« Die Frau wirkte zunehmend ungeduldig. Sie fuchtelte mit einer kleinen Taschenlampe herum. »Bitte öffnen Sie Ihre Tasche.«

Annemie tat wie ihr geheißen, wenn auch unter Protest. »Wenn ich meine Getränke und mein Butterbrot nicht mit hineinnehmen darf, bin ich ja gezwungen, etwas zu kaufen. Das ist doch viel zu teuer.«

Die Sicherheitsmitarbeiterin zeigte auf die beiden Wasserflaschen und das in Servietten gewickelte Paket mit den Broten, dann auf eine Mülltonne. »Das müssen Sie entsorgen. Damit darf ich Sie nicht hineinlassen.«

»Lebensmittel einfach wegwerfen? Kommt gar nicht in Frage.« Annemie musterte die Frau und schätzte sie auf höchstens Mitte zwanzig. »Ihre Generation pocht doch immer so auf … wie nennen Sie das? Ach ja, Nachhaltigkeit. Butterbrote wegzuwerfen, ist nicht besonders nachhaltig.« Sie griff nach dem Butterbrotpaket, holte es aus der Tasche und öffnete es. Dann nahm sie sich eines der Brote, hielt Werner das Paket hin und reichte es, nachdem auch er zugegriffen hatte, nach hinten weiter. »Bedienen Sie sich bitte. Es gibt welche mit Käse, welche mit Schinken und welche mit Salami.« Jemand nahm das Paket entgegen, das in der Reihe der Wartenden verschwand. »So. Und nun zu den Flaschen.«

Annemie wandte sich wieder an die Sicherheitsmitarbeiterin. »Wir stellen sie hier neben Ihrer Tonne ab, und ich werde sie am Ende der Veranstaltung wieder abholen. Nur die Pappbecher behalte ich. Leitungswasser löscht auch den Durst.« Die Sicherheitsmitarbeiterin öffnete den Mund, um etwas zu sagen, entschied sich aber unter Annemies gestrengem Blick gegen eine Erwiderung. Wortlos nahm sie die beiden Glasflaschen entgegen, stellte sie neben die Tonne, warf einen letzten Blick in Annemies Tasche und winkte sie und Werner durch.

An ihren Plätzen angekommen, drapierte Annemie die bunt geblümten Sitzkissen, die Sonja Hansen ihr mitgegeben hatte, auf den Stühlen, und sie setzten sich. Eine halbe Stunde später erkannte sie, dass das eine gute Idee gewesen war, und eine weitere halbe Stunde später war sie Sonja Hansen zutiefst dankbar für deren Umsicht. Denn selbst mit den Unterlagen waren die Stühle noch hart und unbequem. Davon konnte auch die Vorführung auf der Bühne nicht ablenken. Die jungen Musikerinnen und Musiker, sechs an der Zahl, gaben sich wirklich alle Mühe, schafften es aber nicht, Annemie zu begeistern. Zu schnell, zu laut, zu gleichförmig. Es ging halt nichts über die guten alten Schlager aus Annemies Jugend. Das war noch Musik mit Niveau gewesen.

Nachdem die »Schlagerspatzen« ihren Auftritt unter höflichem Applaus beendet hatten, betrat eine Moderatorin die Bühne. Sie trug ein eng anliegendes, glitzerndes langes Kleid. Ihre blonden Locken ruhten auf zwei deutlich sichtbaren Schlüsselbeinknochen. Annemie bedauerte spontan, alle ihre Brote verteilt zu haben. Diese Frau hätte sehr gut eines oder zwei davon vertragen können.

»Jetzt kommt es.« Annemie beugte sich zu Werner hinüber.

»Was kommt jetzt?«

»Die Absage. Peter Juwel wird heute nicht auftreten.«

Aber zu Annemies großem Erstaunen ging die Moderatorin mit keinem Wort darauf ein. Stattdessen gewährte sie dem Publikum Einblicke in den Werdegang der »Schlagerspatzen«, erzählte von ihren ersten Auftritten – »Bestimmt bei Möbelhäusern«, lautete Annemies Kommentar – über die Anfangserfolge –

»Schützenfeste« – bis hin zu Preisen, die die Band erhalten hatte – »Von mir bekämen die nicht einmal einen Blumentopf.«

Dann wechselte die Moderatorin das Thema, sprach über die lange Schlagerkonzerttradition in Bad Nordersielergroden und ließ das Publikum wissen, wie sehr sie sich freute, auch in diesem Jahr hier auf der Bühne zu stehen. Zwischendurch warf sie immer wieder einen seitlichen Blick hinter die Kulissen, um gleich darauf eine neue Erzählschleife zu beginnen. Das Publikum begann unruhig zu werden. Vereinzelte »Wo ist Peter?«-Rufe wurden laut. Aus der hinteren Reihe rief jemand: »Wir wollen Peter! Wir wollen Peter!« Rasch fielen mehr Stimmen ein, und die Zuschauer skandierten gemeinsam: »Wir wollen Peter! Peter Juwel!« Die Moderatorin blickte hilflos zwischen dem Publikum und den Kulissen hin und her.

»Siehst du, Werner. Er kommt nicht.« Annemie stand auf. Sie klappte ihr Kissen zusammen und stopfte es in die Tasche. »Es gibt keinen Grund für uns, noch länger hierzubleiben.«

Werner Assenmacher reagierte nicht. Er sah wie gebannt auf die Bühne. Da brandete auf einmal Applaus auf. Die Rufe verstummten und wurden von begeisterten Pfiffen abgelöst, die die Worte der Moderatorin übertönten. Annemie ließ die Handtasche auf die Sitzfläche des Stuhls sinken und schaute über ihre Schulter hinweg zur Bühne. Peter Juwel. Leibhaftig. Die ersten Takte der Musik erklangen. Peter Juwel wiegte sich in den Hüften, hob das Mikrofon an die Lippen und sang: »Unsre Liebe schrieb das Leben, hart geprüft und doch bestanden. Haben niemals aufgegeben, bis die Herzen sich verbanden.«

Vor Verblüffung ließ Annemie die Tasche los. Sie fiel vom Stuhl, das Kissen rutschte halb heraus. Annemie setzte sich, starrte nach vorn auf die Bühne. Dort sang Peter Juwel seinen größten Hit. Annemie kniff die Augen zusammen. Irgendetwas stimmte nicht. Sie konnte nicht genau sagen, was es war, aber etwas störte sie. Sie wollte Werner gerade von ihrem Eindruck berichten, als ihr Begleiter sagte: »Siehst du, alles ist gut. Er ist gekommen und singt. Freu dich und genieße das Konzert.«

Annemie nickte stumm. Wenn sie jetzt widerspräche, hätte er allen Grund, sie wirklich für verrückt zu erklären. Und vielleicht hatte er ja auch recht. Alles schien in Ordnung zu sein, der Star des Abends stand auf der Bühne und unterhielt sie mit seinem Gesang. Aber Annemie war sich absolut sicher: Das da vorne war nicht Peter Juwel. Jedenfalls nicht der Peter Juwel, den sie heute Morgen auf den Stufen derselben Treppe gefunden hatte, auf denen der Sänger jetzt nach unten stieg.

KAPITEL 5

Annemie wusste, auch ohne auf ihre Uhr zu schauen, wie spät es war. Aufstehzeit. Ihre Aufstehzeit. Daran änderte auch ein Urlaub nichts. Annemie schlug die Bettdecke zurück, schwang die Beine aus dem Bett und setzte sich an den Bettrand. Sie streckte die Arme, reckte und drehte sich. Etwas in ihrem Rücken knackte, und zum wiederholten Male fragte sie sich, ob Maikes Vorschlag mit dem Yoga vielleicht doch nicht so schlecht war. Sie wurde nicht jünger, die Zeit hinterließ auch an ihr Spuren. Sie konnte sich jedoch nur mit Mühe in einem dieser eng anliegenden T-Shirts und diesen weiten Schlabberhosen vorstellen, mit denen Maike immer zu ihren Yogastunden ging. Damit sähe sie aus wie ein zerlaufenes Baiser. Außerdem hatte Maike bereits versucht, ihr einige der Übungen beizubringen. Bei der »Katze« hatte sie ja geradeso mitgemacht. Ihre Knie und die Hände bekam sie noch auf den Boden, und den Buckel krumm machte sie seit mehr als vierzig Jahren. Schwieriger war die »Kobra«: bäuchlings liegend mit ausgestreckten Händen den Oberkörper nach oben biegen. Sie war sich dabei eher wie eine Robbe als wie eine Kobra vorgekommen. Eine schon etwas ältere Robbe mit Gewichtsproblemen. Am besten gefiel ihr die »Totenstellung«, wenn auch nicht vom Namen, sondern wegen der Körperhaltung. Flach auf dem Rücken, Arme und Beine entspannt ausgestreckt. Das schaffte sie locker. Maike hatte ihr dann allerdings erklärt, dass es sich bei der Totenstellung um eine Abschlussübung handelte. Manchmal war Yoga dann doch sehr lebensnah.

Annemie schaute aus dem Fenster. Bald würde es hell werden. Sie stand auf, ging ins Bad und machte sich fertig. Was sprach dagegen, den erholsamen Strandspaziergang von gestern zu wiederholen? Nur diesmal ohne Leiche und ohne das ganze Tamtam, das dem Fund gefolgt war.

Es war ein großartiges Konzert gewesen. Peter Juwel hatte alle seine Hits zum Besten gegeben, wundervoll gesungen und den Kontakt zu seinem Publikum sichtlich genossen. Es hatte vier Zugaben gegeben und zum Schluss die Verleihung der Goldenen Schallplatte durch die knochige Moderatorin. Annemie hatte gelauscht, mitgesungen und geklatscht, und ihre Zweifel, ob der Peter Juwel auf der Bühne denn nun auch der Peter Juwel gewesen war, den sie am Morgen gefunden hatte, waren von Lied zu Lied kleiner geworden. Ganz verschwunden waren sie aber nicht.

Annemie hatte beschlossen, diesen letzten Rest zu ignorieren, so wie sie Belmondo und Engelbert von Adel ignorierte, wenn die beiden unmittelbar nach einer üppigen Mahlzeit laut maunzend und schimpfend um ihre Beine strichen und sich benahmen, als wären sie vom Hungertod bedroht.

Sie nahm ihre Strickjacke, zog sie über den rechten Arm, hielt inne und streifte sie direkt wieder ab. Gestern war sie nicht dazu gekommen, die Fäden wieder einzuziehen, die sie sich am Daumennagel des vermeintlich toten Peter Juwel gezogen hatte. Rasch suchte sie in ihrem Schrank die kleine bunte Notfalltasche, die sie mit auf die Reise genommen hatte, fand und öffnete sie. Darin befanden sich Pflaster, zwei Tütchen mit löslichem Kaffee und Hustenbonbons mit Holundergeschmack. Mit diesen drei Dingen kam man hervorragend durchs Leben, mehr brauchte es in der Regel nicht. Annemies Freundin Gerburg Manderscheidt-Ziesemann, die sie ebenfalls erst durch die Sache mit Harald kennengelernt hatte und die als Besitzerin eines Marktstandes mit Handarbeitszubehör ein sehr flauschiges und buntes Leben führte, hatte ihr außerdem eines ihrer Werbemäppchen aufgedrängt. Darin befand sich ein Nähset samt Einfädler und Mini-Schere. Fünf Farben Nähgarn, zwei Nadeln und eine Sicherheitsnadel sollten Gerburgs reisende Kundinnen und Kunden vor textilen Katastrophen bewahren und der Aufdruck »Wild Wild Wolle« sie gleichzeitig an die nie versiegende Handarbeitsnachschubquelle unter Gerburgs Führung erinnern.

»Wie neu«, befand Annemie nach fünf Minuten, in denen sie etwas mit den Wollfäden gekämpft, aber schließlich gewonnen hatte. Sie strich den Ärmel glatt, schlüpfte in die Jacke und steckte ihr Handy ein. Leise verließ sie Zimmer und Pension.

Annemie schlug den Weg Richtung Promenade ein und spazierte eine Weile am Ufer entlang. Der Anblick des Meeres überwältigte sie aufs Neue. Die Sonne tauchte gerade am Horizont auf und ließ die Wellen glitzern wie Kristallzucker. Annemie schmeckte die salzige Luft, den Sand und den Wind. Sie blieb stehen und schloss die Augen. Sie wusste nicht, ob sie es bedauern sollte, diese Erfahrung erst so spät in ihrem Leben zu machen, oder ob dieser Umstand dazu führte, dass sie es erst dadurch wirklich zu würdigen wusste. Eine Möwe kreischte über ihr, dann noch eine. Annemie blinzelte. Die Vögel zogen ihre Kreise, mal dicht beieinander, mal weiter entfernt, aber immer durch Blicke verbunden. Gab es bei Möwen auch Paare? Wie selbstverständlich das alles wirkte. Annemie schloss die Jacke am Halsausschnitt, dachte an Werner und ging weiter.

Vielleicht war das mit Werner wie mit dem Meer? Spät, aber dafür umso besser? Annemie wusste es nicht. Und sie musste sich eingestehen: Sie hatte Angst. Angst davor, sich auf eine Bindung einzulassen, die über das Mütterliche wie bei Farin und Maike oder das Freundschaftliche wie bei Gerburg hinausging. Werner wollte weder ihr Sohn noch ihr Kamerad sein. Er wollte ihr Mann sein, mit allem, was dazugehörte. Seine stetigen Bemühungen, Aufmerksamkeiten und auch seine Geduld mit ihren Eigenheiten ließen keinen Zweifel daran und gaben Annemie ein gutes, wenn auch ungewohntes Gefühl der Vertrautheit. Aber sie wusste auch, dass dieser Zustand nicht für alle Ewigkeit Bestand haben würde. Irgendwann musste sie sich entscheiden.

Nein. Nicht irgendwann. Jetzt. In diesem Urlaub.

Dummerweise hörten die Filme immer auf, bevor es wirklich ernst wurde. Ein Kuss vor untergehender Sonne symbolisierte die hell scheinende Zukunft des Paares, gab aber keinerlei Auskunft über das konkrete Wie.

Entweder kamen sie und Werner als Paar zurück, oder ihre Wege würden sich trennen, sobald sie wieder in Niedelsingen waren. Diese Vorstellung behagte Annemie überhaupt nicht, je länger sie darüber nachdachte. Sie hatte sich an Werner gewöhnt. Er gehörte wieder zu ihrem Leben, und das – so erkannte sie jetzt – nicht nur in seiner Rolle als Maikes Vater. Er war ihre Jugendliebe gewesen. Natürlich ganz im Rahmen der damaligen

Zeit: Sie schwärmte für ihn, er schwärmte für sie. Blicke wurden getauscht, Hände wurden gehalten. Aber nicht mehr. Annemie konnte sich nicht entsinnen, was der Grund gewesen war, warum sie damals auseinandergegangen waren. Vielleicht hatte sie geglaubt, in ihrem Leben sei neben der Verantwortung, die sie für ihren Bruder übernommen hatte, kein Platz für einen anderen Menschen. Vielleicht war es aber auch damals schon die Angst gewesen, sich auf jemanden einzulassen. Ihre Angst. Und ihre Unsicherheit.

Damals waren ihre Treffen mit Werner immer seltener geworden, bis er irgendwann gar nicht mehr gekommen war. Als sie ihn schließlich mit einem anderen Mädchen Hand in Hand spazieren gehen gesehen hatte, dem Mädchen, aus dem später Werners Frau und Maikes Mutter geworden war, hatte es wehgetan. Und sie hatte sich abgewandt. Von dem Anblick und von ihrem Schmerz darüber. Dass sie über Maike wieder in Kontakt gekommen waren, war ihre zweite Chance.

Annemie mochte Werners Art, mit Menschen umzugehen, immer offen und immer freundlich. Zugewandt. Er schaffte es, jeden und jede in ein kleines Gespräch zu verwickeln, und die Leute gingen mit einem Lächeln von dannen. Aber genau das machte auch einen großen Teil ihrer Zweifel aus. Sie selbst war das komplette Gegenteil. Sie war am allerliebsten allein in ihrer Backstube, fern von jeglichem menschlichen Kontakt. Was wollte ein Mann wie Werner von einer Frau wie ihr? Im Grunde waren sie wie Sahne und Fondant – jedes für sich lecker und gut zu verwenden, aber fügte man sie zusammen, hielten sie einfach nicht.

Annemie schlug den Weg Richtung Konzertpavillon ein und beschleunigte ihre Schritte. Aber auch wenn Sahne und Fondant nicht auf eine Torte passten, konnte man zwei verschiedene Torten backen, sie auf derselben Kuchentafel servieren, und den Gästen würde es schmecken. Genau so war es. Jeder für sich, aber trotzdem zusammen. Sie musste sich einen Ruck geben und Werner erhören. Was das Körperliche anging, konnten sie es ja langsam angehen lassen. Sehr langsam am besten. Sie hatten sich ja noch nicht einmal geküsst. Annemie spürte, wie ihr Herz schneller und schneller schlug. Kurz überlegte sie, ob Liebe bei ihr einen Herzinfarkt auslösen konnte, entschied sich dann aber dagegen. Das fehlte noch. Beim Strandspaziergang zusammenklappen und hilflos auf dem Boden liegen bleiben wie ein umgekippter Sack Mehl. Oder wie …

Annemie blieb stehen, blinzelte, öffnete ihre Augen und schloss sie wieder, um sie gleich darauf erneut aufzureißen. Das konnte nicht sein. Die Polizistin und Werner hatten recht. Sie war senil. Oder Schlimmeres. Fing es so an?

Langsam näherte sie sich. Die Absperrungen und Stühle vom Vorabend waren verschwunden. Erste Sonnenstrahlen streiften den Platz vor dem Konzertpavillon. Alles sah genauso aus wie am Morgen zuvor. Annemies Herz schlug ihr bis zum Hals. Aber nicht Werner war die Ursache, sondern ein anderer Mann. Peter Juwel. Er lag auf den Stufen der Treppe zur Bühne. Und diesmal hegte Annemie keinen Zweifel, dass er wirklich tot war, denn in seinem Hals steckte eine glänzende Goldene Schallplatte. Ein dünnes Rinnsal Blut floss die Stufen herab.

»Sie müssen kommen. Schnell. Peter Juwel ist tot.« Annemie umklammerte ihr Handy mit beiden Händen. Wie gut, dass sie es diesmal dabeihatte.

»Frau Engel, sind Sie das?« Annemie erkannte die Stimme der Polizistin von gestern.

»Ja. Guten Morgen. Aber es ist kein guter Morgen. Peter Juwel ist tot.«

»Das haben wir doch gestern schon geklärt, Frau Engel.«

»Dieser Peter Juwel ist ein anderer.« Annemie trat näher an den Toten heran und musterte ihn. Es war der Mann, den sie gestern auf der Bühne gesehen hatte. Ohne Zweifel. Aber nicht der, den sie gestern Morgen leblos vorgefunden hatte.

»Ein anderer Peter Juwel?«

»Ja. Sie müssen jetzt bitte sofort hierherkommen. Sie sind doch die Polizei.«

»Frau Engel. Ich bin von der Polizei, das stimmt. Aber Peter Juwel ist nicht tot.«

»Hören Sie, junge Frau.« Annemie wurde ungeduldig. »Ich versichere Ihnen, er ist tot.« Um ganz sicher zu sein, beugte sie sich über den Leichnam und beobachtete seine Brust. Peter Juwels rechte Hand lag darauf. Nichts bewegte sich. »Er atmet nicht«, ergänzte sie.

»Wie meinen Sie das, Frau Engel?«

»Wie soll ich das meinen? Wenn ich sage, er atmet nicht, dann atmet er nicht.«

»Woher wissen Sie, dass Herr Juwel nicht atmet?«

»Weil ich es sehe. Genau wie die Goldene Schallplatte.«

»Was ist mit der Schallplatte?«

»Sie steckt in seinem Hals.«

»Frau Engel, wo sind Sie?«

»Bei Herrn Juwel. Und glauben Sie mir. Diesmal bewege ich mich keinen Millimeter von ihm fort. Ich werde ihn nicht aus den Augen lassen, damit er nicht wie der andere verschwindet.«

»Frau Engel, wo sind Sie genau?«

»Auf der Konzertbühne. Nein. Wenn Sie es ganz genau wissen wollen, auf den Stufen vor der Konzertbühne.«

»Und da ist auch Peter Juwel?«

»Das sage ich doch die ganze Zeit.«

»Gehen Sie nicht weg. Wir sind gleich bei Ihnen.«

Annemie seufzte. Mit den jungen Leuten war heute wirklich kein Staat mehr zu machen. Und so was ging zur Polizei.

Sie beugte sich erneut über den toten Sänger. Er trug nicht mehr dieselbe Kleidung wie bei seinem Auftritt. Die schwarze Anzughose hatte er gegen eine Jeans und das Samtsakko mit der roten Nelke im Knopfloch gegen einen leichten grauen Sommerpullover mit einem weißen Hemd darunter getauscht. Ohne sein Bühnenkostüm sah er aus wie ein ganz normaler Mann. Von Glitzer und Glamour keine Spur. Das mochte allerdings auch an dem vielen Blut liegen. Das meiste davon hatten Hemd und Pullover aufgesogen, bevor es sich auf seinen Weg die Stufen hinunter gemacht hatte. Annemie überkam ein heftiger Wunsch, ihn zu berühren, um zu überprüfen, ob er wirklich echt war. Was, wenn sie sich auch diese Leiche nur einbildete? Was, wenn die Polizei hier in wenigen Minuten aufmarschieren und Annemie auf einer leeren Treppe vorfinden würde?

Ihr ausgestreckter Finger kreiste über der Hand des Toten.

Sollte sie? Sollte sie nicht? Wenn sie es tat und der Tote echt war, wären ihre Spuren an der Leiche. Das wusste sie aus den Krimis im Fernsehen. Wenn sie es nicht tat, würde sie aber nicht herausfinden, ob sie ihren Sinnen noch trauen konnte. Annemie überlegte, der Finger kreiste, und da fiel es ihr auf. Der Daumennagel des Toten war sehr lang gewachsen und kein bisschen eingerissen. Sie hielt verwundert inne. Gestern hatte sie sich am Nagel der Leiche an der Strickjacke Fäden gezogen.

Spontan stand Annemie auf, ging um die Leiche herum und zerrte die linke Hand des Toten unter dessen Oberkörper hervor. Auch dieser Daumennagel war lang und völlig unversehrt.

»Was machen Sie da, Frau Engel?« Annemie hörte schnelle Schritte, dann spürte sie eine Hand auf ihrer Schulter, die sie nach hinten wegzerrte. »Gehen Sie sofort von der Leiche weg!«

Sie erschrak und schwankte, schaffte es aber gerade noch, sich zu fangen. Entrüstet wandte sie sich der Polizistin zu, entschied sich dann aber gegen eine entsprechende Bemerkung zum Umgang mit älteren Damen. Dass diese junge Frau hier nicht die hellste Kerze auf der Torte war, hatte sie ja schon während des Telefonats erkannt. Die fehlenden Manieren passten gut ins Bild. Immerhin hatte sie jetzt die Bestätigung, dass sie sich das nicht bloß einbildete. Annemie beschloss, bei den Fakten zu bleiben. Vielleicht war der Kollege, der ebenfalls mitgekommen war, ja zugänglicher für logische Argumente. An ihn gewandt erklärte sie: »Das ist nicht der Peter Juwel von gestern.«

Beide Polizisten sahen sie entgeistert an.

»Was machen Sie hier, Frau Engel?«

»Ich habe auf Sie gewartet. So wie wir das am Telefon besprochen haben.«

»Meine Kollegin meint, bevor Sie miteinander telefoniert haben.«

»Da habe ich auf meinem Morgenspaziergang Herrn Juwel gefunden. Leider in einer sehr unschönen Situation.« Annemie schaute von einem zum anderen. »Er ist tot«, ergänzte sie. Nur für den Fall, dass die beiden das noch nicht verstanden hatten.

»Frau Engel. Gestern Morgen sind sie etwa um die gleiche Uhrzeit in unsere Polizeistation gekommen und haben behauptet, hier auf den Stufen liege ein Toter. Herr Peter Juwel. Als wir das nachgeprüft haben, hat sich Ihre Behauptung als unwahr herausgestellt. Trotzdem sind wir uns gestern noch einmal im Krankenhaus begegnet, wo Sie angeblich wegen einer eigenen Erkrankung waren. Ich vermutete bereits, dass Sie mich diesbezüglich belogen haben. Sie waren auf der Suche nach Herrn Juwel.«

»Das stimmt.« Annemie presste die Lippen aufeinander. »Weil ich mir Gedanken wegen seines Gesundheitszustands gemacht habe und davon ausging, dass Sie nichts in der Angelegenheit unternehmen würden.«

»Sie sind ein großer Fan von Herrn Juwel, richtig?«, mischte sich der Polizist ins Gespräch ein. Er schien mehr Verständnis für ihre Sorgen zu haben.

»Peter Juwel ist ein hervorragender Sänger, und ich liebe seine Lieder. Ich singe immer laut dazu in meiner Backstube. Schon seit Jahren. Mit seiner Musik gelingen mir die Kuchen am allerbesten.«

»Waren Sie auch bei dem Konzert gestern Abend?«

»Selbstverständlich.«

»Kannten Sie ihn persönlich?«

»Persönlich? Nein. In den Zeitschriften habe ich natürlich alles über ihn gelesen. Da erfährt man vieles.«

»Haben Sie bereits vorher versucht, in seine Nähe zu gelangen, Frau Engel?«

»Ich habe mein Haus bis vor einem Jahr über vierzig Jahre lang nur verlassen, wenn es absolut unvermeidbar war.«

»Warum haben Sie die Leiche bewegt?«

»Weil ich etwas nachsehen musste.«

»Was mussten Sie nachsehen, Frau Engel?«

Annemie zögerte mit der Antwort. Ihm von ihren Zweifeln an ihrer eigenen Wahrnehmung zu erzählen, war mit Sicherheit keine gute Idee. »Ich wollte seinen Daumennagel sehen.«

»Seinen Daumennagel?« Der Polizist wirkte ehrlich verblüfft.

»Ja.« Annemie atmete tief ein und wieder aus. Dann gab sie sich einen Ruck. »Der tote Peter Juwel von gestern hatte einen eingerissenen Daumennagel. Das weiß ich, weil ich mir daran

Fäden an meiner neuen Strickjacke gezogen habe.«Sie hob den Arm und zeigte auf die Stelle, an der sie das Gewebe so perfekt wieder eingezogen hatte, dass nichts mehr davon zu sehen war. Der Polizist betrachtete den Ärmel, blinzelte und nickte langsam.

»Dieser Peter Juwel hier«, Annemie drehte sich um und zeigte auf den Toten, »hat an der rechten Hand einen langen heilen Nagel. Das konnte ich sehen, weil seine Hand auf der Brust lag. Ich wollte wissen, ob der andere Nagel eingerissen war. Aber auch der andere Daumennagel ist lang. Zu lang für meinen Geschmack. Lange Nägel sind unhygienisch, und bei Männern mag ich das schon mal gar nicht.« Sie musterte den Polizisten. Der verschränkte kurz die Hände hinter dem Rücken, räusperte sich und winkte seine Kollegin heran, die dabei gewesen war, den Platz um den toten Peter Juwel weiträumig mit rot-weißem Flatterband abzusperren.

»Frau Engel«, fragte er ernst. »Wo waren Sie in den letzten Stunden?«

»In meinem Bett und auf meinem Spaziergang.«

»Allein?«

»Selbstverständlich. Ich bin unverheiratet. Was denken Sie denn von mir?« Annemie war entrüstet. »Werden Sie denn nun endlich etwas unternehmen? Was, wenn der andere Peter Juwel nun auch in Gefahr ist? Oder bereits ebenfalls tot?«

Die Polizisten wechselten einen Blick und nickten sich stumm zu.

»Frau Engel, sagte die Polizistin, »Sie sind vorläufig festgenommen wegen des Verdachts, den Schlagersänger Peter Juwel getötet zu haben.«

KAPITEL 6

»Frau Engel, bitte nennen Sie mir Ihren Namen und Ihre Anschrift.«

»Ihre Kollegen haben doch bereits meinen Personalausweis bekommen. Da steht das doch alles drin. Der ist, wie Sie vielleicht gesehen haben, ganz neu. Bitte gehen Sie sorgsam damit um, der muss jetzt wieder ein paar Jahre halten.«

»Sagen Sie mir bitte trotzdem, wie Sie heißen und wo Sie wohnen, Frau Engel.«

Annemie seufzte. In den letzten anderthalb Stunden hatte sie allein diesem Büro gesessen. Man hatte ihr einen Kaffee gebracht, den sie aber nach dem ersten Schluck hatte stehen lassen. Dass so ein dünnes Süppchen sich überhaupt Kaffee nennen durfte. Einmal hatte sie unter Bewachung auf die Toilette gedurft. Die Polizistin – eine andere als die, die Annemie schon kannte – hatte vor der Tür Wache gestanden. Was trauten sie ihr zu? Dass sie aus dem Toilettenfenster klettern, sich an der Fassade abseilen und flüchten würde? Das konnte sie ja beinahe als Kompliment ansehen.

Wieder zurück in dem kleinen Raum hatte sie sich die Zeit damit vertrieben, mit Hilfe einer Packung Papiertaschentücher den Staub von der Fensterbank, dem Schreibtisch und den Aktenschränken zu wischen. Kein Wunder, dass das mit der Verbrechensbekämpfung nicht so richtig in Schwung kam. Verdrecktes Interieur bot keine angenehme Arbeitsatmosphäre. Gerade hatte sie sich einen der Stühle an den Aktenschrank geschoben und war hinaufgestiegen, um auch auf dem Schrank sauber zu machen, als sich die Tür öffnete und eine Dame mittleren Alters das Zimmer betrat. Sie schaute sich um, nickte Annemie kurz zu und verließ das Zimmer wieder, ohne die Tür zu schließen. Wenige Sekunden später hatte sie wieder im Zimmer gestanden.

»Sie sind Frau Engel?«, fragte sie verwundert. »Ich dachte, Sie wären die ...« Sie verstummte mitten im Satz.

»Ja.« Annemie war von dem Stuhl gestiegen und hatte das

dreckige Papiertaschentuch im Mülleimer entsorgt. Die Dame hatte sich als die zuständige Kommissarin vorgestellt und den Schreibtischstuhl um den Tisch herumgerollt, bis er dem Besucherstuhl direkt gegenüberstand.

»Ich brauche das der guten Ordnung halber, Frau Engel. Fürs Protokoll«, sagte sie jetzt und lächelte freundlich. »Setzen Sie sich bitte.«

Annemie betrachtete sie. Sie machte einen kompetenteren Eindruck als ihre Kollegin in Uniform. Mit Hilfe der Kommissarin würde Annemie sicherlich nicht nur den Irrtum, was ihre Festnahme betraf, sondern auch das Rätsel um den doppelten Peter Juwel aufklären können.

»Mein Name ist Annemie Engel.« Annemie wischte mit einem sauberen Papiertuch über den Stuhl, auf dem sie gerade noch gestanden hatte, und setzte sich. »Geboren am 15. Mai 1956, wohnhaft in der Glimberger Hauptstraße 107 im schönen Niedelsingen.« Wenn sie die Kommissarin damit glücklich machen konnte, warum nicht?

»Was hat Sie denn nach Bad Nordersielengroden geführt?«

Annemie erzählte ihr von Maike und Farin, dem Café und wie das alles zustande gekommen war. Vom geschenkten Urlaub, den Konzertkarten und von Werner, ihrem Verehrer. Die Kommissarin hörte ihr zu, nickte ab und an und stellte zwischendurch eine Frage, wenn sie etwas nicht verstanden hatte. Als Annemie mit ihrer Schilderung an der Stelle ankam, an der sie gestern den anderen Peter Juwel auf den Stufen zum Kurpavillon entdeckt hatte, öffnete sich die Tür. Eine Kollegin bat um eine kurze Unterbrechung. Die Kommissarin stand auf und verließ das Büro, um nach einer Minute wieder hereinzukommen.

»Sie sagen also, dass Sie Herrn Juwel bereits gestern auf den Stufen der Treppe tot vorgefunden haben.«

»Ja. Aber Ihre Kollegin und auch der Kollege bezweifeln das.«

»Kann es nicht sein, dass Sie Herrn Juwel töten wollten, es Ihnen gestern aber nicht gelungen ist und Sie es heute erneut versucht haben? Diesmal mit Erfolg?«

Annemie riss die Augen auf. »Warum sollte ich ihn töten wollen? Was haben Sie für eine schreckliche Phantasie? Aber das ist ja wohl kein Wunder bei den vielen Verbrechen, mit denen Sie täglich zu tun haben.«Sie stand auf.»Nur halten Sie mich da bitte raus. Ich habe damit nichts zu tun.«

»Frau Engel. Wir haben Ihre Fingerabdrücke an der Leiche gefunden. Wissen Sie, was das bedeutet?«

»Natürlich weiß ich das. Ich schaue Fernsehkrimis. Aber in meinem Fall ist das unerheblich, weil es selbstverständlich erklärbar ist.« Musste sie wirklich auch der Kommissarin die Sachlage erklären?»Ich habe Herrn Juwel gefunden.« Besser, sie sprach in kurzen Sätzen.»Ich habe nachgesehen, ob er noch lebt.« Sie machte eine winzige Pause.»Außerdem habe ich seine Hand unter seinem Körper hervorgezogen, um nach dem Nagel zu sehen. Das war nicht in Ihrem Sinne. Das sehe ich ein. Aber es erklärt, warum Sie meine Fingerabdrücke an der Leiche gefunden haben.«

Die Kommissarin betrachtete sie. In ihrem Gesicht arbeitete es. Annemie erkannte Misstrauen, Zweifel und dann so etwas wie Resignation, gefolgt von einem lauernden Ausdruck.

»Sie können gehen, Frau Engel.«

»Sehen Sie, alles klärt sich auf, wenn man nur darüber redet.« Annemie schlug einen versöhnlichen Tonfall an. Der Satz stammte von Farin. Wenn er ihn zitierte, erwähnte er immer noch jede Menge Tanten, Onkel und Tanten von Onkeln, die diesen Satz laut Farin immer sagten, aber die ließ Annemie jetzt lieber weg. Weil sie selbst weder Onkel noch Tanten und auch keine Tanten von Onkeln hatte, die Existenz von Farins weitläufiger, Aphorismen produzierender Verwandtschaft im Stillen stark anzweifelte und zum jetzigen Zeitpunkt froh war, dass die Kommissarin Einsehen zeigte.

»Jemand hat Ihnen ein Alibi gegeben.«

»Das ist nett, aber ich benötige kein Alibi. Weil ich Herrn Juwel nicht umgebracht habe.«

»Jedenfalls können Sie jetzt erst einmal gehen. Falls sich neue Aspekte ergeben, werden wir gegebenenfalls wieder auf Sie zukommen. Halten Sie sich bitte zu unserer Verfügung.«

So wie sie es sagte, klang es eher wie »*sobald* sich neue Aspekte ergeben«.

Die Kommissarin hielt Annemie die Tür auf, gab ihr ihren Mantel und die Handtasche zurück und begleitete sie durch das Gebäude bis zum Ausgang. Vor der Wache standen Werner Assenmacher und Sonja Hansen und nahmen Annemie in Empfang. »Jemand hat mir ein Alibi gegeben. Warst du das?«, wollte sie von Werner wissen. Der schüttelte den Kopf.

»Das war ich.« Sonja Hansen trat auf Annemie zu und nahm sie spontan in den Arm. »Ich konnte doch nicht zulassen, dass man Sie dortbehält.«

Annemie versteifte und befreite sich aus der Umarmung. »Aber wir haben uns doch gar nicht gesehen, Frau Hansen. Wie können Sie mir denn ein Alibi geben? Ich habe Herrn Juwel nicht getötet. Das ist die Wahrheit. Und die Wahrheit kommt früher oder später immer ans Licht. Da braucht es keine Lügen.«

»Es ist keine Lüge. Es ist die Wahrheit.« Sonja Hansen strahlte über das ganze Gesicht. »Als ich in die Backstube ging, habe ich Sie in Ihrem Zimmer schnarchen gehört. Laut und deutlich.«

»Das kann gar nicht sein.«

»Wieso nicht?«

»Ich schnarche nicht. Niemals.«

Im Café »Zur Meeresbrise« herrschte Tortenstille. Die Art von Stille, die eintrat, wenn alle Anwesenden schweigend die Vorfreude auf ihr Stück Torte genossen. Sonja Hansen hatte ihre frisch gebackene Flockentorte im Ganzen auf den Tisch gestellt, dazu ein breites Messer und drei Teller samt Kuchengabeln. »Guter Kuchen ist zeitlos. Man kann ihn immer essen. Auch in ungewöhnlichen Situationen. Vor allem dann. Egal, wie spät es ist«, sagte sie und ergänzte die Kaffeetafel um eine silbern glänzende Thermoskanne. »Oder wie früh. In einer halben Stunde öffnet das Café. Bis dahin haben wir noch etwas Zeit.« Sie setzte sich, lud jedem ein Stück Kuchen auf den Teller und begann zu essen. »Das geht aufs Haus, Frau Engel und Herr Assenmacher. Auf den Schock braucht man etwas Anständiges in den Magen.«

Annemie griff nach ihrer Gabel und probierte. Diese Sonja Hansen war wirklich eine erstaunliche Person. Ihre Energie schien unbegrenzt. Dabei hatte sie nicht nur die Pension, um die sich kümmerte, und das Café samt Backstube, die sie in aller Frühe aus dem Bett trieb, sondern auch noch mindestens zwei Töchter, die Annemie zwar noch nicht gesehen, aber die sie gestern zumindest gehört hatte. Den Stimmen und der wummernden Musik nach handelte es sich um Teenager, die ihrer Mutter das Leben nicht eben leicht machten. Einen Partner oder eine Partnerin hatte sie bisher nicht ausmachen können. Sonja Hansen schulterte das alles offenbar allein.

»Sehr gut.« Annemie zeigte auf das Stück Torte.

»Wenn ich Sie heute Morgen geweckt hätte, damit wir zusammen backen, wäre das alles nicht passiert.« Sonja Hansen ließ die Gabel sinken. »Ich ärgere mich, aber wer hätte das denn ahnen können? Sie direkt an Ihrem zweiten Urlaubstag aus dem Schlaf zu reißen, erschien mir einfach falsch.«

»Sie haben alles richtig gemacht, Frau Hansen.« Werner Assenmacher lächelte sie freundlich an. »Ich gehe mal davon aus, dass Leichen auf den Treppen der Kurgartenbühne nicht zum Standardrepertoire hier in Bad Nordersielengroden gehören. Oder hattest du vor, Tote am Strand zu finden in deine Morgenroutine aufzunehmen?«, fragte er an Annemie gewandt.

»Sie haben mir wieder nicht geglaubt.« Sie legte die Kuchengabel zur Seite, trank einen Schluck Kaffee, stellte die zarte Tasse mit Rosenmuster danach jedoch nicht ab.

»Aber die Leiche war doch diesmal echt?«

»Herr Juwel war anwesend und so tot, wie man nur sein kann.« Annemie trank einen weiteren Schluck. »Doch darum geht es nicht.«

»Sondern?«

»Sie zweifeln nach wie vor am ersten Peter Juwel.«

»Dem von gestern.«

Sie trank und stellte die Tasse heftig ab. Das Geschirr klirrte, Sonja Hansen zuckte kurz zusammen, aber Annemie achtete auf beides nicht. »Richtig. Die Kommissarin denkt doch tatsächlich, ich hätte gestern bereits versucht, Herrn Juwel umzubringen, und heute sei es mir dann gelungen.« Sie sah von einem zum anderen. »Das ist natürlich vollkommener Unsinn. Wenn ich ihn wirklich hätte töten wollen, hätte ich das sicher nicht mit der schönen neuen Goldenen Schallplatte gemacht. So eine Auszeichnung hält man doch in Ehren. Die gehört in einen Bilderrahmen und nicht in den Hals eines Mannes. Das hat der Platte auch nicht gutgetan. Sie ist jetzt zerbrochen.«

»Die Polizei wird gegen dich ermitteln, Annemie. Das ist unbestreitbar. Solange sie den wahren Mörder nicht finden, werden sie dich weiter in Verdacht haben. Auch wenn Frau Hansen dir ein Alibi gegeben hat. Womöglich müssen wir hierbleiben, bis der Fall abgeschlossen ist. Sie werden dich nicht abreisen lassen, ehe du als mögliche Täterin entlastet bist.«

»Bitte?« Daran hatte Annemie noch gar nicht gedacht. Aber richtig. Die Kommissarin hatte etwas von »zur Verfügung halten« gesagt. Hatte sie das damit gemeint? Durfte Annemie am Ende des Urlaubs nicht nach Niedelsingen zurückkehren? Diese Vorstellung schockierte sie zutiefst. Eine Woche für einen Urlaub ihre Backstube, die Kater und Farin und Maike zurückzulassen, war schon schwierig genug gewesen. Aber die Aussicht, diesen Urlaub auf unbestimmte Zeit verlängern zu müssen, bis der Mordfall aufgeklärt wäre, war zu schrecklich. Zumal sie dabei auf die gute Arbeit der örtlichen Polizei angewiesen wäre.

Das ließ nichts Gutes erwarten.

»Werner.« Sie legte, ohne nachzudenken, ihre Hand auf seine, zögerte, aber bemerkte seine erfreute Reaktion darauf. Fast hätte sie die Hand wieder zurückgezogen. Doch auf ihrem Spaziergang heute Morgen hatte sie sich dazu entschlossen, ihre Verbindung zu Werner zu vertiefen. Daran änderte auch der tote Peter Juwel nichts. Also blieb die Hand, wo sie war, und Annemie ließ sich sogar zu einem leichten Streicheln hinreißen. »Es hilft nichts. Wir werden uns selbst darum kümmern müssen.«

»Was meinen Sie, Herr Assenmacher, meint sie jetzt das, was ich meine, dass sie meint?« Sonja Hansen rückte ihren Stuhl näher an den Tisch heran. »Ist das aufregend.«

»Ich weiß nicht, was Sie oder Herr Assenmacher meinen, was ich meine, Frau Hansen. Ich weiß nur, was *ich* meine.«

»Wenn ich deinen Gesichtsausdruck richtig interpretiere, willst du herausfinden, wer Peter Juwel umgebracht hat.«

Annemie nickte Werner zu.

»Aber wird das nicht sehr schwierig werden?«, wollte Sonja Hansen wissen.

»›Schwierigkeiten werden gemacht, damit man sie überwindet‹, sagt Miss Felicity Lemon zu Poirot in ›Plymouth Express‹. Und ich finde, sie liegt damit absolut richtig.« Werner Assenmacher ergriff Annemies Hand, die sie die ganze Zeit über auf seiner hatte liegen lassen, drückte sie und hauchte dann einen Handkuss darauf. Annemie erschrak ein wenig, denn irgendwie hatte sie ihre Hand ganz vergessen, weil es sich so selbstverständlich angefühlt hatte. Doch dann lächelte sie. Diese Miss hatte recht. Schwierigkeiten waren dazu da, dass man sie überwand. Egal, auf welchem Gebiet.

»Wie schön!« Sonja Hansen sprang auf. »Aber bevor wir dieses Café in eine Detektei verwandeln, muss ich zuerst noch ein paar Gäste bewirten. Die ersten stehen sicherlich bald vor der Tür.« Sie ging zur Treppe. »Ich hole schnell ein paar Getränke rauf, zum Auffüllen des Kühlschranks bin ich wegen unseres Besuchs bei der Polizei vorhin nicht mehr gekommen«, rief sie auf dem Weg nach unten. Annemie hörte ihre Schritte auf den hölzernen Stufen, ein Poltern und einen Schrei. Dann hörte sie nichts mehr.

KAPITEL 7

Annemie und Werner blickten sich an. Er war als Erster auf den Beinen, Annemie folgte ihm dichtauf.

»Frau Hansen!«, riefen sie gleichzeitig, erhielten jedoch keine Antwort. Das Licht im Treppenhaus brannte, aber die Treppe machte auf halber Höhe eine Biegung. Sonja Hansen war nicht zu sehen. Annemie und Werner eilten die Stufen hinunter. Als sie den mittleren Treppenabsatz erreichten, konnten sie die Pensionswirtin erblicken. Sie lag mit geschlossenen Augen am Fuß der Treppe.

»Was für ein Glück, sie atmet noch.« Annemie beugte sich über Sonja Hansen und tätschelte ihr leicht die Wange. »Frau Hansen? Können Sie mich hören?« Sie rüttelte behutsam an ihrer Schulter. »Ruf einen Krankenwagen, Werner.« Sie schaute zu ihm hoch, aber Werner Assenmacher war bereits auf dem Weg nach oben. Er wusste, was zu tun war. Annemie überlegte, ob sie sich neben die Verletzte auf den Boden setzen und Frau Hansens Kopf auf ihren Schoß betten sollte, damit sie es bequemer hatte. Dann entschied sie sich dagegen. Nicht dass sie es damit nur schlimmer machte. Vielleicht hatte sie sich am Rücken verletzt. In diesem Fall wäre es sogar gefährlich, sie zu bewegen. »Frau Hansen«, versuchte sie es erneut. »Sonja! Können Sie mich hören?«

Keine Reaktion.

Annemie suchte nach sichtbaren Verletzungen, konnte jedoch keine Wunden entdecken und zu ihrer großen Erleichterung auch keine Blutrinnsale. Vor ihrem inneren Auge erschien das Bild des toten Peter Juwel, und sie hoffte inständig, ihre Wirtin möge nicht ebenfalls sterben.

Sonja Hansen gab ein Stöhnen von sich.

»Dem Himmel sei Dank.« Annemie sandte einen Stoßseufzer gen Himmel. »Sie leben.«

Ein Brummen war die einzige Antwort. Das aber klang schon deutlich lebhafter als das Stöhnen zuvor.

»Sie sind die Treppe hinuntergefallen.«

»Ich weiß. Ich war dabei.« Sonja Hansen öffnete die Augen und drehte den Kopf vorsichtig nach links und nach rechts. »Okay. Funktioniert noch.« Sie bewegte ihre Füße und Beine, auch das ging problemlos vonstatten. Als sie schließlich nach dem linken auch den rechten Arm einer Prüfung unterziehen wollte, schrie sie auf und ließ ihn sofort wieder sinken. »Nicht gut. Gar nicht gut.« Ihre Worte gingen in ein Wimmern über. »Werner hat bereits Hilfe gerufen. Der Krankenwagen kommt sicher gleich, machen Sie sich keine Sorgen, Frau Hansen.«

Sonja Hansen verzog das Gesicht vor Schmerz und lächelte schief. Dann wurde sie ernst. »Frau Engel, darf ich Sie um etwas bitten?«

»Natürlich.«

»Wenn ich jetzt ins Krankenhaus muss – können Sie das Café schließen? Und heute Mittag meinen Kindern Bescheid geben?« Sie startete einen weiteren Versuch, den verletzten Arm zu bewegen, gab aber nach der kleinsten Regung auf. »Der ist sicher gebrochen«, murmelte sie unglücklich. »Es tut mir furchtbar leid, aber Sie müssten dann auch abreisen. Ich kann die Pension so nicht führen. Sobald es mir vom Krankenhaus aus möglich ist, werde ich etwas für Sie organisieren. Ich bin gut vernetzt. Wegen der Unannehmlichkeiten brauchen Sie auch die beiden ersten Übernachtungen nicht zu bezahlen.«

»Haben Sie jemanden, der sich um die Kinder kümmert?«

»Nein. Die sind aber schon so groß, dass sie ein paar Tage allein bleiben können. Vielleicht könnten Sie die Nachbarin bitten, ab und an mal nach ihnen zu schauen?« Sonja Hansen blickte an die Decke. »So ein Mist. Jetzt lief es gerade mal gut, und dann so was. Endlich hatte ich das Gefühl, auch finanziell aus dem Gröbsten raus zu sein.« Sie ballte die gesunde Hand zur Faust und schlug wütend auf den Boden. Annemie betrachtete sie nachdenklich.

»Ich hätte da eine Idee, mit der uns beiden geholfen wäre, Frau Hansen.«

Sonja Hansen hörte auf, den Boden zu malträtieren, und sah Annemie an. »Was für eine Idee?«

»Ich darf doch vorerst nicht weg aus Bad Nordersielengroden und brauche deswegen unbedingt eine Bleibe.«

»Aber ich kann Sie nicht bewirten«, wandte Sonja Hansen ein.

»Das sollen Sie auch nicht, meine Liebe.« Annemie lächelte. »Das werde ich selbst machen. Und nicht nur mich und Werner, sondern auch Ihre anderen Gäste in der Pension und im Café.«

»Aber wer soll denn back…« Sonja Hansen brach mitten im Satz ab und starrte Annemie an. »Das würden Sie für mich tun? Sie haben doch Urlaub.«

»Für Sie und für mich. Backen ist die beste Entspannung, die ich mir vorstellen kann.« Annemie lächelte Sonja Hansen gelöst an. In deren Gesicht zeichneten sich allerdings immer noch Zweifel ab.

»Das Café und die Pension zusammen sind viel Arbeit. Nicht zu vergessen die Mädels. Das ist anstrengend. Wollen Sie sich das wirklich zumuten?«

»Sie meinen, in meinem Alter?« Jetzt lachte Annemie. »Alt ist man erst, wenn die Kerzen auf der Torte teurer sind als der Kuchen.«

Stimmengewirr erklang am oberen Ende der Treppe. Annemie hörte Werners Anweisungen.

»Dort die Treppe hinunter. Sie liegt unten.«

Schritte polterten, zwei Sanitäter und eine Ärztin erschienen. Annemie trat zurück, um Platz zu machen für die Untersuchungen, Tests und Fragen. Einer der Sanitäter holte eine Trage, gemeinsam hoben sie Sonja Hansen darauf und trugen sie gegen deren heftigen Protest – »Mein Arm ist kaputt, nicht meine Beine!« – die Treppe hinauf.

»Wir nehmen Sie mit. Der Arm muss sehr wahrscheinlich operiert werden. Außerdem werden Patienten nach einem so heftigen Sturz gerne für mindestens eine Nacht stationär aufgenommen, um Hirnverletzungen auszuschließen.« Die Ärztin wandte sich an Annemie. »Sind Sie die Mutter? Wir geben Ihnen Bescheid, sobald es etwas Neues zu berichten gibt. Haben Sie eine Telefonnummer für mich?«

»Ich schaue hier nach dem Rechten und kümmere mich um alles«, erwiderte Annemie. Sie ging mit ihr nach oben ins Café, suchte das Handy in ihrer Tasche und nahm einen der kleinen

Zettel aus der Hülle, die Maike ihr dort hineingesteckt hatte, für den Fall, dass jemand nach ihrer Nummer fragte. »Allerdings bin ich nicht ...«, hob sie an, um den Irrtum der Ärztin aufzuklären, aber die hörte schon nicht mehr zu, sondern beeilte sich, den Sanitätern zu folgen.

»Um was genau willst du dich kümmern?«, wollte Werner von ihr wissen, nachdem der Rettungswagen mit Sonja Hansen außer Sicht war.

»Um alles hier.« Annemie trat hinter die Kuchentheke und stützte die Hände darauf ab. »Ich habe es Frau Hansen versprochen. Sie braucht unsere Hilfe, Werner. Sie ist ganz allein mit dem Geschäft und den Kindern.« Sie griff nach einem Putzlappen und wischte über die glänzende Theke. »Darüber hinaus ist uns damit auch geholfen, denn wir können hier wohnen bleiben.«

Die Tür zwischen der Pension und dem Café öffnete sich. Eine Frau in Annemies und Werners Alter betrat den Raum. Sie wirkte sehr gepflegt in ihrem beigefarbenen Kostüm mit rosafarbener Bluse. Die langen graublonden Haare hatte sie zu einem losen Dutt gedreht, das Gesicht dezent geschminkt. Sie ging zu einem der Zweiertische am Fenster und schaute Annemie erwartungsvoll an.

»Lass nur, ich mach das.« Werner nickte der Frau freundlich zu. »Aber wenn wir das erledigt haben, müssen wir reden.«

Mit der Information »Renate möchte gerne ihr Frühstück. Das Ei bitte fünf Minuten gekocht und den Tee mit Milch«, kehrte er nach einer Weile zu Annemie zurück.

»Renate?«

»Ja. Renate. Renate Wendeler. Eine sehr nette Dame. Sie ist seit gestern hier und hat mich gefragt, wo Frau Hansen ist, und da sind wir etwas ins Plaudern geraten.«

»Was hast du ihr gesagt?« Es lag Annemie auf der Zunge zu fragen, was denn »ins Plaudern geraten« eigentlich bedeutete. Sie schluckte es hinunter. Werner war ein Profi im Umgang mit Kundinnen und Kunden, was sie von sich selbst wahrhaftig nicht behaupten konnte. Zum Glück übernahm Farin im »Engelsstübchen« diesen Part. Er blieb auch, wenn der Betrieb es erlaubte, oft an den Tischen stehen, scherzte und lachte mit den Gästen. Sonja

Hansen war auch so ein Mensch, sie hatte direkt den Kontakt zu ihr und Werner gesucht, ihnen einen sehr vertrauten Eindruck vermittelt, damit sie sich in ihrem Zuhause auf Zeit wohlfühlten. Dieses »Plaudern« war also definitiv ein Teil des Verkaufsgeheimnisses und kein Grund, eifersüchtig zu sein. Zu ihrem großen Erstaunen verspürte Annemie genau dieses Gefühl. Oder das, was sie dafür hielt, denn sie hatte es lange nicht mehr erlebt. Zuletzt, wenn sie sich richtig erinnerte, vor unendlich langer Zeit, als ihr Bruder Harald von der Mutter eine neue, wunderbar weiche Mütze bekommen hatte, während sie ihre alte kratzige erst auftragen sollte. Aber diese Situation war nicht vergleichbar. Trotzdem kratzte das Gefühl in ihr so wie damals die Wollmütze auf dem Kopf.

»Was soll ich schon gesagt haben? Die Wahrheit. Dass sie einen Unfall hatte und jetzt im Krankenhaus ist.«

»Das geht sie doch gar nichts an.« Annemie sah zu Renate Wendeler hinüber, die sich gerade in einer sehr eleganten Bewegung eine Haarsträhne aus dem Gesicht strich, aufstand und vor die Tür des Cafés ging. Sie zog ein Feuerzeug aus ihrer Tasche und klappte es auf, bevor sie eine Zigarette aus einer Packung nahm und sie damit anzündete. »Frau Wendeler ist doch nur zu Gast hier.«

»Wir sind auch nur Gäste, Annemie.«

»Das ist was ganz anderes.« Sie trat in die kleine Backstube hinter der Kuchentheke, in der neben Geschirr und Besteck auch ein hoher Kühlschrank direkt neben dem Eingang stand. Annemie entdeckte auch eine Spülmaschine und, auf Augenhöhe, den Backofen. Schnell öffnete sie die Schränke und Schubladen. Backvorräte und Gerätschaft. Alles da. Auf kleinstem Raum hatte Sonja Hansen sich perfekt organisiert. An anderer Stelle fand sie alles für ein ordentliches Frühstück. Butter- und Marmeladeportionen in kleinen Gläschen, Käse und Aufschnitt, frisches Gemüse. Sie kochte das Ei nach Wunsch und drapierte es zusammen mit den anderen Sachen auf einem Tablett. Werner blieb währenddessen in der Türöffnung stehen. Für zwei Menschen, die hier herumwirbelten, war der Raum definitiv zu klein.

»Wie stellst du dir das bloß vor, Annemie? Wir können hier doch nicht einfach das Café und die Pension betreiben.«

»Doch, Werner. Ich kann das. Weil es mein Beruf ist.«

»Du bist Konditorin, keine Pensionswirtin.«

»Die Zimmer in Ordnung zu halten, wird mich nicht überfordern. Zumal die einzige Gästin gerade dort hinten sitzt und auf ihr Frühstück wartet.« Sie befüllte ein Teeei, hängte es in eine kleine metallische Teekanne und übergoss alles mit heißem Wasser. Die winzige Glaskaraffe, in die sie die frische Milch goss, sah aus wie Puppengeschirr. »Allerdings muss ich einräumen, dass mir bei der Vorstellung, mich mit den Gästen unterhalten zu müssen, nicht ganz wohl ist.« Sie drückte ihm das Tablett in die Hand. »Du machst das aber hervorragend.«

»Hatten wir nicht eben beschlossen, unsere Zeit darauf zu verwenden, Peter Juwels Mörder zu suchen?« Werner sah sie über das Frühstücksarrangement hinweg zweifelnd an.

»Hat denn jemand gesagt, dass wir das jetzt nicht mehr machen?«

Ab zehn Uhr füllte sich das Café stetig mit wechselnden Gästegruppen. Zuerst kamen einzelne Damen oder Herren, belegten jeweils einen Tisch, lasen Zeitung und frühstückten. Dank Sonja Hansens guter Vorbereitung waren die Bestellungen für Annemie kein Problem. Frische, selbst gebackene Brötchen lagen in einem Korb bereit, Marmeladen, Aufschnitt und anderes Frühstückszubehör stand in ausreichender Menge im Kühlschrank. Annemie hatte kurzerhand einen Schwung Eier vorgekocht, weiche und harte. Einzig die Kaffeemaschine draußen hinter der Kuchentheke stellte eine echte Herausforderung dar. Mit ihr konnte man auf Knopfdruck Cappuccino, Milchkaffee, Espresso, Latte macchiato und etwas, das sich Americano nannte, zaubern. Es brauchte mehrere Versuche, bis Annemie wusste, welcher Knopf die Herstellung wovon genau auslöste, und zur Erkenntnis gelangte, dass mit Americano schlicht schwarzer Kaffee gemeint war. Ab elf Uhr wurden die Frühstücker von meist jungen Menschen mit Laptops abgelöst, deren Verzehr sich auf Wasser, Kaffee oder in den meisten Fällen eine der Teesorten aus frischen Kräutern beschränkte.

Minze, Ingwer und Salbei standen als sortenreine Tees oder

Mischungen auch im »Engelsstübchen« auf der Karte. Dass sich Löwenzahn, Ackerschachtelhalm und Gänseblümchen ebenfalls großer Beliebtheit erfreuten, wunderte Annemie. Versuchsweise probierte sie eine Ackerschachtelhalm-Gänseblümchen-Mischung und entschied sich spontan dagegen.

Um kurz nach zwölf schob eine Reihe junger Eltern ihre Kinderwagen in die Gänge zwischen den Tischen und tauschte sich über die bewundernswerten Fortschritte ihrer Sprösslinge aus. Welcher Noah seit Neuestem lächelte, welche Emilia – davon schien es mindestens drei zu geben – bereits den Kopf hob, welcher Theo – auch der war doppelt vertreten – sich bereits auf alle viere erheben konnte. Die Elternteile wiederum legten Wert auf Lactosefreiheit, Soja- oder Hafermilch wurde geordert. Es gab sogar glutenfreies Gebäck. Annemie war sehr erleichtert gewesen, als sie die Packung fand. Das musste sie also nicht selbst backen.

Zwischendurch kamen vereinzelt auch Menschen ins Café, die nur eine kurze Kaffeepause während ihrer Arbeit einlegen wollten. Leider gelang das nicht allen, denn sobald ihre Handys klingelten, ließen sie die Espressotasse stehen und nahmen die Gespräche an. Es schien modern zu sein, die Telefone nicht mehr am Ohr, sondern vor dem Mund zu halten. Das mochte Vorteile in Bezug auf mögliche Strahlenschäden bei den Telefonierenden haben, brachte aber erhebliche Nachteile für die Umgebung mit sich, da alle Details gut hörbar für alle besprochen wurden.

Um die spätere Mittagszeit leerte es sich etwas. Sonja Hansen bot zwar Frühstück und eine große Auswahl an Kuchen, aber nur eine sehr kleine Auswahl an Mittagsgerichten an, die mehr eine Alibifunktion zu haben schienen. Mit Tomatensuppe, Hühnerbouillon und einem kleinen Bauernsalat war kein Staat zu machen. Annemie räumte ihr kleines Reich auf, spülte und polierte Gläser und Geschirr.

»Ich hab immer gedacht, die Liebe ist schwierig«, sang sie. »Mir immer gesagt, werd niemals zu gierig. Und doch immer gehofft, mein Glück noch zu finden nach all dieser Zeit.« Zuerst noch leise, wurde sie immer lauter. Dieser Urlaub machte ihr wirklich Spaß. »Unsere Liebe schrieb das Leben auf ein weißes

Blatt Papier. Abschied, Schmerz und Tränen, und doch steh'n wir beide hier …«

»Wer sind Sie?« Zwei Mädchen hatten sich in der Türöffnung aufgebaut. Sie musterten Annemie misstrauisch von oben bis unten. Annemie hörte auf zu singen.

»Mein Name ist Annemie Engel, und ich helfe eurer Mutter.« Sie musste nicht fragen, ob diese beiden Sonja Hansens Töchter waren. Die Ähnlichkeit war unübersehbar.

»Warum braucht sie Hilfe?«, fragte die Größere der beiden.

»Wo ist Mama?«, wollte die Kleinere gleichzeitig wissen.

»Eines nach dem anderen.« Annemie überlegte, wie sich die Nachricht vom Unfall der Mutter am schonendsten überbringen ließe. »Könnt ihr mir bitte eure Namen sagen?«

»Mama hat uns verboten, mit Fremden zu sprechen.« Die Kleinere verschränkte die Arme vor der Brust. Ihr Blick verfinsterte sich zusehends.

»Das ist keine Fremde, Luise. Sonst hätte Mama sie doch nicht in unseren Laden gelassen.« Die Größere legte ihrer Schwester eine Hand auf die Schulter. »Ich bin Frieda. Was ist mit unserer Mutter?«

»Sie hatte einen kleinen Unfall. Sie ist die Treppe hinuntergefallen und hat sich einen Arm gebrochen«, erklärte Annemie. Die Mädchen schnappten unisono nach Luft. »Ein Krankenwagen hat sie mitgenommen. Man wird uns benachrichtigen, sobald es Neuigkeiten gibt.«

»Können wir sie besuchen?« Frieda kramte in ihrer Tasche und zog ein Handy heraus, sie drückte darauf herum und hielt es sich vor das Gesicht.

»Später bestimmt.«

»Ist es schlimm?« Luises Stimme zitterte.

»Ich bin Konditorin, keine Ärztin. Aber«, ergänzte Annemie, als sie bemerkte, wie unsicher das Kind vor ihr wurde, »ich glaube, sie ist bald wieder auf den Beinen.«

»Hey, Friendzies, ihr könnt euch nicht vorstellen, was passiert ist. Meine Mum ist im Krankenhaus gelandet. Ich mach mir echt Sorgen.« Frieda machte große Augen, drückte wieder auf dem Display herum und stopfte das Handy zurück in die Tasche.

Annemie betrachtete sie wie einen neuartigen Kuchen, dessen Rezept sie unbedingt herausfinden wollte. Allerdings schien der hier Zutaten zu haben, die sie definitiv nicht kannte. »Soll ich euch etwas zu essen machen?« Es hieß doch, Teenager hätten immer Hunger.

»Mittags essen wir nie etwas, danke. Wir gehen nach oben und chillen. Mama wird sich sicher bald melden.«

Die beiden gingen durch eine Zwischentür in den privaten Bereich des Hauses.

»Wer war das?« Werner stellte ein volles Tablett mit dreckigem Geschirr auf die Arbeitsfläche. »Die Töchter?«

»Unser nächstes Problem.« Annemie sah den Mädchen hinterher. »Ich habe nur die Hälfte von dem verstanden, was sie zu mir gesagt haben. Und bis eben dachte ich noch, wir würden hier alles spielend hinbekommen.«

KAPITEL 8

Um fünf Uhr am Nachmittag war die Kuchentheke bis auf zwei einsame Stücke Kirschstreusel wie leer gefegt, und der letzte Gast hatte das Café verlassen. »Das ist anstrengender, als Bücher zu verkaufen.« Werner setzte sich an den Tisch direkt neben der Kuchentheke und lehnte sich zurück. »Meine alten Knochen sind das Laufen und Tragen nicht mehr gewohnt.« Er schaute zu Annemie herüber. »Wie geht es dir?«

Sie kam um die Theke herum und setzte sich Werner gegenüber. Auch sie war müde, und ihre Beine fühlten sich an wie zwei Sack Mehl.

»Früher habe ich immer gedacht, ich komme am besten allein klar, brauche keine Hilfe und keinen Menschen. Mehr noch, ich habe die Menschen gemieden wie der Hefeteig die Kälte, weil ich ihnen grundsätzlich misstraute.« Sie fegte einen Krümel vom Tisch. »Aber seit Farin und Maike mir gezeigt haben, wie es ist, wenn man sich gegenseitig hilft, hat sich vieles geändert. Sonja Hansen erinnert mich ein bisschen an mich. Sie kämpft sich allein durch.« Annemie lächelte. »Auch wenn sie sich nicht in ihrer Backstube verschanzt, so wie ich es getan habe. Vielleicht will ich ihr deswegen unbedingt helfen. Weil ich etwas von dem, was ich bekommen habe, zurückgeben möchte.« Sie sah Werner an, richtete sich gerade auf und schlug beide Hände flach auf den Tisch. »Aber das ist kein Grund, sentimental zu werden.«

Sie stand auf und strich sich das Kleid glatt. »Außerdem brauche ich einen anständigen Kittel. Ich kann so nicht arbeiten. Dass die jungen Leute so was heute nicht mehr anziehen, ist mir vollkommen unverständlich.«

»Annemie?« Werner war ebenfalls aufgestanden. Er kam zu ihr. »Du bist eine wunderbare Frau.« Er beugte sich vor, nahm sie in den Arm und drückte sie fest.

Annemie erstarrte. Damit hatte sie nicht gerechnet. Es fühlte sich sehr ungewohnt an. Aber gut. Irgendwie. Zögerlich erwiderte sie die Umarmung und legte den Kopf an seine Schulter. Sie hörte sein Herz schlagen.

»Meine Knochen werden sich schon an die Bewegung gewöhnen«, hörte sie Werner sagen. Mit ihrem Ohr an seiner Brust klang seine Stimme noch sonorer als ohnehin schon.

»Ich bitte um Entschuldigung.«

Annemie löste sich aus der Umarmung und trat schnell einen Schritt zurück. Sie fühlte sich wie ein Teenager, der bei etwas Verbotenem erwischt worden war. Sie wandte sich der Stimme zu.

Renate Wendeler. Sie sah immer noch genauso perfekt aus wie am Morgen.

»Wofür möchten Sie sich denn entschuldigen? Was haben Sie getan?«, fragte Annemie.

»Bitte?« Renate Wendeler zog eine Augenbraue hoch.

Werner mischte sich in das Gespräch ein. »Was können wir für Sie tun, Renate?«

»Haben Sie vielleicht einen Tipp für mich, in welches Restaurant ich heute Abend gehen könnte?«

Annemie schüttelte den Kopf. »Nein. Wir kennen uns im Ort auch noch nicht so gut aus.«

»An der Promenade habe ich gestern ein kleines Fischrestaurant entdeckt«, sagte Werner an Annemie gewandt. »Mein Plan war es, dich heute Abend dorthin auszuführen. Wir könnten Renate doch bitten, uns zu begleiten. Was meinst du?«

Annemie nickte. Die Vorstellung, nach diesem anstrengenden Tag nicht selbst kochen zu müssen, behagte ihr. Immerhin hatten sie Urlaub. Da durfte man sich neben der Arbeit auch einmal etwas gönnen. Blieb nur zu hoffen, dass Renate Wendeler ihr die Suppe nicht versalzte und Werner allzu schöne Augen machte.

»Fein. Was ist mit den Kindern? Wir könnten sie ebenfalls mitnehmen.« Werner deutete mit dem Finger zur Decke. »Sie waren den ganzen Nachmittag verdächtig ruhig.«

»Was ist an Ruhe verdächtig?« Annemie verstand nicht, was er meinte. »Sie werden ihre Hausaufgaben erledigt und gelernt haben. Diese Tätigkeiten verursachen in der Regel nicht allzu viel Lärm.«

Werner unterdrückte ein Schmunzeln, legte ihr den Arm um

die Schultern und drückte sie kurz. Dieses Drücken hatte eine ganz andere Qualität als die vorangegangene Umarmung. Annemie empfand es fast wie eine Geste des Trosts oder eine Entschuldigung, ohne zu wissen, wofür. Die Erklärung folgte auf dem Fuße.

»Liebe Annemie. Ich schätze dich als eine lebenskluge Frau. Aber ...« Er schmunzelte wieder. »Bitte verzeih, aber man merkt, dass du keine Kinder hast.«

»Was hat das denn mit der Ruhe zu tun?«

»Eine ganze Menge. Ruhe bei Kindern und Jugendlichen ist immer verdächtig. Sie sind von Natur aus laut, und das ist auch sehr gut so. Denn so wissen die Eltern immer, wo sie sind, und merken, wenn sie etwas aushecken.«

»Meinst du, die beiden machen da oben Unsinn?«

»So weit würde ich vielleicht nicht gehen, aber meine Erfahrung mit Maike sagt mir, wir sollten lieber mal nachsehen.«

»Gut. Dann mache ich das.« Annemie hielt rasch die Hände unter den Wasserhahn und trocknete sie gründlich ab. Werner hatte recht. Sie hatte keine Erfahrung mit Kindern. Als junge Frau wollte sie immer einen Mann und Kinder, aber das Leben hatte es anders gewollt. Später dann war es die besagte Lautstärke gewesen, die Kinder auf ihrer persönlichen Beliebtheitsskala weit nach unten hatte rutschen lassen.

Im Nachhinein betrachtet war das vielleicht eine Art Eigenschutz gewesen. Es war leichter, etwas nicht haben zu können, das man nicht mochte. Die Töchter dieser netten Sonja Hansen konnten so schlimm doch gar nicht sein. Kinder ähnelten in der Regel am meisten ihren Eltern.

Annemie klopfte an die Zwischentür, hinter der die Mädchen am Mittag verschwunden waren. Alles blieb still. Sie öffnete die Tür und sah in einen kurzen schmalen Flur, der in eine Treppe mündete. Annemie stieg nach oben. Gedämpfte Stimmen waren zu hören. Hatten die beiden Besuch? Sie ging den Stimmen nach, die stetig lauter wurden. Das war doch definitiv die Stimme eines jungen Mannes oder sogar von zwei jungen Männern. Sie musste dringend mit Frieda und Luise sprechen. Das ging nicht. Besuch musste angekündigt werden.

Sie betrat das Zimmer, in dem sie die Mädchen samt deren Herrenbesuch vermutete, und stoppte unvermittelt. Der Raum war leer. Ein großes L-förmiges Sofa stand in der Mitte des Raums, die Rückseite zur Tür ausgerichtet. An der Wand davor hing ein Fernseher von der Größe eines respektablen Fensters. Annemie brauchte einen Moment, um den Zusammenhang zwischen den Jungmännerstimmen und den Bildern auf dem Fernseher herzustellen, und einen weiteren, um zu realisieren, dass das Zimmer durchaus nicht leer war. Frieda und Luise lagen einträchtig auf dem Sofa. Um sie herum gruppierten sich halb leere Colaflaschen, offene Chipstüten und die Überreste einer Packung Kekse. Als sie Annemie bemerkten, blickten sie nur kurz hoch und konzentrierten sich dann wieder auf das Filmgeschehen.

Annemie war verunsichert. War es das, was junge Leute heute so machten?

»Erlaubt eure Mutter euch das?«

»Manchmal.« Luise rollte sich auf die Seite, schwang die Beine auf den Boden und setzte sich aufrecht hin. »Wenn wir alles fertig haben.«

»Habt ihr alles fertig?« Annemie hatte zwar keine Ahnung, was »alles« sein sollte, aber es konnte nicht schaden, danach zu fragen. Luise wechselte einen schnellen Blick mit ihrer Schwester, bevor sie zugab: »Nein.«

»Was ist denn dieses ›alles‹? Ich nehme an, wir reden über eure Hausaufgaben.«

Luise nickte.

»Hat der Arzt angerufen?« Frieda bemühte sich aus ihrer horizontalen Lage in die Senkrechte.

»Nein. Bisher noch nicht. So eine OP kann dauern.«

»Bevor ich nicht weiß, was mit Mama ist, mache ich nichts.«

»Deine Mutter wird sicherlich nicht schneller gesund, wenn du deine Aufgaben vernachlässigst und hier in dieser Unordnung herumliegst.« Annemie klatschte in die Hände. »Ihr räumt jetzt hier auf, macht noch eine Stunde Hausaufgaben, und dann gehen wir alle zusammen etwas essen.«

»Oh Mann, chill doch mal«, murmelte Frieda, griff aber trotzdem nach den Verpackungsresten und stand auf, wobei ihr ganzer Körper Protest signalisierte. »Eine Stunde«, wiederholte Annemie und war froh, den Rückzug antreten zu können.

Im Restaurant stocherten die Mädchen eher lustlos in ihrem Essen herum, was Annemie bei den zuvor verzehrten Mengen an Süßkram nicht verwunderte. Zudem hatte der Anruf aus dem Krankenhaus die Stimmung gedämpft. Sonja Hansens Bruch hatte sich als kompliziert herausgestellt, die Operation dauerte dementsprechend länger. Der Patientin ging es gut, allerdings würde sie eine Woche im Krankenhaus bleiben und danach mindestens vier Wochen lang eine Schiene tragen müssen. Der einzige Lichtblick war die Aussicht auf Besuche, die ab dem nächsten Tag möglich sein würden. Sämtliche Versuche von Annemies oder Werners Seite, ein Gespräch mit den Mädchen in Gang zu bringen, endeten sehr schnell in »Hmmms« und »Hnnns« vonseiten der Angesprochenen. Da wäre Renate Wendeler, die sich beim Anblick von Sonja Hansens Töchtern entschieden hatte, doch lieber »allein zu speisen«, wie sie es nannte, vermutlich die bessere Gesellschaft gewesen.

Immerhin wussten sich die Hansenschen Sprösslinge bei Tisch gut zu benehmen, kleckerten nicht und beherrschten den Umgang mit Messer und Gabel. Ganz schien das gute Beispiel ihrer Mutter dann doch nicht an ihnen vorübergegangen zu sein. Annemie verspürte Erleichterung, fühlte sie sich doch in gewisser Weise verantwortlich. Vor allem aber hoben sich die Mädchen sehr angenehm von den beiden kleineren Jungen ab, die mit ihren Eltern ebenfalls in dem Restaurant eingekehrt waren. Die beiden hörten auf die Namen Torben-Luca und Maximilian-Elyas – beziehungsweise sie hörten eben nicht darauf. Weder, als ihre Mutter ihnen erklärte, die Stühle seien keine Sprungtürme, noch, als der Vater meinte, die Frau zwei Tische weiter wolle keine bemalte Tischdecke haben. Erst als sie vom Hüpfen und Malen genug hatten, entschlossen sich die beiden dazu, zwischen den Gästen Nachlaufen zu spielen und damit ihren Eltern zu ermöglichen, sich in Ruhe zu unterhalten.

»Oh, Pommes! Lecker.« Der kleinere der beiden Quälgeister, Torben-Luca, baute sich neben Frieda auf, schnappte sich blitzschnell eine Handvoll Fritten vom Teller des Mädchens und stopfte sie sich in den Mund.

»Sag mal, spinnst du? Was soll denn das!« Frieda zog ihren Teller weg. Torben-Luca lachte und drehte Frieda und den übrigen Anwesenden eine lange Nase.

»Fang mich doch!« Er flitzte im Kreis um den Tisch herum und stupste Frieda jedes Mal, wenn er an ihr vorbeikam, mit spitzem Finger in die Schulter. Frieda versuchte erfolglos, ihn abzuwehren. Die Eltern des Jungen sahen zu ihnen herüber und ließen ein unmotiviertes »Torben-Luca, lass das bitte« hören, unternahmen ansonsten aber keine Anstrengungen, ihr Kind zur Ordnung zu rufen.

Bei der dritten Umrundung schnappte sich Frieda den Arm des Jungen und hielt ihn fest.

»Bei Gott, fuck nicht ab«, zischte sie in sein Ohr.

Der Junge jaulte auf, riss sich los und setzte seine Runden fort. Frieda machte Anstalten, ihn zu verfolgen.

»Nein. Lass ihn laufen, Frieda.« Annemie stand auf. Sie schob ihren Stuhl zurück, strich ihren Rock glatt und zog den Kragen der Bluse gerade. Schnurstracks ging sie auf den Tisch der Eltern zu und blieb zwischen den Stühlen des Paares stehen. Torben-Luca folgte ihr hüpfend.

»Wer bist du?«, wollte er von Annemie wissen.

»Ich bin die Frau Engel und möchte gerne hier essen. Die Frau Engel sagt übrigens nur Du zu Leuten, die sie schon sehr lange kennt, oder zu denen, die sie mag. Beides trifft in deinem Fall nicht zu.« Neugierig beugte sie sich nach vorne und betrachtete die Teller der beiden Erwachsenen. »Oh, Sie haben Kroketten – die mag ich sehr.« Sie nahm die Gabel der verdutzten Frau, stach in eine der Kroketten, hob sie zum Mund und biss hinein. »Sehr gut. Sehr lecker.« Annemie pikste in eine zweite und wollte eben davon abbeißen, als Leben in die beiden kam.

»Was erlauben Sie sich?« Die Stimme des Mannes klang ehrlich entrüstet. Er winkte dem Kellner. »Können Sie bitte dafür sorgen, dass wir nicht auf diese Weise belästigt werden?«

Die Mundwinkel des Kellners zuckten amüsiert, bevor er wieder ernst wurde, aber er rührte sich nicht.

»Oh, Verzeihung.« Annemie legte die Gabel zurück auf den Tisch. »Ist das hier nicht üblich, dass man vom Teller der anderen Gäste probiert? Ihr Sohn macht das bei uns, und da Sie ihn gewähren lassen, dachte ich, Sie hätten nichts dagegen. Wenn ich mich da geirrt habe, tut es mir sehr leid. Entschuldigen Sie bitte.« Sie trat einen Schritt zurück, drehte sich um und ging zu ihrem Platz zurück. »Die Kroketten sind wirklich sehr gut, Werner.« Sie setzte sich, nahm ihr eigenes Besteck auf und aß ungerührt weiter.

Eine Sekunde blieb es still. Die Gäste an den umliegenden Tischen starrten abwechselnd Annemie und die Familie an. In ihren Gesichtern arbeitete es. Frieda kicherte erst leise, dann immer lauter. Louise fiel mit leisem Gelächter ein, Werner hielt sich die Hand vor den Mund und tat so, als müsste er husten.

»Verarsche sein Großvater.« Frieda schaute grinsend vor sich auf den Tisch.

»Und das, ohne sie zu roasten«, ergänzte Louise.

»Ich weiß zwar nicht, was ihr mir damit sagen wollt, aber ich gehe davon aus, dass ihr es nett meint.«

Danach tauten Frieda und Louise mehr und mehr auf. Sie erzählten von ihrer Mutter, und Frieda berichtete von einem Vorfall in der Schule. Annemie verstand zwar kaum etwas von dem, was sie sagten, aber das machte ihr nichts aus. Sie würde schon noch herausfinden, was »Verarsche sein Großvater« und »roasten« bedeutete.

Am Nebentisch beendete die Familie schweigend – die Eltern mehr, Torben-Luca und Maximilian-Elyas weniger – ihre Mahlzeit, bevor sie bezahlten und aufstanden. Das Handy der Frau klingelte laut. Im Gehen zog sie es aus ihrer Handtasche.

»Melanie Breuer«, meldete sie sich, blieb stehen und lauschte. »Ja. Die Tochter.« Sie griff nach dem Arm ihres Mannes, hielt ihn zurück und hörte weiter zu. »Nein, wir sind nicht zu Hause. Wir sind in Bad Nordersielergroden. Wir wollten Peter nach dem Konzert besuchen. Wir sind für morgen verabredet. Tot?« Sie wurde bleich, reichte das Telefon ihrem Mann und verließ das

Lokal, ohne sich noch einmal nach ihm oder ihren Kindern um-zudrehen. Ihr Mann beendete das Gespräch nach einigen kurzen Jas und Neins, winkte seinen Kinder mit einer knappen Geste, ihm zu folgen. Diesmal gehorchten sie.

KAPITEL 9

»Es ist eine neumodische Unart, andere in Form lauter Telefonate am eigenen Privatleben teilhaben zu lassen. Niemanden interessiert das normalerweise. Aber in diesem speziellen Fall würde ich glatt eine Ausnahme machen. Das war ein sehr interessantes Gespräch.« Annemie beendete ihre Mahlzeit, tupfte sich mit der Serviette den Mund ab und legte das Besteck auf den Teller.

Werner wandte sich ihr zu. Er hatte, leicht vorgebeugt, einem Bericht Louisas über die Geschehnisse zwischen einem Mädchen und einem Jungen aus ihrer Klasse gelauscht, in dem sehr oft die Worte »und er so« und »und sie so«, gepaart mit sehr viel Drama, vorkamen. »Entschuldige bitte. Was hast du gesagt?«

»Frau Breuer hat gerade einen Anruf erhalten.«

»Wer ist Frau Breuer?«

»Die Mutter der Quälgeister.«

»Was war daran so interessant?«

»Wenn ich das Telefonat richtig deute, ist Melanie Breuer die Tochter von Peter Juwel. Gerade hat man sie über den Tod ihres Vaters informiert.«

»Wie hat sie reagiert?«

»Sie hat ihrem Mann das Handy in die Hand gedrückt und ist rausgegangen.« Annemie schaute über Friedas Schulter hinweg nach draußen auf den Parkplatz des Restaurants. Die getönten Butzenscheiben verzerrten das Bild, aber Familie Breuer war trotzdem zu erkennen. Die beiden Jungs flitzten über den Parkplatz und verbrauchten all die Energie, die sich in der letzten halben Stunde erzwungenen Stillsitzens in ihnen aufgestaut hatte. Die Eltern standen am Heck ihres Wagens und gestikulierten wild mit den Händen. Auch wenn Annemie im Inneren des Restaurants nichts hören konnte, war eines sehr eindeutig: Herr und Frau Breuer stritten sich lautstark. Das Gefühl von Trauer schien nicht im Vordergrund zu stehen.

Annemie ging zum Fenster und stellte es auf Kipp. Teile des Gesprächs drangen durch den schmalen Schlitz.

»Jetzt tu nicht so. Du bist doch froh.« Er riss die Fahrertür auf.

»Was denkst du denn von mir, Michael?« Sie drehte sich um, brüllte ihre Kinder an:»Jetzt hört endlich mit der Rennerei auf und steigt ein!« Sie setzte sich auf den Beifahrersitz. Die hintere Tür blieb offen stehen.

Michael Breuer ließ sich auf den Fahrersitz fallen. Bevor er die Tür schloss, hörte Annemie ihn noch sagen:»… immer noch nicht verraten, wo du gestern Abend nach dem Konzert warst.«

Annemie goss heißes Wasser in die beiden Teetassen. Dampf stieg auf und hing wabernd unter den grellen Deckenleuchten. Sonja Hansens kombinierte Küchen-Backstube war ganz anders, als Annemie es von ihrer eigenen Backstube gewohnt war. Nur ein Viertel so groß, die Geräte unter Ausnutzung selbst der letzten Ecke sehr kompakt untergebracht. Kurze Wege, die schnelles Arbeiten ermöglichten. Am Rand der Arbeitsfläche standen zwei schmale Hocker. Der größte Unterschied aber waren die Deckenleuchten, die alles in ein kaltes weißes Licht tauchten, das jeden Gedanken an Gemütlichkeit im Keim erstickte. Trotzdem hatten Annemie und Werner sich die Backstube als Ort für ihre Beratung ausgesucht. Zum einen, weil Annemie mit dem Raum und den Gegebenheiten vertraut werden musste, wenn sie hier ab morgen backen wollte. Zum anderen konnte Annemie in vertrauter Umgebung einfach besser denken. Selbst dann, wenn sich das Vertraute vom Gewohnten unterschied wie Schwarzbrot von Plunderteilchen.

»Melanie Breuer hat kein Alibi für die Zeit nach dem Konzert.« Annemie zupfte den Faden des Teebeutels vom Rand der Tasse und tauchte ihn wieder und wieder in das heiße Wasser. »Sie ist seine Tochter.« Sie hob den Teebeutel über den Rand der Tasse, hielt die Hand darunter, stand gedankenverloren auf und versenkte ihn im Mülleimer.

»Das sind erst einmal nur Vermutungen, Annemie.« Werner wickelte den Faden seines Teebeutels um seinen Löffel, presste das letzte Aroma heraus und legte den Löffel samt Beutel auf den Unterteller.»Um es mit Tolkien in ›Der Herr der Ringe‹ zu sagen:

›Nicht alles, was Gold ist, funkelt. Nicht jeder, der wandert, ist verloren.‹« Er trank einen Schluck Tee.

»In meinen Augen funkelt Melanie Breuer wie ein Zuckerstreuselteilchen im Sonnenlicht.«

»In Ordnung. Wenn wir davon ausgehen, dass alles stimmt. Dass sie die Tochter von Peter Juwel ist und gestern Abend eine Zeit lang von der Bildfläche verschwunden ist. Dann bleibt trotzdem noch eine sehr wichtige Frage offen.«

»Warum sollte sie ihren Vater auf so unschöne Weise töten wollen?«

»Richtig.«

»Wir können es herausbekommen.«

»Dazu müssten wir sie erst einmal finden.«

»Wir wissen, dass sie hier in Bad Nordersielergroden zu Besuch ist.«

»Das reicht nicht aus. Es kommen so viele Unterkünfte in Betracht. Hotels, Pensionen, Appartements oder sogar Freunde.« Werner trank seinen Tee aus. »Unmöglich für uns, die alle zu überprüfen.«

Annemie nickte. Werner hatte recht. Melanie Breuer zu finden, wäre entweder zu aufwendig oder bliebe einer glücklichen Fügung überlassen. Die allerdings konnten sie nur herbeiführen, wenn sie den ganzen Tag durch Bad Nordersielergroden spazierten und auf eine zufällige Begegnung hofften. Ihr Versprechen, sich um das Café und die Pension zu kümmern, machte ein solches Vorgehen von vornherein unmöglich. »Wir könnten Frau Hansen fragen. Sie kennt viele andere hier in Bad Nordersielergroden, die auch Zimmer vermieten. Vielleicht haben wir Glück.«

»Eine sehr gute Idee. Aber mal angenommen, wir finden die Breuers auf diese Weise. Was sollen wir dann tun? Du kannst doch nicht einfach zu ihr hingehen und sie ausfragen, Annemie.«

Annemie schaute Werner ernst an. »Im Normalfall spreche ich nicht gerne mit Fremden. Das stimmt. Aber dies ist kein Normalfall. Außerdem haben wir uns bereits kennengelernt.«

»Das kann ich mir so richtig gut vorstellen, wie Sie da stehen und genussvoll die Kroketten verdrücken.« Sonja Hansen lachte laut, hielt sich den gebrochenen Arm und verzog vor Schmerz das Gesicht. »Aua. Das Lachen tut weh.« Trotzdem gluckste sie weiter. »Das war papatastisch.« Frieda hatte sich neben ihre Mutter aufs Bett gesetzt und kuschelte sich an sie, soweit das möglich war. »Die Frau Engel ist wirklich akkurat.«

»Allerdings.« Mit dem heilen Arm drückte Sonja Hansen ihre Tochter an sich und nickte Annemie zu.

»Danke.« Annemie hatte wieder nur die Hälfte verstanden, aber es machte ihr nichts aus. Es gab Wichtigeres zu besprechen. Sie berichtete Sonja von dem belauschten Telefonat und den Erkenntnissen aus ihrem Gespräch mit Werner. Die ganze Nacht über war sie immer wieder aufgewacht, weil ihre Gedanken um den Mordfall an Peter Juwel sie bis in ihre Träume verfolgt hatten.

»Wo ist Herr Assenmacher jetzt?«, wollte Sonja wissen.

»Er hält die Stellung im Café. Über Mittag schafft er das auch allein. Die Mädchen hatten früher Schulschluss, da sind wir sofort los, um Sie zu besuchen.« Annemie war beeindruckt, wie sicher die beiden sie durch den Dschungel des Nahverkehrs mit Bus und Bahn hierhergeführt hatten.

»Was werden Sie nun tun?«, wollte Sonja Hansen wissen. »Die Polizei informieren?«

»Nein. Eher backe ich mit Fertigmischungen. Die halten mich doch für eine verrückte alte Frau, die ihren Lieblingssänger verfolgt und umgebracht hat.«

Sonja Hansen betrachtete Annemie nachdenklich. »Sie müssen diese Familie Breuer finden.«

»Das ist meine Absicht. Allerdings brauche ich dazu Ihre Hilfe.«

»Wie soll das gehen?« Sonja Hansen hob den eingegipsten Arm.

»Nein, nein, meine Liebe. Sie sollen nichts tun. Es wäre nur nett, wenn ich von Ihren Kontakten profitieren dürfte, die Sie sicherlich pflegen.«

»Welche Kontakte?«

»Sprachen Sie nicht von einem Netzwerk, als Sie noch dachten,

Sie müssten neue Zimmer für mich und Herrn Assenmacher besorgen?«

»Ach das. Ja.« Sonja wiegte zweifelnd den Kopf. »Das läuft aber über die Touristikverwaltung. Ich glaube nicht, dass es eine gute Idee wäre, die anzuzapfen. Die dürfen allein schon aus Datenschutzgründen keine Infos herausgeben.« Sie nahm den gesunden Arm von der Schulter ihrer Tochter. »Bitte gib mir mal mein Handy.« Sie zeigte auf die Schublade der Rollkommode neben dem Krankenbett.

Frieda setzte sich auf und reichte ihr das Telefon. Sonja Hansen versuchte, das Gerät zwischen ihre Knie zu klemmen, um es mit der Linken bedienen zu können, aber es rutschte immer wieder herunter.

»Du kannst ihm sagen, was es tun soll.« Louise griff über die Bettdecke hinweg nach dem Handy ihrer Mutter und hielt es sich vor den Mund. »Was soll es tun?«, fragte sie.

»Ich möchte Frau Engel eine Adresse geben.«

»Hey, Handy! Öffne die Kontakte«, befahl Luise dem Telefon.

»Ich öffne die Kontakte«, gab eine computergenerierte Frauenstimme zur Antwort.

»Welche Adresse?«

»Die von Hubertus Klein.«

»Hey, Handy! Öffne die Kontaktdaten von Hubertus Klein.«

Wieder gab das Handy seine Folgsamkeit bekannt. Annemie hob erstaunt die Augenbrauen. Ob ihr Handy das auch konnte? Maike hatte ihr vieles gezeigt, aber nicht, wie man dem Gerät Befehle gab.

»Hier.« Sonja Hansen reichte Annemie das Handy. »Melden Sie sich bei ihm. Er kennt fast alle Pensionsbesitzer und die der kleineren Hotels persönlich, weil er sie mit Zeitschriften beliefert. Wenn Ihnen jemand helfen kann, dann er.«

Annemie griff nach ihrer Handtasche, zog ihren kleinen Notizblock samt angeklemmtem Kugelschreiber hervor und wollte die Adresse abschreiben, aber Frieda kam ihr zuvor. Sie nahm ihrer Mutter das Handy aus der Hand und drückte darauf herum. »Haben Sie einen Messenger?«, wollte sie von Annemie wissen.

»Selbstverständlich. Maike schreibt mir damit, und Farin sendet Fotos von seinen Torten.« Annemie nahm einen von Maikes Zetteln und nannte Frieda ihre Nummer, Sekunden später hörten sie ein leises »Pling«.

»Gehen Sie am besten direkt zu ihm. Und lassen Sie sich nicht abschrecken. Er ist eigentlich ein Netter.«

»Und uneigentlich?«

»Grantelt er, ist eigenbrötlerisch und am liebsten allein.«

»Wir werden hervorragend miteinander auskommen.« Annemie stand auf. »Ihr wollt sicher noch etwas bei eurer Mutter bleiben«, sagte sie an die Mädchen gewandt. »Denkt daran, dass ihr noch Hausaufgaben machen müsst. Und um sieben gibt es Abendessen.«

Etwas mulmig war ihr schon beim Gedanken an den Busfahrplan. Aber der Mensch wuchs an seinen Aufgaben. Sie würde den Weg zu Hubertus Klein auch allein finden.

Fünfundvierzig Minuten später stand Annemie vor einem Gartentor und suchte vergeblich eine Klingel oder ein Namensschild. Das Haus hinter dem Tor war von Rosen umwuchert, die so aussahen, als hätten sie bereits seit vielen Jahren die Erlaubnis, nach eigenem Gutdünken zu wachsen. Sie dankten es dem Besitzer mit einer wilden rosafarbenen Blütenpracht, deren Duft bis auf die Straße drang. Annemie schloss die Augen und schnupperte genießerisch. Sie liebte den Duft. Jedes Mal, wenn sie Marzipan mit Rosenwasser selbst herstellte und der Duft ihre Backstube flutete, stellte sie sich die orientalischen Gärten vor, aus denen die Blüten stammten.

»Was machen Sie da?« Eine Männerstimme.

»Ich rieche.« Annemie öffnete die Augen. Etwa drei Meter vor ihr stand ein Mann in Latzhosen. Eine Menge weißes Haar war gleichmäßig oben auf dem Kopf, unter dem Kinn und über die Schläfen verteilt. Es hatte etwas von einer Löwenmähne.

»Wonach?«, fragte der König des Dschungels. Annemie entschied sich, das Gebrüll zu überhören.

»Sind Sie Hubertus Klein?«

»Wer will das wissen?«

»Mein Name ist Annemie Engel, und ich bin Konditorin.«
Der Mann nickte kurz, verschränkte die Arme und schaute
Annemie abwartend an.

»Sonja Hansen schickt mich. Sie sagt, Sie könnten mir helfen.
Natürlich nur unter der Voraussetzung, dass Sie Hubertus Klein
sind.«

»Kommen Sie.« Er drehte sich um, ging auf das Haus zu und
verschwand darin, ohne sich nach Annemie umzusehen. Sie folgte
ihm.

Im Inneren des Hauses war es angenehm kühl. Hinter der Haustür lag eine lange Diele. Schwarze und weiße Fliesen zogen sich
im Schachbrettmuster bis ans andere Ende. Links und rechts gingen hohe weiße Türen ab. Der Flur war bis auf eine nur halb ge-
füllte Garderobe neben dem Eingang und eine schwere Eichen-
truhe leer. Langsam ging Annemie den Flur entlang. Hinter der
zweiten Tür auf der rechten Seite entdeckte sie die Küche. Der
Mann, von dem sie annahm, dass er Hubertus Klein war, stand
darin am Herd. Ein Wasserkessel stieß kleine Rauchwölkchen aus.

»Es gibt Tee.« Er stellte eine Tasse auf den Tisch. »Möchten
Sie auch?«

Annemie nickte, betrat die Küche und setzte sich auf die Kü-
chenbank. Am Tisch stand nur ein einziger Stuhl, und sie ging
davon aus, dass das der Stammplatz des Hausherrn war. Hubertus
Klein bereitete schweigend den Tee zu, holte eine weitere Tasse
aus dem Schrank und reichte sie Annemie. Milch und Zucker
gab es nicht.

»Sie und Ihr Mann kümmern sich um Sonjas Geschäft und die
Mädchen, während sie im Krankenhaus liegt. Warum hat Sonja
Sie hierhergeschickt? Braucht sie noch mehr Hilfe?«

»Werner ist nicht mein Mann.«

»Auch gut.«

»Hat Frau Hansen Sie angerufen und meinen Besuch angekündigt?«

»Nein.«

»Auch gut.« Annemie nahm einen Schluck Tee.

Hubertus Klein setzte sich auf den Stuhl und stützte sich mit
verschränkten Armen auf dem Küchentisch ab. Er betrachtete

Annemie schweigend. Hubertus Klein sei immer bestens informiert, hatte Sonja Hansen gesagt. Also auch über die Situation bei ihr zu Hause. Annemie trank einen weiteren Schluck Tee. Sie hatte auf einmal keine Eile mehr. Es gefiel ihr, mit diesem Hubertus Klein in dessen Küche zu sitzen. Das Schweigen war eines von der angenehmen Sorte. Nicht bedrückend. Nicht bedrohlich. Eher vertraut und heimelig. Sie sah sich um. Die Küche war alt, aber sehr sauber und aufgeräumt. Nur die Stapel von Zeitschriften unter dem Fenster störten das Bild. Ein Titelbild erregte ihre Aufmerksamkeit. Ein großes Foto von Peter Juwel, daneben das einer deutlich jüngeren Frau. Annemie beugte sich vor, um besser sehen zu können.

»Sind Sie hier, um kostenlos Zeitschriften zu lesen?«

»Nein.« Annemie schrak zusammen. Früher hatte sie diese Art von Zeitungen regelmäßig gelesen, aber seit Maike und Farin bei ihr wohnten und es so viel Arbeit gab, fand sie keine Zeit mehr dafür. Wie sie jetzt feststellte, vermisste sie diese Lektüre über die wahren, halb wahren und erfundenen Details aus dem Leben anderer nicht. Vielleicht, weil ihr eigenes Leben ereignisreich geworden war. Trotzdem musste sie ihre aktuelle Neugierde eingestehen. Was war mit Peter Juwel und dieser jungen Frau?

»Also?«

»Ich suche Melanie Breuer und ihre Familie. Sie müssen irgendwo in Bad Nordersielergroden untergekommen sein.«

»Warum suchen Sie sie?«

»Melanie Breuer ist die Tochter des Mannes, von dem die Polizei denkt, ich hätte ihn getötet.«

»Haben Sie?«

»Nein.« Annemie schob sich aus der Bank, ging zum Fenster und zeigte auf die Zeitung mit Peter Juwels Konterfei. »Hat der Schlagerstar eine neue junge Geliebte?«, titelte das Blatt. »Darf ich?«

»Ja.« Er warf einen kurzen Blick auf die Zeitschrift.

»Frau Hansen sagte, Sie könnten mir bei der Suche helfen.«

»Das ist der Mann, den Sie angeblich getötet haben.« Er fragte nicht, er stellte fest.

Annemie nickte.

»Leider weiß ich nichts über Melanie Breuers Aufenthaltsort. Die Familie wohnt nicht in einem der Hotels, die ich beliefere. Aber ich werde mich umhören und mich bei Ihnen melden, sobald ich sie gefunden habe.«

Das war der längste Satz, den Hubertus Klein bisher von sich gegeben hatte. Den Umstand, Annemie nicht helfen zu können, schien er ehrlich zu bedauern. Wobei er nicht in Frage stellte, dass er die vier Breuers finden würde.

»Danke.«

»Wussten Sie, dass Jürgen Adamski in Bad Nordersielergroden wohnt?«, fragte er beiläufig.

Wer ist das, wollte Annemie fragen, als es ihr einfiel. »Das ist ja interessant.«

KAPITEL 10

»Was hatte er für eine Stimme, Werner! Und wundervolle Melodien.« Annemie summte eines seiner Lieder, wiegte sich in den Hüften und drehte sich einmal um die eigene Achse, was in Sonja Hansens enger Backstube zu kleineren Kollisionen mit dem Mobiliar führte. »Er trat als Jürgen Adams auf und war auf dem Weg an die Spitze. Es gab sogar Filme mit ihm. Bis zu diesem Autounfall. Danach ist er nie wieder aufgetreten, hat keinen Film mehr gemacht, kein neues Lied, sondern hat sich als Manager um andere Schlagerkollegen gekümmert. Niemand weiß, warum.« Mit Schwung zog sie die Klappe der Spülmaschine auf. Weißer Dampf füllte den Raum, Annemie wedelte mit dem Geschirrtuch.

»Ist es das, was dich so beschwingt?«

»Ein Besuch bei Jürgen Adams könnte uns weiterbringen. Er war auch Peter Juwels Manager, und dank Hubertus wissen wir, wo er sich aufhält«, entgegnete Annemie schnell.

Es stimmte. Seit sie von ihrem Besuch zurückgekehrt war, hatte sie ausgesprochen gute Laune. Ob das ausschließlich an den neuen Informationen lag, die sie erhalten hatte – darüber war sie sich selbst nicht im Klaren. Sie und Hubertus hatten sich mit wenigen Worten gut verstanden. Am Ende hatte er ihr die Hand gereicht und nur gesagt: »Hubertus.« Sie hatte eingeschlagen: »Annemie.«

»Hubertus.« Werner räusperte sich. »Was willst du jetzt machen?«

»Zuallererst werde ich dafür sorgen, dass uns die Torten am Nachmittag nicht ausgehen.« Annemie band sich eine von Sonja Hansens weißen Schürzen um. Da die Pensionswirtin fast zwei Köpfe größer war als Annemie, reichte der Stoff bis auf den Boden. Annemie schob den Bund bis unter den Busen und krempelte ihn zweimal um. »Heute Morgen ist viel verkauft worden. Das ist das Wichtigste.«

Auf dem Programm standen Mini-Windbeutel mit Lavendelpuddingfüllung und Rosmarin-Ganache. Schon bald roch es in der Backstube intensiv nach Vanille und Lavendel, gefolgt von der würzigen Note des Rosmarins. Annemie stellte die beiden Schalen in den Kühlschrank. Während sie die Zutaten für die Windbeutel zusammensuchte, sang sie leise den Schlager von Géraldine Olivier vor sich hin.

»Komm in die Provence, wenn die Lavendelfelder blühn. Dann ist das ganze Land ein einzig lila Garten ...«

Sie gab Milch und Wasser, Zucker und Butter in einen Topf und wartete, bis die Butter geschmolzen war. Erst dann brachte sie alles zum Kochen.

»Und auf dem Weg nach Avignon entdeckten wir l'amour ...«

Annemie sang aus vollem Herzen und vergaß, wo sie sich befand. Mehl und etwas Salz landeten im Topf. Sie rührte mit Verve, bis der Teig leicht angebrannt roch und sich langsam zu einem Ball formte.

»Ein Sommertraum, er wurde wahr ...«

Sie gab den Teigball in die Küchenmaschine und schaltete sie ein. Summend holte sie Eier aus dem Kühlschrank und verrührte sie miteinander. Bis der Teig kalt genug wäre, würde es noch etwas dauern. Geduld stand zwar nicht im Rezept, war aber eine der wichtigsten Zutaten. Das galt auch für ihre Ermittlungen. Nach ihren Beobachtungen musste es zwei Peter Juwel geben, auch wenn das außer ihr niemand glauben wollte. Melanie Breuer war Peter Juwels Tochter. Sie hatte kein Alibi für den Abend nach dem Konzert. Der Zeitschrift zufolge hatte sich ihr Vater eine junge Geliebte zugelegt. Vorausgesetzt, dass man dieser Behauptung Glauben schenken konnte – ob das der Tochter so gut gefallen hatte? Der Manager des Toten, Jürgen Adams, lebte hier in Bad Nordersielergroden, und sie hatte seine Adresse. Nur – was nutzte ihr das? Sie konnte schlecht zu ihm fahren und ihn zum Mord an seinem Star befragen. Schließlich war sie Konditorin, keine Kommissarin. Aber vielleicht war es genau das, was ihr helfen würde, dieses Problem zu lösen.

»... entdeckten wir l'amour«, trällerte sie und goss die Eier in die Maschine, wobei sie darauf achtete, dass die Masse nicht zu flüssig wurde. Sie suchte den Spritzbeutel, fand ihn an einer

Stelle, an der sie ihn in ihrer Backstube niemals abgelegt hätte, und füllte den Teig ein.

Werner Assenmacher stand in der Tür, zögerte einen Moment und wandte sich dann schweigend ab. Annemie bemerkte ihn erst jetzt und sah ihm hinterher. Täuschte sie sich, oder wirkte er betrübt? Energisch zog sie den Knoten der Schürzenbänder enger. Das würde sich sicher klären. Jetzt mussten erst einmal die Windbeutel in den Ofen.

Den Nachmittag über gaben sich die Gäste die Klinke in die Hand, und es wurde eng. Drei Frauen dehnten ihre Arbeitspause sehr großzügig aus und lästerten über ihre Kundinnen und Kunden, schwenkten von da zu den seltsamen Eigenheiten ihrer Verwandtschaft und starteten schließlich eine kreative Ideensammlung, was sie ihrem Chef denn nun als Ausrede präsentieren sollten. Da sie währenddessen je zwei Stück Torte verspeisten und ihren Blutdruck mit einer Menge Kaffee auf einem konsequent hohen Niveau hielten, gewährte Werner ihnen das verlängerte Aufenthaltsrecht. Die Außendienstmitarbeiter einer Firma, die das Café »Zur Meeresbrise« als Büro nutzten und alle Anwesenden mit tiefen, sonoren Stimmen an ihren Projekten teilhaben ließen, während die Kaffeereste in ihren Tassen eintrockneten, fragte er so oft, ob sie noch einen Wunsch hätten, dass sie schließlich genervt abzogen und anderen Besuchern Platz machten. Annemies Lavendel-Rosmarin-Windbeutel waren ausverkauft, kaum dass sie sie in die Auslage gestellt hatte. Ebenso die schnellen Brownies und die großen Kekse.

Der letzte Kuchen, den Annemie an diesem Tag buk, blieb in der Backstube. Sie packte ihn in eine der meeresblauen Pappschachteln, die Sonja Hansen für die Auslieferung der Kuchenbestellungen angeschafft hatte.

Um halb sieben schloss Werner die Eingangstür zu. Annemie trug die Schachtel ins Café.

»Was ist das?«, wollte Werner wissen.

»Das ist unsere Eintrittskarte bei Jürgen Adams.«

»Hat er eine Torte bestellt?«

»Nein. Aber das macht nichts. Wir bringen ihm trotzdem eine vorbei.«

»Möchtest du mich denn dabeihaben?«

»Warum sollte ich dich nicht dabeihaben wollen, Werner?«

»Weil ...« Er unterbrach sich. »Ach, egal. Lass uns gehen.«

Jürgen Adams öffnete selbst die Tür seiner Villa. Annemie erkannte ihn sofort. Er war zwar nicht mehr der strahlende Star, den sie von vor dreißig Jahren in Erinnerung hatte, machte aber einen durchaus passablen Eindruck.

»Ja bitte?«

Annemie tat so, als kramte sie in ihrer Tasche nach einem Zettel.

»Sind Sie Herr Adamski? Jürgen Adamski?«

»Ja.«

»Ich habe hier eine Lieferung für Sie.« Sie gab Werner ein Zeichen. Er trat mit der Schachtel vor.

»Was ist das?«

»Annemies Marzipantraum. Eine Torte.«

Jürgen Adams runzelte die Stirn. Er drehte sich um und brüllte: »Haben Sie einen Kuchen bestellt, Claudia?«

Die Antwort klang, als käme sie aus den Tiefen des Kellers. Annemie verstand sie nicht.

»Meine Haushälterin sagt Nein.« Er hob die Schultern in einer bedauernden Geste.

»Hören Sie, guter Mann. Mein Name ist Annemie Engel, und ich bin Konditorin. Aus Niedelsingen. Nicht aus Bad Nordersielergroden. Das hier ist eigentlich mein Urlaub. Der erste übrigens in meinem ganzen Leben. Durch einen unglücklichen Zwischenfall hat sich unsere Pensionswirtin den Arm gebrochen, und jetzt halten wir ...«, sie drehte sich um und zeigte erst auf Werner, der stocksteif neben ihr stand, und dann auf sich, »den Betrieb in Pension und Café aufrecht. Wir sind beide nicht mehr die Jüngsten, und Sie können mir glauben, dass es nicht nur Spaß ist.« Sie machte eine kurze Pause, um genügend Luft für die nächsten Sätze zu sammeln. »Da sind auch noch die beiden Mädchen. Teenager. Sehr anstrengend. Aber das tut hier nichts zur Sache. Was allerdings etwas zur Sache tut, ist, dass wir nach einem langen, anstrengenden Tag im Café extra hierhergelaufen sind, um diese Torte an Sie auszuliefern.« Wieder machte sie eine Pause und krönte sie mit einem erschöpften Seufzen. »Und dann sagen Sie mir allen Ernstes, Sie hätten sie nicht bestellt?« Annemie schwankte langsam vor und zurück.

»Es tut mir wirklich leid, aber wir haben nichts …« Jürgen Adams konnte den Satz nicht zu Ende bringen, denn Annemie kippte nach vorn. Jürgen Adams fing sie auf.

»Annemie!« Werner war ebenfalls sofort bei ihr. »Was ist los?« Annemie stöhnte leise mit geschlossenen Augen. Sie hing wie ein Sack Mehl in Jürgen Adams' Armen. Der brüllte wieder nach Claudia. Eine Minute später lag Annemie im Wohnzimmer der Villa auf einem Sofa, hatte ein Kissen unter dem Kopf und drei unter den Füßen.

»Ich rufe einen Krankenwagen«, ließ sich die Haushälterin vernehmen.

»Nein.« Annemie hustete und hob die Hand. »Keinen Krankenwagen. Das ist nicht nötig. Es wird schon besser.« Sie schlug die Augen auf. Jürgen Adams stand vor dem Sofa und betrachtete sie wie eine Mehlmotte, die er in seinen Vorräten vorgefunden hatte. Die Haushälterin brachte ein Tablett mit einer Flasche Wasser und drei Gläsern, stellte es auf dem Wohnzimmertisch ab und goss ein. Jürgen Adams griff sich eines davon und trank es in einem Zug aus.

»Möchten Sie?« Die Haushälterin bedachte ihren Arbeitgeber mit einem strengen Blick und bot zuerst Annemie, dann Werner ein Glas an. Annemie setzte sich langsam auf, nahm es und trank in kleinen Schlucken, während sie sich umsah. An der Wand hingen signierte Goldene Schallplatten in großen Bilderrahmen neben Konzertpostern verschiedener Schlagerstars. Am liebsten wäre Annemie aufgestanden und hätte alles genau studiert. Stattdessen blieb sie sitzen, rutschte aber etwas auf dem Sofa nach vorne.

»Ich danke Ihnen für die Hilfe, Herr Adamski.« Sie erhob sich, schwankte wieder.

Werner sprang ihr bei und fasste sie unter.

»Was ist jetzt mit der Torte, Herr Adamski?« Annemie stützte sich auf Werner. Ihre Stimme klang brüchig.

Jürgen Adams zögerte und wechselte einen fragenden Blick mit seiner Haushälterin.

»Lassen Sie sie hier«, sagte Claudia. »Dann brauche ich keinen Nachtisch mehr zuzubereiten. Was ist es denn für eine, und was bekommen Sie dafür?«

»Marzipantorte«, erwiderte Annemie und nannte mit matter Stimme den Preis. Jürgen Adams zog eine Geldbörse aus der Hosentasche, nahm einen Schein heraus und reichte ihn Werner.

»Stimmt so.«

»Danke.« Annemie wandte sich an Werner. »Lass uns gehen.«

»Bist du sicher, dass wir nicht doch zu einem Arzt gehen sollen?« Werner legte seine Hand auf den Arm, mit dem Annemie sich bei ihm abstützte. Sie waren langsam die Straße entlanggegangen und um die Ecke gebogen.

Annemie lächelte ihn an, löste ihren Arm aus seinem und richtete sich auf. »Vollkommen sicher. Mir geht es blendend.« Um es zu beweisen, machte sie ein paar schnelle Schritte vorwärts, drehte sich um und kam wieder zu Werner zurück. Der stutzte.

»Aber grade ging es dir gar nicht blendend, Annemie.«

»Doch, mein Lieber. Es ging mir die ganze Zeit hervorragend. Dieses kleine Schauspiel habe ich nur veranstaltet, um mit Jürgen Adams in Kontakt zu kommen. Und ich habe auch schon einen Plan, welche Torte ich ihm als Nächstes backen werde, warte es nur ab.«

Werner betrachtete Annemie still. Er blinzelte, seine Nase zuckte. Unvermittelt lachte er laut los. Einige Spaziergänger drehten sich neugierig nach ihm um, eine Frau, die gerade ihren Vorgarten beackerte, richtete sich auf und schaute verwundert in Annemies und Werners Richtung.

»Du bist ja eine Schauspielerin, Annemie. Ich habe dir deinen Schwächeanfall absolut geglaubt.« Er lachte noch einmal, diesmal etwas leiser. Dann wurde er wieder ernst. »Ich habe mir Sorgen gemacht. Du hättest mir vorher sagen sollen, was du geplant hast.«

»Deine Sorge um mich ist sehr aufmerksam, Werner.« Annemie wandte sich ihm zu. »Es ist schwierig für mich.«

»Was?«

»Ich bin es nicht gewohnt, meine Gedanken mit anderen Menschen zu teilen.« Annemie umklammerte die Griffe ihrer Handtasche, senkte aber nicht den Blick. Es war nicht nur schwierig für sie, anderen ihre Gedanken mitzuteilen. Noch viel schwerer fiel es ihr, ihre Gefühle preiszugeben. Im Guten wie im Schlechten. Die langen Jahre in ihrer selbst gewählten Abgeschiedenheit hatten sie vergessen lassen, wie das ging. Manchmal, so schien es ihr, wusste sie selbst nicht genau, was sie fühlte. Oder sie gestand es sich nicht ein. Ein Panzer, der vierzig Jahre lang gewachsen war, ließ sich nicht abstreifen wie eine ihrer Strickjacken. Er hatte viele Risse bekommen, seit sie mit Maike und Farin zusammenlebte. Stücke waren herausgebrochen und offenbarten Stellen, die sich gleichzeitig befreit und verwundbar anfühlten. Sie war eine fünfundsechzig Jahre alte Frau, kein junges Mädchen, das freudig und leichten Herzens neue Wege einschlug. Jeder Schritt war ein bewusster Schritt. Einige fielen ihr leicht, andere waren deutlich schwerer. Aber jeder dieser Schritte führte weg von ihrem alten Ich, hin zu einem anderen Leben.

»Ich weiß.« Werner, der ein Teil dieses neuen Lebens war, bot ihr den Arm an, Annemie hakte sich ein. Gemeinsam gingen sie weiter die Straße entlang, an deren Ende der Kurpark lag. Die Abendsonne wärmte Annemies Gesicht, vom Meer her wehte eine leichte Brise. Sie genoss den Moment und spürte, wie ein weiteres kleines Stück ihrer Rüstung abbröckelte. Sie legte ihre Hand auf Werners Arm und drückte ihn leicht.

Der Lärm spielender Kinder wurde lauter, je näher sie dem Kurpark kamen. Hinter hohen Bäumen lag eine große Fläche mit einer riesigen Sandkuhle. Mittendrin ein Schiff aus Holz, an dessen Mast eine Piratenflagge im Wind flatterte. Zahlreiche Kinder turnten darauf herum. Sie schrien laut, und Annemie fragte sich, was aus den guten alten Spielplätzen mit einer Rutsche, einer Wippe und einem überschaubaren Sandkasten geworden war. Fasziniert beobachtete sie die Mädchen und Jungen. Vermutlich hatten ihre Eltern den durchaus guten Plan, sie vor dem Zubettgehen noch einmal richtig müde zu machen.

»Wirst du mir denn sagen, was du als Nächstes vorhast?«, brach Werner das Schweigen. Annemie benötigte einen kurzen Moment, bis sie verstand, was Werner von ihr wissen wollte, zu sehr war sie in den Anblick der Kinder versunken gewesen.

»Ja. Ich …« Annemie stockte und blieb stehen.

»Ich höre.«

»Da sind sie.«

»Bitte?«

»Da, Werner.« Sie zeigte auf den Spielplatz. »Die Breuers.«

KAPITEL 11

Melanie Breuer saß auf einer der Bänke am Rand des Spielplatzes. Anders als ihre Sitznachbarinnen zur Rechten, zwei junge Mädchen, die vermutlich Babysitterinnen waren, schaute sie nicht wie festgeklebt auf ihr Handy, sondern auf die spielenden Kinder. Erst als Annemie sich näherte, erkannte sie, dass der Blick der Frau ins Leere ging.

»Darf ich?« Annemie deutete auf den letzten freien Platz auf der Bank. Melanie Breuer schrak zusammen.

»Was? Ja natürlich.«

»Danke.« Annemie setzte sich, stellte ihre Handtasche auf den Schoß und betrachtete die spielenden Kinder.

Werner ging ein paar Schritte weiter und nahm auf der benachbarten Bank Platz. Melanie Breuer zeigte kein Zeichen des Erkennens, sie beachtete Annemie nicht und wandte ihren Blick wieder den Kindern zu.

»Welche sind Ihre?« Das war unverfänglich genug. Eltern redeten doch angeblich gerne über ihre Kinder. Annemie wusste nicht, wie sie das Gespräch sonst beginnen sollte. Ein »Haben Sie Ihren Vater getötet?« wäre kein idealer Einstieg. Ebenso wenig wie: »Die Polizei hat mich im Verdacht, Ihren Vater umgebracht zu haben, aber ich war es nicht – Sie vielleicht?«

»Bitte?« Wieder schien Melanie Breuer nur kurz aus ihrer Gedankenwelt aufzutauchen. Diesmal wollte Annemie sie festhalten.

»Welche sind Ihre Kinder?« Fast wäre ihr ein »Jungs« anstatt »Kinder« herausgerutscht, aber sie konnte sich gerade noch bremsen.

»Die beiden dort oben.« Melanie Breuer zeigte auf den Mast des Piratenschiffs. Ganz oben war er von einer Art Plattform umgeben, die nur über eine Leiter zu erreichen war. Torben-Luca und Maximilian-Elyas standen darauf und führten einen Schwertkampf ohne Waffen, dafür aber mit viel Geschrei aus.

»Nicht so wild«, rief Melanie Breuer.

Zu Annemies großem Erstaunen reagierte der Jüngere, schaute zu seiner Mutter und dann zu Annemie. Er neigte den Kopf, dann riss er erstaunt die Augen auf, bevor er seinen Bruder am Ärmel zupfte und auf Annemie zeigte. Die beiden kletterten die Leiter hinunter und kamen auf sie zugelaufen.

»Mama. Das ist doch die Frau. Was will die hier?« Torben-Luca blieb etwas außer Atem vor seiner Mutter stehen.

»Welche Frau?«

»Na, die aus dem Restaurant. Die alte Hexe.« Er zeigte auf Annemie.

Melanie Breuer rückte ein Stück von Annemie ab und wandte sich ihr zu. Ihr Gesicht spiegelte Erkennen und peinliches Berührtsein. Dass »die alte Hexe« ursprünglich nicht zum Wortschatz ihres Jüngsten gehört hatte, sondern er es von ihr oder ihrem Mann aufgeschnappt haben musste, war offensichtlich.

»Wieso kommen Sie hierher? Möchten Sie die Erziehung meiner Söhne übernehmen?«

»Ich bin Konditorin, keine Super-Nanny.«

»Verfolgen Sie uns etwa?« Melanie Breuer stand auf, trat einen Schritt von der Bank weg. »Was soll das?«

Annemie entschloss sich zur Flucht nach vorn. Alles andere ergab keinen Sinn. »Haben Sie aus der Presse von der neuen Frau Ihres Vaters erfahren, oder wussten Sie das schon vorher, Frau Breuer?«

Melanie Breuer starrte sie an.

»Diese Liaison kann kaum in Ihrem Sinne gewesen sein.« Annemie ließ nicht locker.

»Wer sind Sie? Kommen Sie von der Zeitung?« Melanie Breuer sah sich hektisch um. Vielleicht vermutete sie, dass sich ein nach privaten Fotos heischender Fotograf im Gebüsch versteckte.

»Wie ich bereits sagte. Ich bin Konditorin, keine Reporterin.« Annemie blieb sitzen und schaute zu ihr hoch. »Bitte setzen Sie sich und hören Sie mir zu.«

»Warum sollte ich das tun?« Melanie Breuer legte schützend jeweils einen Arm um die Schultern ihrer Söhne und drückte sie an sich. »Kommt Jungs, wir gehen jetzt nach Hause.« Sie drängte ihre Kinder in Richtung Ausgang.

»Weil Sie wissen möchten, was ich weiß«, rief Annemie. Mit Zuckerstückchen fing man Fliegen. Melanie Breuer blieb stehen und schaute zu ihr zurück.

»Mama, ich will noch nicht nach Hause.« Torben-Luca befreite sich aus ihrer Umarmung und lief zum Piratenschiff. Melanie Breuer gab unwillig auch ihren zweiten Sohn frei und kam näher.

»Ich habe Ihren Vater an jenem Morgen gefunden und die Polizei gerufen.«

»*Sie* sind die Stalkerin.« Wieder ein Schritt zurück. Dieses Rumgehampel machte Annemie ganz nervös.

»Stalkerin. Was für ein Unsinn. Dieses neumodische Wort kannte ich bis zu dem Morgen noch nicht einmal. Ich mag die Musik Ihres Vaters sehr, aber das bedeutet doch nicht, dass ich ihm auf die Pelle rücke. Dafür habe ich nun wahrhaftig keine Zeit.«

»Aber die Polizei hat gesagt, Sie seien ihm gefolgt.«

»Die Polizei reimt sich da etwas zusammen. Die halten mich für eine verrückte alte Frau.«

Melanie Breuer presste die Lippen aufeinander und betrachtete Annemie einige Sekunden lang schweigend.

»Die Polizei hat also mit Ihnen gesprochen?«

»Selbstverständlich. Ich bin die Tochter.«

»Kam das mit der geplanten Heirat Ihres Vaters auch zur Sprache?«

»Ich weiß zwar nicht, was Sie das angehen sollte, aber ja. Wir haben darüber gesprochen.«

»Sie haben recht. Es geht mich nichts an. Was haben Sie geantwortet?«

»Was wollten Sie mir sagen, als Sie meinten, Sie wüssten etwas, das ich wissen will?« Melanie Breuer ließ sich offenbar nicht so leicht hinters Licht führen.

»Erst Sie.«

»Nein, ich denke nicht.« Sie verschränkte die Arme vor der Brust.

»Ich habe Ihren Vater zweimal auf den Treppen zum Kurpavillon gefunden.«

»Die Polizei hat recht. Sie *sind* eine verrückte alte Frau.« Melanie Breuer wandte sich ab und setzte sich in Bewegung.

»An zwei verschiedenen Tagen. Beide Male war er tot.«
Sie beschleunigte ihre Schritte.
»Aber es war nicht beide Male Ihr Vater. Das waren zwei verschiedenen Männer.«
Den letzten Satz hatte Annemie laut gerufen. Melanie Breuer blieb stehen, drehte sich auf dem Absatz um und stürmte mit wütendem Gesichtsausdruck auf sie zu. Kurz bevor sie sie erreichte, hielt sie inne. Ihr Atem ging stoßweise. »Sie sind eine komplett verrückte alte Frau, die sich einen himmelschreienden Unsinn zusammenphantasiert.«
»Ich habe keine Zeit für Verrücktheiten.« Annemie erhob sich. Trotzdem musste sie noch zu Melanie Breuer aufschauen. »Am ersten Tag hatte der Mann, den ich gefunden habe, einen tief eingerissenen Daumennagel. Die Finger des Toten nach dem Konzert waren perfekt manikürt, aber zu lang, als dass dort tags zuvor ein Riss gewesen sein könnte.«
Melanie Breuer zeigte keine Regung. Annemie nutzte die Chance, weiterzusprechen.
»Diesen eingerissenen Daumennagel habe ich mir nicht eingebildet. Er hat meine neue Strickjacke beschädigt, und ich hatte Mühe, alle Fäden wieder unsichtbar zu vernähen.«
»Wie können Sie sich am Daumennagel eines Toten einen Faden in die Jacke ziehen?«
»Selbstverständlich habe ich nachgeschaut, ob Ihr Vater noch lebt.« Annemie räusperte sich. »Und es waren drei Fäden. Nicht einer.«
»Was ist dann passiert? Nachdem Sie sich die Fäden gezogen haben?«
»Sie glauben mir?«
»Ja.« Melanie Breuer kniff die Augen zusammen. »Mein Vater hat immer sehr viel Wert auf gepflegte Hände gelegt. Ein tief eingerissener Nagel wäre nicht sein Stil gewesen. Also? Was war dann?
»Später. Jetzt möchte ich erst eine Antwort auf meine Frage.«
Annemie würde sich nicht die Marmelade vom Croissant nehmen lassen.
»Welche Frage?«

»Wie haben Ihnen die Heiratspläne Ihres Vaters gefallen?«
»Gar nicht.« Melanie Breuer kam zur Bank und setzte sich
wieder. Ihre Wut hatte sich in etwas verwandelt, von dem Annemie nicht sagen konnte, was genau es war. Bedauern? Trauer?
Nachdenklich schaute sie zu ihren Söhnen hinüber, die bereits
wieder lautstark kämpfend über das Piratenschiff turnten. Diesmal verteidigten sie sich Seite an Seite gegen einen gemeinsamen,
aber unsichtbaren Feind.

Annemie nickte, sagte aber nichts.

»Es gefiel mir überhaupt nicht. Deswegen sind wir hier. Ich
wollte mit ihm sprechen. Sie senkte den Kopf, hob ihn wieder
und sah Annemie direkt an.»Wissen Sie, das Verhältnis zu meinem Vater war nie das beste. Er hat uns früher viel allein gelassen, wenn er auf seinen Tourneen war, und na ja …« Sie lächelte
traurig.»Auch wenn es ein Klischee ist – der gut aussehende,
erfolgreiche Schlagersänger und seine Verehrerinnen –, das mit
der Treue hat er wohl auch nicht so ernst genommen. Irgendwann
hat er uns ganz verlassen.«

»Aber Sie hatten immer noch Kontakt?«

»Sporadisch.«

»Jetzt wollten Sie aber mit ihm sprechen.«

»Ja. Ich wollte ihn schützen.« Melanie Breuer seufzte.»Auch
wenn ich nicht viel von meinem Vater hatte. Immerhin war er
so fair und hat nach der Trennung weiter finanziell für mich
und meine Mutter gesorgt, bis ich mein eigenes Geld verdienen
konnte. Er war damals sehr erfolgreich und hatte auch in den
letzten Jahren noch ordentliche Einnahmen. Keine Millionen,
aber genug für ein sicheres Auskommen.«

»Also ging es Ihnen um das Erbe?«

»Nein.« Melanie Breuer schüttelte den Kopf.»Ja. Also, auch.
Aber nicht nur. Es ging mir vor allem um meine Kinder und
darum, es nicht in den Rachen dieser Hochstaplerin zu werfen.«

»Hochstaplerin?«

»Ja natürlich. Was kann sie denn sonst sein? Haben Sie die
Frau mal gesehen?«

Annemie verneinte, entsann sich dann aber an das Bild in
der Boulevardzeitung. Die Frau war deutlich jünger als Peter

Juwel gewesen. Die Haare lang und hell, und die Lippen hatten Annemie an zwei extragroße Vanillekipferl erinnert.

»Sie ist fast zehn Jahre jünger als ich. Was will eine Frau mit einem so viel älteren Mann?« Melanie Breuer schüttelte sich.

»Vielleicht liebt sie ihn?«

»Sie liebt vermutlich eher sein Geld.«

»Was hat das alles mit Ihren Söhnen zu tun?«

»Die beiden sind die Haupterben. Das hat mein Vater irgendwann so bestimmt. Nennen Sie es eine Art Wiedergutmachung.«

»Nicht Sie?«

»Nein. Ich will sein Geld nicht. Und brauche es auch nicht. Meinen Pflichtteil werde ich für die Ausbildung der Jungs zurücklegen. Auch wenn es sich seltsam anhört. Ich wollte meinen Vater davor bewahren, sich mit dieser Sache lächerlich zu machen. Eine Liebeshochzeit in seinem Alter. Ich bitte sie.« Sie legte die Hände in den Schoß. »So. Jetzt Sie. Was ist passiert, nachdem Sie den Toten mit dem eingerissenen Daumennagel gefunden hatten?«

»Er ist verschwunden.« Annemie erzählte Melanie Breuer, warum sie so früh am Morgen unterwegs gewesen war, wie sie den Toten gefunden und weshalb sie nicht einfach die Polizei angerufen hatte. »Die Polizistin hat mir nicht geglaubt.« Sie richtete sich auf und schaute zu der anderen Bank, auf der Werner Assenmacher immer noch saß und geduldig auf sie wartete. »Selbst Werner hat mir nicht geglaubt.«

»Aber Sie sind sich sicher?«

»Ich weiß, was ich gesehen habe. Und beim zweiten Mal musste ich ja auch nicht weg. Da konnte ich bleiben, bis die Polizei eintraf.«

»Die Polizei, die jetzt Sie im Verdacht hat.«

»Das mag schon sein. Aber die Polizei liegt da natürlich ganz falsch.«

»Ich habe meinem Vater nichts angetan, falls Sie das denken. Auch wenn wir uns nicht sehr nahestanden. Er war trotzdem mein Vater.«

Zum ersten Mal bemerkte Annemie wirkliche Trauer in Melanie Breuers Gesichtszügen. Sie nickte, griff nach ihrer Handtasche und stand auf. »Sicher haben Sie ein Alibi.«

»Leider nein.« Sie blickte zu ihren Söhnen hinüber. »Die beiden sind sehr anstrengend und fordernd. Ehrlich gesagt habe ich an dem Abend einen Spaziergang am Strand gemacht. Einen sehr langen Spaziergang. Allein. Wenn ich einmal Zeit für mich finde, muss ich das ausnutzen.«

»Das glaube ich Ihnen sofort. Hat Sie vielleicht jemand gesehen?«

»Keine Ahnung. Es waren einige Menschen unterwegs. Ich habe aber nicht darauf geachtet.«

»Ich glaube Ihnen. Nur in einem muss ich Ihnen widersprechen.«

Melanie Breuer schaute sie fragend an.

»Alter und Liebe schließen sich nicht aus. Ganz im Gegenteil.« Annemie winkte Werner zu, der sich erhob und sich zu ihnen gesellte. Er verbeugte sich kurz vor Melanie Breuer und bot Annemie dann, ganz Gentleman alter Schule, den Arm zum Unterhaken an.

Annemie war sich nicht sicher, ob er die letzten Sätze gehört hatte. Und wenn doch, so war es ihr auch recht.

KAPITEL 12

»Wir hatten Hunger, und da habe ich uns Pfannkuchen gemacht«, erklärte Frieda unaufgefordert, als Annemie und Werner die Küche betraten. Sie stellte die Pfanne ins Spülbecken, türmte Teller und Besteck darauf und drehte den Hahn auf. Das Wasser spritzte hoch. Sie schrie auf, hüpfte zurück und versuchte, den Hahn mit ausgestrecktem Arm wieder zu schließen. Nachdem es ihr gelungen war, ging sie zum Tisch zurück, an dem ihre Schwester saß, und ließ sich wie ein Sack auf den Stuhl plumpsen. »Du kannst auch was tun. Schließlich hab ich gekocht.«

Louisa reagierte nicht. Sie blieb reglos sitzen, starrte vor sich auf den Tisch. Irgendwas in ihrem Handy sorgte dafür, dass ihre Außenwahrnehmung komplett abgeschaltet war.

»Hey.« Frieda lehnte sich zu ihrer Schwester hinüber und gab ihr einen Klaps auf den Unterarm. »Los. Steh auf.«

»Kann sie das nicht machen?« Louisas Kinn wies in Annemies Richtung. »Sie soll uns doch helfen.«

»Helfen? Ja. Bedienen? Nein.« Werner schob sich an Annemie vorbei und baute sich vor dem Küchentisch auf. »Junge Dame. Deine Schwester hat absolut recht. Du musst deinen Teil leisten. Auch wenn du keine Lust hast.«

»Da hörst du es.« Frieda zog eine Grimasse, zupfte ihrer Schwester das Handy aus der Hand und schaute es sich an. »Uhhh – Harry Styles.« Sie formte einen Kussmund, verdrehte die Augen und wackelte übertrieben mit dem Kopf.

Mit einem Schrei sprang Louisa auf und riss das Handy wieder an sich.

»Wer ist dieser Harry Styles? Ihr Freund?«, wollte Annemie wissen.

Frieda brach in Gelächter aus. »Das hätte sie gerne.«

»Du bist total scheiße!« Louisa war den Tränen nah.

»Ich glaube, das ist ein Popstar«, raunte Werner Annemie ins Ohr. »Maike hat mal seinen Namen erwähnt. Sie mag seine Musik.«

»Ein Sänger also.« Annemie sah von einer zur anderen. »Und deswegen gibt es hier so einen Aufstand?«

Louisa blickte sie hasserfüllt an. »Er ist nicht nur ein Sänger. Er ist …«, sie rang nach Luft, »er ist … Ach, ihr versteht das nicht«, rief sie wütend und stürmte an allen vorbei aus der Küche. Eine Sekunde später hörte man eine Tür laut knallen.

»Nenn mich nicht scheiße, du Arschgeige!« Frieda lief ihrer Schwester hinterher. Eine Tür wurde aufgerissen und zugeschlagen. Dann folgte wildes Geschrei, das durch die geschlossene Tür deutlich gedämpft wurde.

»Ich habe ja nichts gegen Teenager.« Sie ging zur Spüle und griff nach einem Lappen, um das Chaos zu beseitigen. »Jedenfalls nichts Wirksames.«

»Man gewöhnt sich daran.« Werner nahm ein Küchentuch zur Hand. »Und es wächst sich aus.« Er grinste. »Irgendwann. Mit etwas Glück eher früher als später.«

»Ich hatte nicht vor, so lange hierzubleiben.« Annemie gab schwungvoll Spülmittel ins Wasser.

»Es sind nette Mädchen, Annemie.«

»Das verbergen sie ausgezeichnet.« Sie hielt Werner einen triefend nassen Teller hin.

»Apropos verbergen. Zu welchem Schluss bist du in Bezug auf Melanie Breuer gekommen?«

»Sie hat zwar kein Alibi für den Abend, aber ich glaube ihr trotzdem. Sie will ohne Begleitung am Strand gewesen sein. Es waren zwar andere Leute da, aber sie hat auf niemanden geachtet. Alles, was sie sagte, ergab Sinn. Und auch wenn das Verhältnis zu ihrem Vater nicht das beste war, so macht sie mir nicht den Eindruck, als wäre sie in der Lage, ihn umzubringen. Im Gegenteil. Sie wollte ihn vor Schaden bewahren.«

Werner nickte. »Es spricht noch etwas dafür, dass nicht sie die Täterin ist.«

»Was?«

»Sie war unsere erste Verdächtige, und in keinem Kriminalroman ist die erste Verdächtigte auch wirklich die Täterin. Das gehört sich einfach nicht.«

Eine halbe Stunde später saßen auch Annemie und Werner endlich vor einem gedeckten Tisch. Diesmal waren sie in Sonja Hansens privater Küche geblieben. Annemie hatte aus dem Bestand des Cafés etwas Wurst, Käse und einige Tomaten und Gurken nach oben geholt und eine große Kanne Tee gekocht. Werner hatte in der Zwischenzeit den Tisch gedeckt. Sogar an Servietten und eine kleine Kerze hatte er gedacht. Eine Zeit lang aßen sie schweigend. Annemie merkte, wie hungrig sie war.

»Was ist eigentlich mit deinem Plan für Jürgen Adams?« Werner legte sein Messer neben dem Teller ab, wischte sich mit der Papierserviette über den Mund und lehnte sich gesättigt nach hinten.

»Er bekommt noch einen Kuchen.«

»Noch einen? Er war schon über den ersten nicht amüsiert.«

»Aber er wird ihn gegessen haben, und das macht die Sache leichter.«

»Inwiefern?«

Annemie sah ihn streng an. »Das fragst du? Weil es einer von *meinen* Kuchen war.« Sie trank einen Schluck Tee. »Einen weiteren wird er sicherlich gerne in Empfang nehmen. Vor allem, wenn ich ihn als Dankeschön und Entschuldigung für die Umstände bei ihm vorbeibringe.«

»Glaubst du, er wird dich erneut ins Haus lassen?«

»Ich werde mir alle Mühe geben und hoffe, er weiß etwas, das uns weiterhelfen wird.«

»›Jeder weiß immer irgendwas. Auch wenn es etwas ist, von dem er nicht weiß, dass er es weiß.‹ Das schrieb schon Agatha Christie in ›Die Katze im Taubenschlag‹.« Werner griff ebenfalls zur Teetasse.

»Er ist seit vielen Jahren Peter Juwels Manager. So etwas schweißt zusammen.«

»Vermutlich im Guten und im Bösen.«

»Ja. Wenn es mir gelingt, ihm ein wenig auf den Zahn zu fühlen, sind wir wieder ein Stück weiter.«

Die Küchentür öffnete sich, und Frieda trat ein. Sie ging zum Schrank, nahm ein Glas und füllte es mit Wasser aus dem Hahn.

»Wie geht es deiner Schwester?«, wollte Werner wissen.

»Keine Panik. Das legt sich alles wieder.« Frieda trank in großen Schlucken. »Sie hat gerade so eine Phase.« So wie sie es sagte, klang es, als wäre sie selbst mindestens zehn Jahre älter und um Äonen weiser als ihre Schwester. »Mama hat übrigens angerufen, als Sie nicht da waren.«

»Wie geht es ihr?

»Gut.« Frieda lächelte schief. »Also so gut, wie es einem mit dem kaputten Arm gehen kann. Sie soll morgen entlassen werden.«

»Das sind doch erfreuliche Nachrichten.« Annemie biss in eines der Gürkchen.

»Ja, aber sie macht sich Sorgen.«

»Weshalb?«

»Sie weiß nicht, ob sie das alles hier schon wieder allein packt.«

»Sie ist ja nicht allein. Sie hat zwei Töchter, die mit anfassen können, und wir sind ja auch noch da.« Annemie stand auf, räumte das Geschirr zusammen und klatschte in die Hände. »Dann sorgen wir mal dafür, dass sie alles in guter Ordnung vorfindet.«

Um kurz vor neun am nächsten Morgen war das Café bereits wieder bis auf den letzten Platz besetzt. In der hintersten Ecke hatte Annemie allerdings einen Tisch für die einzige andere Gästin der Pension, Renate Wendeler, freigehalten. Schließlich vermietete Sonja Hansen die Zimmer inklusive Frühstück.

Annemie und Werner hatten bereits um sieben mit den Mädchen gefrühstückt. Darauf hatte Werner bestanden. Er hatte auch eigenhändig die Schulbrote geschmiert und auf Wunsch der jungen Damen noch Tomaten und Gurkenstücke in die Dosen gepackt. Annemie hatte ihn dabei beobachtet und sich vorgestellt, wie er das vor vielen Jahren auch für Maike getan hatte. Wie er in der Küche stand und vor seiner Arbeit im Buchladen Brote schmierte und seiner Tochter einen guten Start in den Tag wünschte. Wie viel Liebe doch in so einer kleinen Geste lag. Wie viel Geborgenheit das Umsorgen eines anderen Menschen vermittelte.

Doch jetzt wollten nicht nur zwei, sondern mindestens zwanzig Menschen umsorgt werden. Mit Frühstück, Kaffee und einige auch bereits mit Kuchen. Zum Glück hatte Annemie vorgesorgt und lange vor dem Frühstück ausgiebig gebacken. Es standen mehrere Torten und Kuchen in der Kühlung und warteten darauf, verspeist zu werden.

Pünktlich um zehn Uhr, als Annemie schon überlegte, ob sie den Tisch für alle Besucherinnen und Besucher freigeben sollte, erschien Renate Wendeler zum Frühstück. Sie nahm Platz und wartete mit sehr geradem Rücken darauf, von Werner bedient zu werden. Heute trug sie eine hellrosa Strickjacke über einer blütenweißen Bluse zur grauen Hose und wirkte trotz ihrer Größe sehr zart und schmal, wie sie dort in der Ecke saß.

Annemie strich sich über Bauch und Hüften und band energisch die Schürze enger, während sie Werner aus dem Augenwinkel beobachtete. Er unterhielt sich freundlich mit Renate Wendeler. Sie lachte und neigte den Kopf zur Seite. Täuschte Annemie sich, oder blieb er länger bei ihr als bei den anderen Gästen stehen?

»Keine Angst. Ich glaube, sie ist nicht sein Typ.«

Annemie schrak zusammen und drehte sich in die Richtung, aus der die Stimme gekommen war.

»Frau Hansen!« Annemie trat einen Schritt zur Seite. »Sie sind wieder da.« Rasch wischte sie sich die Hände an ihrer Schürze ab und reichte ihrer Wirtin eine zur Begrüßung. Sonja Hansen hob kurz den eingegipsten rechten Arm, griff aber dann mit der Linken zu.

»Das läuft ja hier wie am Schnürchen. Alle Achtung!« Sie inspizierte neugierig die Kuchen in der Auslage und verzog entzückt das Gesicht. »Das sieht himmlisch aus!«

»Wir haben Käsekuchen, Apfelkuchen und Buttercreme. Möchten Sie?«

»Ja gerne.«

»Welchen davon?«

»Ich verstehe die Frage nicht.« Sonja Hansen schaute Annemie mit betont unschuldigem Augenaufschlag an. Die brauchte einen kurzen Moment, bis sie verstand, dann lachte sie.

»Das ist die richtige Herangehensweise. Schließlich müssen

Sie als Besitzerin dieses Cafés genauestens überprüfen, ob Ihre Qualitätsstandards eingehalten werden.« Annemie nahm einen Teller vom Stapel. »Dort hinten ist gerade ein Tisch frei geworden. Was halten Sie davon, zuerst einmal in Ruhe einen Kaffee zu trinken, um hier wieder anzukommen?« Sie betrachtete den verletzten Arm. »So schnell, wie Sie entlassen worden sind. Das kann doch noch nicht gut sein.«

»Nein. Ist es auch nicht. Die Ärzte wollten mich eigentlich zwei Tage länger in der Klinik behalten. Aber ich habe es nicht ausgehalten. Die Vorstellung, Sie beide hier ganz allein mit dem Betrieb und den Mädchen. Dabei haben Sie doch Urlaub. Also habe ich mich auf eigene Verantwortung selbst entlassen.«

»Die Sache mit dem Urlaub war mir sowieso von Anfang an sehr suspekt. Zu viel freie Zeit. Da kommt man nur auf dumme Gedanken. Jetzt weiß ich wenigstens, was ich zu tun habe.« Annemie packte drei Stücke Kuchen auf den Teller und balancierte ihn in der linken Hand. Mit der Rechten schob sie Sonja Hansen zu dem freien Tisch. »Werner bringt Ihnen gleich den Kaffee. Wenn er sich denn von Frau Wendeler losreißen kann.«

Mit geübten Griffen nahm sie das schmutzige Geschirr, brachte es in die Küche und holte die nächste Torte aus der Kühlung. Sie trug sie zur Theke, schnitt einige Stücke an und stellte sie in die Auslage. Wenn das so weiterging, würde sie heute noch einmal backen müssen.

Renate Wendeler hob die Hand und winkte ihr zu. Annemie ignorierte sie. Sollte sie doch warten, bis sie an der Reihe war. Werner kassierte gerade an einem der anderen Tische ab und musste danach noch zu zwei weiteren, an denen die Gäste in Aufbruchsstimmung waren. Renate Wendeler hob erneut den Arm, fixierte Annemie mit festem Blick unter hochgezogenen Augenbrauen und winkte wieder. Diesmal aber deutlicher.

Annemie seufzte. Wenn sie nicht zu ihr ging, würde diese Person womöglich als Nächstes durch das ganze Café nach ihr rufen. Widerwillig näherte sie sich ihrem Tisch.

»Gute Frau, ich habe eine Frage an Sie. Setzen Sie sich doch einen Moment zu mir.« Renate Wendeler trug einen Gesichtsausdruck, als hätte sie gerade in ein ranziges Cremetörtchen gebissen.

»Ich bin keine gute Frau. Ich bin Konditorin.« Annemie blieb stehen und betrachtete Renate Wendeler von oben herab, wobei sie feststellen musste, dass sie ihr sitzendes Gegenüber selbst im Stehen nur um einen Kopf überragte. Renate Wendeler wirkte irritiert und schüttelte kurz den Kopf, bevor sie den Stuhl neben sich unter dem Tisch hervorzog und auf die Sitzfläche klopfte.

»Wir beide oder besser gesagt ihr Mann, Sie und ich sitzen doch im selben Boot, wenn man das einmal so ausdrücken möchte.«

»Werner ist nicht mein Mann, und ich steige nur sehr ungern in irgendwelche Boote.« Annemie verstand zwar sehr genau, was Renate Wendeler damit sagen wollte, hatte aber keine Lust, sich mit ihr gemeinzumachen. Sie mochte sie einfach nicht – auf eine Weise, die ihr neu war. Früher, bevor Farin und Maike und die Sache mit Harald sie aus ihrer selbst gewählten Isolation geholt hatten, mochte sie grundsätzlich keine anderen Menschen. Egal, ob sie nett waren oder nicht. Sie störten nur in ihrem Leben, und deswegen lehnte sie sie ab, auch wenn sie ihr eigentlich egal waren. Bei Renate Wendeler war das anders. Sie war ihr nicht egal. Im Gegenteil. Ihr Anblick versetzte Annemie jedes Mal einen Stich, und sie ärgerte sich. Jetzt, in diesem Moment, stach es wieder.

Annemie wandte sich ab und wollte zurück zur Kuchentheke, doch Renate Wendeler griff nach ihrem Handgelenk und hielt sie fest.

»Nicht Ihr Mann? Wie interessant.« Kurze Pause. »Aber bitte, Frau …« Sie suchte nach ihrem Namen.

Annemie blieb stehen, drehte sich zu ihr um und betrachtete Renate Wendelers Hand, bis diese losließ.

»Engel. Annemie Engel.«

»Frau Engel«, wiederholte Renate Wendeler mit sanfter Stimme. »Wir sind doch alle drei Gäste in diesem Haus.«

Annemie nickte.

»Und es ist nicht sicher, wann Frau Hansen wieder auf dem Damm sein wird.«

Annemie nickte erneut, sagte aber nichts. Wollte Renate Wendeler jetzt etwa ebenfalls ihre Hilfe anbieten? Sie wusste gar nicht, ob sie darüber so glücklich wäre.

»Ich habe mir überlegt, ob ich diese Situation nicht vielleicht verbessern könnte.«

Annemie blieb stumm und wartete ab.

»Und deshalb habe ich für uns alle Zimmer in einem anderen Hotel im Nachbarort reserviert. Eines für Sie und Ihren Lebensgefährten und eines für mich. Was sagen Sie dazu?«

Annemie brauchte einige Sekunden, um zu begreifen, was Renate Wendeler da vorschlug.

»Wir haben hier bereits Zimmer, die uns sehr gut gefallen, und brauchen keine anderen. Vielen Dank.« Wieder machte sie Anstalten zu gehen und dachte gar nicht daran, die Sache mit dem Lebensgefährten klarzustellen. Das wäre ja geradezu eine Einladung an die andere, sich Werner unter ihre lackierten Fingernägel zu reißen.

»Ich dachte nur, Sie würden vielleicht auch ein wenig Abstand zu der ganzen Sache bekommen wollen.« Jetzt klang Renate Wendelers Stimme nicht mehr ganz so sanft. »Sie sind doch in den Mord an diesem Schlagerstar verwickelt, wenn ich richtig informiert bin, oder?« Sie machte ein besorgtes Gesicht. »Was genau ist da eigentlich passiert? Sie haben den Toten doch gefunden. Hat man den Mörder schon gefasst? Das muss Sie und Ihren …«, wieder machte sie eine Pause, bevor sie weitersprach, »Ihren Freund doch sehr belasten. Wenn Sie mal jemanden brauchen, um sich auszusprechen: Ich bin da. Für Sie und für Werner.« Sie warf einen langen Blick in seine Richtung.

»Das Einzige, das hier verwickelt ist, ist der Wickelkuchen mit Mohn-Mandel-Füllung.« Annemie trat einen Schritt vom Tisch zurück, um Abstand zwischen sich und Renate Wendeler zu bringen, bevor sie auf dem Absatz kehrtmachte und endgültig zur Kuchentheke zurückging.

KAPITEL 13

»Aber das ist doch sehr nett von ihr, sich um uns zu sorgen, Annemie.« Werner blieb im Türrahmen zur Backstube stehen. Geistesabwesend polierte er eine bereits blitzblank gespülte Tasse. Sonja Hansen hatte sich in ihre Wohnung zurückgezogen. Nicht ohne Annemie zehnmal zu versichern, dass sie auf jeden Fall helfen käme, wenn das notwendig wäre, und nicht ohne von Annemie im Gegenzug zehnmal gehört zu haben, dass es bestimmt nicht nötig werden würde.

»Sie ist wie eine dieser Dauertorten, die man als Deko für die Schaufenster bekommt. Perfekt anzusehen, aber im Inneren hohl.« Annemie stellte den Männerkuchen, den sie für Jürgen Adams gebacken hatte, in eine der blauen Pappschachteln. Die Marzipantorte war süß und luftig gewesen, jetzt wollte sie ihn mit einer ganz anderen Variante ihrer Backkunst überzeugen. Die Kombination aus dunklem Bier, dunkler Schokolade und Bacon hatte ihren ganz eigenen Reiz. Vorsichtig legte sie Seidenpapier an den Rand, schloss die Schachtel und band eine Schleife darum.

»Annemie, kann es sein, dass du Renate nicht magst, weil du denkst, ich würde sie mögen?« Werner trat einen Schritt auf Annemie zu und stellte die Tasse auf die Anrichte. Das Tuch legte er daneben.

Annemie griff nach einer großen Tüte und schob die Kuchenschachtel hinein. »Ich werde jetzt Herrn Adams seinen Kuchen bringen.«

Sie nahm die Tasche und ging an Werner vorbei. Sie wusste nicht, was sie ihm antworten sollte. Hatte er recht damit? War sie eifersüchtig auf Renate Wendeler?

Energisch schüttelte sie den Kopf. Für solche Mätzchen war in ihrem Leben kein Platz. Wo kämen sie denn da hin? Natürlich mochte sie Werner. Sie mochte ihn sogar sehr gerne. Aber wenn er Renate Wendeler ihr vorzog, dann war das nicht zu ändern.

Annemie durchquerte das Café und verließ die Pension »Zur Meeresbrise«.

Etwas außer Atem stand sie schließlich vor dem Haus des Musikmanagers und umklammerte die Henkel der Tüte fester. Durch einen verglasten Bereich in der Haustür sah sie Bewegung im Haus. Entschlossen drückte sie auf die Klingel. Die Haushälterin, Claudia, öffnete ihr die Tür.

»Ja bitte?«

»Ist Herr Adamski zu Hause?«

»In welcher Angelegenheit?«

»Ich möchte mich bei ihm bedanken.« Annemie hob die Tasche mit dem Kuchen an. »Ich habe extra noch einen anderen Kuchen für ihn gebacken.«

Die Haushälterin stutzte, dann breitete sich ein Lächeln auf ihrem Gesicht aus. »Sie sind die Dame von gestern. Die mit dem Kuchen.« Sie öffnete die Tür. »Kommen Sie rein. Herr Adamski ist zwar noch unterwegs, müsste aber bald wieder zurück sein.« Sie wies mit einer Hand ins Haus. »Wie geht es Ihnen denn? Hat sich Ihr Kreislauf wieder erholt?«

Sie redete ohne Pause, während sie vor Annemie herging und sich immer wieder zu ihr umdrehte.

»Nehmen Sie doch bitte Platz. Ich mache uns schnell einen Kaffee, und dann verraten Sie mir bitte das Rezept dieser Torte. Die war ja himmlisch!« Sie klopfte ein ohnehin schon perfekt aussehendes Kissen in Form und nickte Annemie aufmunternd zu.

Annemie setzte sich. Die Haushälterin verschwand in den Tiefen des Hauses und tauchte wenige Minuten später mit zwei Kaffeetassen in der Hand wieder auf. Eine der Tassen stellte sie vor Annemie ab, die andere vor sich selbst.

»Ich habe Herrn Adamski selten so begeistert von einem Nachtisch gesehen. Wissen Sie, ohne mich selbst loben zu wollen, ich verstehe mein Handwerk. Aber Ihre Torte war sogar für meine Verhältnisse allererste Sahne.«

»Marzipan. Keine Sahne.« Annemie trank einen Schluck Kaffee. Er schmeckte sehr gut. Vermutlich hatte Jürgen Adams auch so ein blinkendes Ungeheuer wie Sonja Hansen. Sie erwog, wenn sie wieder zu Hause war, mit Maike und Farin einmal ernsthaft über die Anschaffung einer solchen Maschine zu sprechen. Man durfte sich dem Fortschritt nicht verweigern. Und wenn dabei auch noch solche Köstlichkeiten entstanden, umso besser.

»Ja, richtig.« Die Haushälterin faltete die Hände in ihrem Schoß. »Und jetzt bringen Sie uns wieder eine Ihrer Köstlichkeiten?« Sie wirkte kurz irritiert. »Aber wir haben auch diesmal nichts bestellt. Die erste Torte ist noch nicht einmal aufgegessen. Oder hat Herr Adamski ...«

»Nein. Diese hier möchte ich Ihnen schenken.« Annemie schob die Tüte ein Stück nach vorn. »Als kleines Dankeschön für Ihre freundliche Hilfe.« Sie zögerte. Vielleicht wäre es einfacher, mit dieser Claudia ins Gespräch zu kommen als mit dem Manager selbst? Annemie räusperte sich. »Als kleines Dankeschön und, wenn ich ehrlich bin, ein kleines bisschen auch wegen der Musik.«

Die Haushälterin musterte sie. Annemie trat die Flucht nach vorne an.

»Ich höre seit mehr als fünfzig Jahren mit großer Begeisterung Schlager. Ohne diese Musik wären meine Kuchen nicht das, was sie sind. Und nun fahre ich zum ersten Mal in meinem Leben in Urlaub, stolpere über den toten Peter Juwel und lande sogar bei seinem Manager auf dem Sofa, als mir beim Ausliefern meiner Torte der Kreislauf wegsackt.«

»Sie haben Peter gefunden?«

»Ja. Bei meinem morgendlichen Spaziergang. Es war schlimm, ihn da so liegen zu sehen. Und jetzt bin ich auch noch hier gelandet. Bei Ihnen auf dem Sofa.«

»Wenn das mal nicht Schicksal ist.« Die Haushälterin trank einen weiteren Schluck Kaffee und rückte auf dem Sessel ein Stück nach vorne.

»Die Polizei sieht das anders.«

»Inwiefern?«

»Sie denken, ich hätte etwas damit zu tun.«

»Haben Sie?« Die Haushälterin betrachtete Annemie. »Ich glaube nicht. Sie sehen nicht aus wie jemand, der anderen Böses will.« Sie lehnte sich in ihrem Sessel zurück. »Und außerdem – was hätten Sie als Fan davon? Ein toter Sänger kann keine Lieder singen, richtig?«

Annemie nickte. Dann schluckte sie. Dieser Aspekt wurde ihr jetzt erst richtig bewusst. Über all den schlimmen Geschehnissen hatte sie das vergessen. Peter Juwel würde nie wieder auftreten, würde nie wieder ein neues Lied herausbringen. Aber jetzt war nicht die Zeit für Sentimentalitäten. Sie setzte sich aufrecht hin. »Wissen Sie, dass ich zwei Peter Juwels gefunden habe?«, fragte sie die Haushälterin. »Aber die Polizei glaubt mir nicht.«

»Sind Sie deswegen hier?« Die tiefe Männerstimme ließ Annemie zusammenschrecken. Sie schaute zur Tür. Jürgen Adams stand im Raum. Er musste von ihr unbemerkt das Haus betreten haben und ins Wohnzimmer gekommen sein. Die Haushälterin bedachte ihn mit einem freundlichen Lächeln, ohne aber von ihrem Platz aufzustehen. Die beiden schienen ein sehr lockeres Dienstverhältnis zu pflegen.

»Nein, Jürgen. Frau Engel ist gekommen, um sich bei uns für die Hilfe zu bedanken.« Sie erhob sich, nahm Annemies Tüte und hielt sie in die Höhe. »Sie hat uns noch einen Kuchen gebracht. Diesmal ist er ein Geschenk.«

Jürgen Adams nickte. Kurz lächelte er mit Blick auf die Tüte, wurde dann aber rasch wieder ernst. »Ich habe mit der Polizei gesprochen. Man hat mich über Ihre Rolle beim Auffinden von Peters Leiche aufgeklärt, Frau Engel.« Er trat näher. »Sie werden mir sicherlich verzeihen, wenn ich Ihnen Ihren Auftritt nicht ganz so leicht abnehme wie unsere gute Frau Wilhelms hier.« Er setzte sich auf den letzten freien Sessel der Sitzgruppe und schlug die Beine übereinander. »Ich höre.«

Annemie erwiderte seinen Blick. Jürgen Adams war in seinem Leben sicherlich nicht so weit gekommen, weil er ein weiches Herz hatte. Und auch nicht, weil er leichtgläubig war. Irgendetwas an ihm erinnerte sie an ihren Bruder Harald. Sie konnte nicht genau festmachen, was es war, aber auf einmal wusste sie, was sie sagen musste, um bei Jürgen Adams weiterzukommen: die Wahrheit. Bei Harald hatte es auch keinen Zweck gehabt, um den heißen Brei herumzureden. Klare Worte, harte Fakten.

»Die Polizei hält mich für verrückt. Ich weiß, dass ich es nicht bin. Ich habe bereits mit Peter Juwels Tochter gesprochen, sie glaubt auch, dass es zwei verschiedene Männer waren, die ich am Morgen vor und nach dem Konzert gefunden habe. Jetzt bin ich hier, weil ich hoffe, Sie können mir helfen. Schließlich waren Sie sein Manager. Gute Manager wissen doch alles über ihre Schützlinge.«

»Das stimmt. Aber gute Manager sind vor allem deswegen gut, weil sie ihre Künstler beschützen. Vor allzu neugierigen Fragen zum Beispiel.«

»Ich bin Konditorin, keine Journalistin. Ich schreibe keine Artikel. Und nur mit meinen Fragen kann ich Herrn Juwel nichts antun.« Annemie erhob sich. Mit beiden Händen strich sie ihren Rock glatt. »Ich habe auch gar kein Interesse daran, ihm zu schaden. Im Gegenteil. Der Einzige, der von mir etwas zu befürchten hat, ist die Person, die Herrn Juwel auf dem Gewissen hat.« Sie ging um den Tisch herum und nickte zuerst der Haushälterin und dann Jürgen Adams zu. »Die Torte lasse ich Ihnen hier. Ich habe sie extra für Sie gebacken.« Sie wandte sich zum Gehen.

»Warten Sie, Frau Engel«, sagte Jürgen Adams ruhig. »Setzen Sie sich bitte wieder. Sie haben recht.«

Annemie blieb stehen und wandte sich zu ihm um. »Natürlich habe ich recht. Ich habe in den allermeisten Fällen recht.« Sie ging wieder zu ihrem Platz, setzte sich und stellte ihre Handtasche vor sich auf den Wohnzimmertisch. »Mit was genau, meinen Sie, habe ich in diesem Fall recht?«

»Der doppelte Dieter.« Jürgen Adams stieß einen tiefen Seufzer aus, ließ sich nach hinten in den Sessel fallen und legte die Spitzen seiner gespreizten Finger aneinander.

»Was?« Annemie betrachtete ihn verdutzt. »Ein Dieter ist mir bislang noch nicht untergekommen.«

»Ihre Theorie, dass Sie zwei unterschiedliche Männer gefunden haben. Damit haben Sie recht.«

Annemie hörte, wie die Haushälterin neben ihr auf dem Sofa scharf die Luft einsog. Anscheinend war das auch für sie neu. Jürgen Adams betrachtete seine Finger sehr eingehend, bevor er weitersprach.

»Sie haben eine scharfe Beobachtungsgabe. Das muss ich zugeben. Es war ein von den beiden fast zwanzig Jahre lang sorgsam gehütetes Geheimnis.« Er bedachte seine Haushälterin mit einem

Seitenblick. »Noch nicht einmal sehr nahestehende Personen wussten davon. Ich auch nicht.«

»Wie können Sie mir dann davon erzählen?«

»Die beiden dachten, ich wüsste es nicht. Natürlich wusste ich es doch.« Er lachte leise auf. »Ich sagte ja, ein guter Manager beschützt die Seinen. Manchmal auch vor sich selbst.«

»Die beiden?«

»Peter und Dieter. Ich denke, die beiden waren Brüder. Zwillinge. Eine lange Geschichte.«

»Lange Geschichten sind beinahe so gut wie ein großes Stück Torte.« Annemie setzte sich etwas bequemer hin. Sie würde auf jeden Fall hier ausharren, bis sie alles erfahren hatte. Werner musste den Betrieb im Café notfalls mit den Mädchen gemeinsam meistern. Und Sonja Hansen konnte zwar nicht selbst Hand anlegen, aber ein gebrochener Arm hinderte sie nicht daran, den Überblick zu behalten.

»Dieter Schneider tauchte irgendwann auf, da war Peters Karriere längst auf ihrem Höhepunkt und ich bereits seit einigen Jahren sein Manager. Er kroch sozusagen aus einem Loch. Ich weiß nicht, woher er kam. Ich habe versucht, etwas über ihn herauszufinden, aber da gab es nichts. Es war, als wäre er aus dem Nichts auf der Bildfläche erschienen. Peter hatte nie von Geschwistern erzählt und war vermutlich ebenso überrascht wie ich. Aber dass die beiden Brüder höchstwahrscheinlich sogar Zwillinge waren, konnte man nicht von der Hand weisen. Das Aussehen, die Stimme – als stünde ein und derselbe Mensch vor einem.«

»Der doppelte Dieter.«

»Ja. So habe ich sie für mich genannt.« Jürgen Adams wandte sich an seine Haushälterin. »Hast du vielleicht für mich auch einen Kaffee?« Claudia Wilhelms nickte, stand auf und eilte aus dem Zimmer. Annemie hörte sie in der Küche mit Geschirr klappern. Schließlich kam sie mit einer Tasse für ihren Chef und Kuchentellern und Gabeln für sie alle drei zurück. Sie schnitt drei großzügige Stücke vom Männerkuchen ab und verteilte sie auf die Teller.

Jürgen Adams beugte sich vor, nahm Gabel und Teller, stach

einen Bissen ab und steckte ihn sich in den Mund. Genießerisch schloss er die Augen.

»Hervorragend, Frau Engel.« Er stach ein zweites Stück ab und aß es, bevor er weitersprach. »Ende der Neunziger war Peter müde vom Schlagergeschäft. Die Titel liefen nicht mehr so gut wie in den Jahren zuvor, und das Publikum wandelte sich. Er sah, wie einige Kolleginnen und Kollegen sich mit Auftritten in Möbelhäusern über Wasser hielten. Auf das Tingeln hatte er keine Lust. Dann lieber ganz von der Bildfläche verschwinden.« Claudia Wilhelms kam und brachte noch ein Kännchen Milch für den Kaffee. Jürgen Adamski bedankte sich bei ihr, goss die Milch in seine Tasse und trank vorsichtig einen Schluck. »Ich glaube, dabei wäre es auch geblieben, wenn sich nicht das mit Dieter ergeben hätte. Auf mich machte er trotz der frappierenden Ähnlichkeit mit Peter den Eindruck, ein ganz anderer Mensch zu sein. Was er ja de facto auch war. Nur wusste ich es damals noch nicht. Dieter wollte auf die Bühne, egal, wo die stand. Möbelhausparkplatz, Supermarkt oder Konzertsaal, ganz egal. Er wollte singen. Mir war es absolut recht. Das Tingeln wird unterschätzt. Da steckt nicht nur eine Menge Geld drin, letztlich hat sich auch gezeigt, dass es gut war, am Ball zu bleiben. Inzwischen ist der Schlager wieder für ein jüngeres Publikum interessant. Und Peter konnte zu neuer Größe aufsteigen. Dieter ist sehr fleißig gewesen.«

»Heißt das, der Peter Juwel der letzten Jahre war gar nicht der echte Peter Juwel?« Annemie wollte es nicht glauben.

»Je nachdem, wie man es sieht. Einen Peter Juwel als reale Person hat es nie wirklich gegeben. Er war immer schon eine Art Kunstfigur. Peter Preuschoff hat Peter Juwel erschaffen und sich gewissermaßen hinter dieser Figur versteckt. Und sein Bruder Dieter hat den Schlagerstar dann über Jahre am Leben erhalten.«

»Was hat Peter Juw… Peter Preuschoff während dieser Zeit gemacht?«

»Seinen Plan umgesetzt. Er ist aus der Öffentlichkeit verschwunden. Nur wenige Kilometer von hier, in Wawelssteden, hat er sich ein Haus gekauft. Ruhe, Weite, Meer. Er ist viel spazieren gegangen. Hat gelesen, Lieder geschrieben und die Einsamkeit genossen.«

»Aber offiziell ist er weiterhin aufgetreten.«

»Ja. An ihn gingen auch die Gagen. Ich habe das Spiel mitgespielt, nachdem ich es herausgefunden hatte. Bin nie zu ihm nach Wawelssteden gefahren, wenn Dieter tourte. Hab Journalisten abgewehrt und solche Sachen. Das Geschäft lief gut. Und solange das der Fall war, musste ich keine Fragen stellen. Wie die beiden das untereinander geregelt hatten, weiß ich nicht. Musste ich auch nicht wissen.«

»Dann war es gar nicht Peter Preuschoff, der sich demnächst verheiraten wollte, sondern sein Bruder Dieter?« Annemie dachte an die Bilder in der Zeitung.

Jürgen Adams nickte.

»Aber hätte das nicht dazu geführt, dass alles rausgekommen wäre? Auf dem Standesamt muss man doch seinen richtigen Namen nennen.« Annemie betrachtete Jürgen Adams nachdenklich. Der Mann sah sehr entspannt aus, wie er dort in seinem Sessel saß und ihr, Annemie Engel, freimütig von einem jahrelang unter Verschluss gehaltenen Geheimnis erzählte. Vielleicht war das alles Kalkül? »Wieso haben Sie das nicht der Polizei erzählt?«

»Woher wollen Sie wissen, dass ich das nicht getan habe?«

»Weil sie erst mit der Sprache rausgerückt sind, als ich wieder gehen wollte. Und weil die Polizei dann nicht denken würde, dass ich eine verrückte alte Frau bin, die sich einen doppelten Sänger einbildet.«

»Ein guter Manager beschützt die Seinen.« Jürgen Adams stand auf, durchquerte das Wohnzimmer und ging zu einem Sekretär, der sich am anderen Ende des Raums befand. Er nahm einen Schlüsselbund aus seiner Hosentasche und schloss eine kleine Schublade auf. Mit einem Blatt Papier in der Hand kam er zurück zu Annemie und reichte es ihr.

KAPITEL 14

Es war ein einfaches Blatt Papier. Nur wenige Worte standen darauf. Annemie las sie und gab Jürgen Adams das Blatt zurück.
»Verstehen Sie jetzt?«
Annemie nickte.
Die Haushälterin nahm ihrem Chef das Blatt aus der Hand.
»Keine Polizei«, murmelte sie leise, während sie las. »Entführt. Lösegeld.« Sie ließ das Blatt sinken. »Das ist ja schrecklich.« Dann las sie die Botschaft noch einmal und sah auf. »Und alle Goldenen Schallplatten? Was soll das denn?«
Jürgen Adams zuckte nur mit den Schultern.
»Woher haben Sie das?« Annemie deutete mit dem Finger auf das Schreiben.
»Ich habe es am Montag in meinem Briefkasten gefunden. Ein unfrankierter Umschlag. Ich habe ihn zuerst ignoriert, weil ich einiges zu erledigen hatte und solche Sachen hier meist nur Dinge aus der Nachbarschaft sind. Einladungen zu einem Straßenfest oder irgendwelche Mitteilungen der Dorfgemeinschaft. So was kann in der Regel einen oder zwei Tage liegen bleiben.«
»Deswegen ist die erste Leiche verschwunden.«
»Die zum Glück aber keine Leiche war.« Jürgen Adams drehte das Blatt um und hielt es Annemie erneut hin. Sie erkannte ein blasses Schwarz-Weiß-Foto in grober Auflösung. Es zeigte den Sänger mit einer aktuellen Tageszeitung in der Hand.
Im ersten Augenblick fühlte Annemie sich sehr erleichtert. Der erste Tote, den sie gefunden hatte, war gar nicht tot gewesen. Auch wenn er auf sie so gewirkt hatte. Aber sicherlich würde ihr das niemand zum Vorwurf machen. Schließlich war sie keine Leichenbeschauerin. Beim zweiten Nachdenken wurde ihr allerdings etwas mulmig. Wenn die Entführer den bewusstlosen Sänger mitgenommen hatten, nachdem sie ihn gefunden hatte, waren sie mit Sicherheit in der Nähe gewesen, als Annemie auftauchte. Vermutlich waren sie sogar dafür verantwortlich, dass er bewusstlos gewesen war.

»Ich habe die Entführer bei der Ausführung ihres Plans gestört.« Sie schaute Jürgen Adams an. Der nickte. »Es war wahrscheinlich Ihr Glück, dass Sie kein Handy dabeihatten, um jemanden zu Hilfe zu rufen, und weggegangen sind.« »*Mein* Glück.« Annemie schaute betrübt auf ihr Stück Kuchen. Ihr war jeglicher Appetit vergangen. »Aber nicht das von Herrn Schneider. Vielleicht wäre er jetzt nicht in dieser Lage, wenn ich die Polizei hätte rufen können.« Jürgen Adams schüttelte den Kopf. »Das glaube ich nicht. Viel eher wären Sie nun ebenfalls in dieser Lage. Oder in einer noch schlimmeren. Sie denken doch nicht, dass solche Leute sich von einer älteren Dame aufhalten lassen.«

»Das stimmt wohl.« Ihr fiel etwas ein. »Haben die Entführer sich seitdem noch einmal gemeldet?«

»Nein. Bisher nicht.«

»Sie müssen ziemlich verwirrt sein.« Jetzt griff sie doch wieder zu ihrer Tasse und trank einen Schluck. Der Kaffee war kalt geworden, schmeckte aber noch immer hervorragend.

»Daran habe ich auch schon gedacht«, sagte Jürgen Adams.

»Woran hast du auch schon gedacht?«, wollte Claudia wissen.

»Wenn die Entführer der Ansicht waren, sie hätten Peter Juwel entführt, und der am Abend auf einmal wieder auf der Bühne stand, wird sie das verwirrt haben«, erklärte Annemie.

»Und deswegen haben sie ihn umgebracht.« Die Haushälterin schlug sich die Hand vor den Mund. »Wie furchtbar.«

»Das sei noch dahingestellt. Weil es eigentlich keinen Sinn macht«, widersprach Jürgen Adams. »Wieso sollten sie ihn umbringen, wenn sie doch für seine Freilassung Geld von mir verlangt haben?«

»Wir können nicht wissen, ob da nicht vielleicht etwas ganz furchtbar aus dem Ruder gelaufen ist«, gab Annemie zu bedenken. »Wer weiß, wie verzweifelt und aggressiv diese Verbrecher womöglich sind.«

»Genau das ist der Grund, warum ich die Polizei trotz allem nicht eingeweiht habe.« Jürgen Adams stand auf. Seine Lässigkeit war verschwunden. Annemie erkannte, wie besorgt er war. »Die schrecken nicht davor zurück, einen Menschen zu töten.«

Er hielt den Erpresserbrief in die Höhe. »Die meinen das ernst, wenn sie schreiben: ›Keine Polizei, sonst töten wir Peter Juwel.‹« Er ging im Zimmer auf und ab, redete dabei mehr mit sich selbst als mit den beiden Frauen.

»Die Entführer wollen Geld. Das können wir ihnen geben. Ich habe einiges auf der hohen Kante, auch wenn der Großteil fest angelegt ist. Zur Not verkaufe ich eines der Autos. Wenn ich damit Dieters Leben retten kann, ist es das allemal wert. Die Goldenen Schallplatten bekommen sie auch. Die sind mir so was von egal.« Er machte kehrt und kam auf Annemie zu. Dicht vor ihr blieb er stehen. »Frau Engel«, sagte er in einer Mischung aus Verzweiflung und Drohgebärde. »Sie müssen mir versprechen, niemandem etwas davon zu erzählen. Keiner Menschenseele. Bis wir Dieter Schneider wiederhaben. Können Sie das?«

»Ich rede für gewöhnlich sowieso nicht sehr viel.« Annemie strich ihren Rock glatt und wünschte sich zum wiederholten Mal, nicht in diesen Urlaub gefahren zu sein. Wie schön wäre es jetzt, in der heimischen Backstube zu stehen und eine Torte nach der anderen zu backen, die Maike und Farin dann im Café unter die Leute bringen konnten. Aber so war es nun mal nicht. Sie saß hier in Bad Nordersielergroden auf dem Sofa des Managers eines entführten und eines toten Sängers und war gerade zu einer Geheimnisträgerin geworden.

»Versprechen Sie mir das?«

»Ja.«

Annemie nahm den Weg am Meer entlang. Sie ging über die Promenade, betrachtete das Wasser und die Wellen, lauschte auf das Rauschen, atmete die frische, klare Luft. Die Sonne schien, aber es war nicht heiß. Trotzdem hatten einige Unermüdliche sich am Strand niedergelassen, lagen auf Handtüchern oder saßen in den Strandkörben. Kinder und Hunde tobten durch den Sand, liefen lachend in die Wellen und schreiend und bellend wieder heraus, wenn sie von einer erwischt wurden.

Annemie blieb stehen. Wie sich das wohl anfühlte? Entschlossen verließ sie die Promenade und ging auf das Meer zu. Dort, wo der Sand fester wurde, verharrte sie, schlüpfte aus ihren Schuhen. Ihre Füße und Beine steckten in festen haut-farbenen Nylonstrumpfhosen. Annemie sah sich um. Niemand beobachtete sie. Bemüht, keinen Blick auf ihre Unterwäsche zu gewähren, fuhr sie mit beiden Händen unter ihr Kleid und zog vorsichtig an der Strumpfhose. Stück für Stück schob sie sie nach unten, immer abwechselnd auf der linken, dann wieder auf der rechten Seite, bis sie schließlich wie eine gestrandete Qualle zu ihren Füßen lag. Sie hob sie auf und schlug den Sand aus. Dann faltete sie die Strumpfhose ordentlich, steckte sie in ihre Hand-tasche und machte einen Schritt auf das Wasser zu. Dann noch einen. Als die ersten Ausläufer einer Welle ihre weißen Zehen er-reichten, entfuhr ihr ein überraschter Ausruf. So kalt hatte sie es nicht erwartet. Ihre Haut prickelte. Trotzdem machte sie einen weiteren Schritt nach vorne. Der Sand kribbelte unter ihren Fuß-sohlen und gab nach, als die nächste Welle kam und sich wieder zurückzog. Annemie wurde mutiger. Sie ging weiter, bis ihr das Wasser bis zu den Waden stand und die Gischt den Saum ihres Kleides durchnässte.

Sie hatte Jürgen Adams das Versprechen gegeben, niemandem von dem Entführungsfall zu erzählen. Der Polizei zum Beispiel. Obwohl die ihr sehr wahrscheinlich sowieso nicht glauben und sie wieder in die Schublade verrückte alte Frau stecken würde. Dennoch, eine Annemie Engel stand zu ihrem Wort. Selbst wenn das bedeutete, dass sie weder mit Werner noch mit Sonja Han-sen oder irgendjemandem sonst darüber sprechen konnte. Sie durfte mit keinem Menschen reden. Eigentlich sollte ihr das nicht schwerfallen. Schließlich hatte sie es viele Jahre so gehalten. Allein in ihrer Backstube, nur mit den Katern als Gesprächspartner.

Annemie schloss die Augen, wandte ihr Gesicht der Sonne zu und stahl der Zeit ein paar Sekunden, bevor sie sich umdrehte und wieder zur Promenade zurückging.

»Wenn du möchtest, kannst du gerne in das andere Hotel ziehen, Werner. Vielleicht wäre das sowieso das Beste.« Annemie drückte die Klappe der Spülmaschine zu. Sie rastete mit einem lauten Klicken ein und startete ihr Programm. Es klang, als würde der

Raum geflutet. »Ich werde auf jeden Fall hierbleiben und Frau Hansen zur Seite stehen.«

»Wie kommst du darauf, dass ich das möchte? Hatten wir nicht gesagt, wir packen das hier gemeinsam?« Werner stemmte die Hände in die Hüften. In der engen Backstube stand er sehr dicht bei ihr. Annemie legte ihre Hand auf seine Brust und schob ihn ein Stück zur Seite, um an einen der Schränke nahe der Tür zu gelangen. Sie nahm eine große Metallschüssel heraus und drückte sich wieder an Werner vorbei zum Kühlschrank.

»Vielleicht war dieser gemeinsame Urlaub von Anfang an eine schlechte Idee.« Sie stellte die Schüssel auf die Arbeitsfläche und stützte sich mit den Händen links und rechts davon ab. Sie sprach weiter, ohne Werner anzusehen. »Maike und Farin haben es gut gemeint. Sie wollten uns eine Freude bereiten und dachten, dass wir vielleicht …« Sie brach ab. »Aber wir sollten uns nichts vormachen, Werner. Wir waren verliebt, als wir jung waren. Inzwischen ist viel Zeit vergangen. Sehr viel Zeit. Du und ich, wir sind beide älter geworden. Jeder auf seine ganz eigene Weise. Wir sind nicht mehr die, die wir mal waren. Du hast viel von der Welt gesehen, ich mag es noch nicht einmal, aus Niedelsingen weg zu sein. Du hattest eine Familie, ein Kind, ich hatte meine Backstube. Du hast durch den Buchladen immer viel Kontakt zu den Leuten, ich komme sehr gut mit mir allein zurecht. Ich brauche keine anderen Menschen um mich herum. Meine Arbeit und meine Katzen reichen mir vollkommen aus.«

»Annemie, was ist los mit dir? Was ist bei diesem Manager passiert?«

»Was soll da passiert sein? Nichts ist passiert. Das hat überhaupt nichts miteinander zu tun. Ich hatte nur Gelegenheit, in Ruhe nachzudenken.«

»Worüber hast du nachgedacht?«

»Über alles hier. Über mich. Über uns.«

»Über uns?«

»Über dich und mich.«

»Und zu welchem Ergebnis bist du gekommen?«

»Dass wir uns keinen Hirngespinsten hingeben sollten, die zu nichts führen.«

»Hirngespinsten?«

»Ja. Es führt doch zu nichts.«

Werner hob seine Arme. Es wirkte wie eine Geste der Hilflosigkeit mit dem gleichzeitigen zaghaften Versuch einer Umarmung. Annemie reagierte nicht darauf.

»Ich dachte, wir beide mögen uns, Annemie. Mehr als das. Ich hatte die Hoffnung, dass aus uns nach all den Jahren doch noch ein Paar werden könnte.«

Jetzt hatte er es gesagt. Gestern noch hätte Annemie sich über diese Worte gefreut. Aber jetzt? Sie durfte nicht mit ihm reden, denn sie musste das, was sie bei Jürgen Adams erfahren hatte, für sich behalten. Und das ginge am besten, wenn er erst gar nicht in der Nähe wäre.

»Wir beide ein Paar? Das wird nicht funktionieren, Werner. Such dir lieber eine Frau, die besser zu dir passt. Eine Frau wie Renate Wendeler zum Beispiel.«

»Ich möchte aber keine Renate Wendeler. Ich möchte Annemie Engel.«

»Man bekommt im Leben nicht immer, was man möchte, Werner.« Annemie hatte Mühe, gegen den Kloß in ihrem Hals anzukommen. Er fühlte sich an wie ein ganzer Krapfen, der in ihrer Kehle feststeckte. Sie schluckte und schwieg.

»Wenn du das so siehst, wäre es vielleicht wirklich besser, wenn ich in ein anderes Hotel ziehe.«

»Ja.«

»Aber wie willst du denn hier klarkommen?« Werner umfasste mit einer Geste das Café und die Backstube.

»Ich habe im Leben schon andere Situationen bewältigt, ich brauche keine Hilfe.«

»Das ist doch alles Unsinn, Annemie.«

»Und ganz sicher brauche ich niemanden, der mir erzählt, ich würde Unsinn reden.« Annemie schob die Schüssel mit Schwung ein Stück nach vorne. Sie kippelte und schlug mit einem metallischen Geräusch gegen die Wand. »Genau genommen musst du ja gar nicht in Bad Nordersielergroden bleiben. Das gilt nur für mich. Ich bin diejenige, die in den Mordfall verwickelt ist. Nicht du. Mich hat die Polizei immer noch auf der Liste der Verdächtigen stehen. Nicht dich. Es spricht also nichts dagegen, dass du abreist.«

Für zwei Sekunden starrte Werner Assenmacher Annemie mit offenem Mund an. Dann löste er langsam die Bänder seiner Wirtsschürze, hob die Schlaufe über seinen Kopf und faltete das Stück Stoff ordentlich zusammen, bevor er es auf die Anrichte legte. »Wenn du das so siehst, Annemie, gehe ich wohl besser jetzt gleich.« Er wartete auf eine Antwort.

Annemie biss sich auf die Lippen und nickte. Werner nickte ebenfalls, dann ging er rückwärts aus der Backstube. Er drehte sich erst um, als er bereits hinter der Cafétheke stand. Über das Gemurmel der Gäste hinweg hörte Annemie, wie er die Tür zum Gästetrakt hin öffnete und leise wieder schloss.

Langsam griff sie nach der Schüssel und zog sie wieder zu sich heran. Ihr Gesicht spiegelte sich verzerrt im glänzenden Metall. Eine Träne lief ihre Wange hinab und tropfte hinein.

KAPITEL 15

In den nächsten beiden Stunden hatte Annemie keine Gelegenheit mehr, ihren Gedanken nachzuhängen. Der Betrieb im Café ließ ihr nicht die Möglichkeit dazu. Ausgerechnet heute hatten eine Menge Leute beschlossen, trotz des eingeschränkten Mittagsangebotes ihre Pause hier zu verbringen. Zwischen Kaffeemaschine und den Gästetischen hin und her pendelnd, gelang es ihr nur mit Mühe, niemanden allzu lange warten zu lassen. Als endlich etwas Ruhe einkehrte, stellte sie fest, dass auch der Tortenbestand nicht ausreichen würde, um den Nachmittag gut zu überstehen. Sie würde auf jeden Fall noch einmal backen müssen.

Werner hatte recht gehabt. Natürlich hatte er das. Es war kaum allein zu schaffen. Das war ihr im Grunde auch klar gewesen, aber sie hatte ja keine andere Wahl gehabt, als Werner fortzuschicken. Sie hatte ein Versprechen abgegeben, und das musste sie halten.

Sonja Hansen kam aus dem Wohntrakt und trat auf Annemie zu. Ihr fröhliches Lächeln stand in einem seltsamen Kontrast zu ihrem mitgenommenen Aussehen. Unter ihren Augen lagen tiefe Ringe, und ihre Körperhaltung ließ die Schmerzen erkennen, die der gebrochene Arm verursachte.

»Frau Wendeler ist eben ausgezogen. Sie murmelte etwas von ›nicht zur Last fallen‹ und ›besser anderswo unterkommen‹.«

»Ich weiß.«

»Sie hat sogar darauf bestanden, mir die volle Summe zu bezahlen. Ich wäre ihr unter diesen Umständen auch entgegengekommen, aber sie wollte nicht.«

»Sehr großzügig von ihr«, erwiderte Annemie knapp.

»Alles in Ordnung, Frau Engel?«

»Natürlich ist alles in Ordnung. Was sollte nicht in Ordnung sein?«

»Herr Assenmacher ist ebenfalls gegangen.«

»Ja.«

»Er hatte seinen Koffer dabei.«

»Ja.«

»Das überrascht Sie nicht?«

»Nein. Ich habe ihn darum gebeten.«

»Sie haben was?« Sonja Hansen riss die Augen auf. »Ich dachte, Sie beide wären …«

»Jeder macht mal Fehler« sagte Annemie in einem Tonfall, der offenließ, ob sie damit Sonja Hansens Gedankenschluss, ihr eigenes Verhalten oder den Umstand, sich jemals auf Werner eingelassen zu haben, meinte.

»Was ist passiert?« Die Pensionswirtin wirkte betroffen. »Haben Sie sich gestritten?« Sie legte Annemie eine Hand auf den Arm. »Doch hoffentlich nicht wegen mir? Wegen der Situation hier?« Sie atmete heftig aus. »Ich hätte es mir denken können. Es war ein großer Fehler, Sie hier so einzuspannen. Schließlich ist das Ihr Urlaub, Sie sollten sich entspannen. Und da falle ich, breche mir den Arm, und Sie müssen alles ausbaden.« Sie machte eine Pause, ohne Annemie jedoch die Gelegenheit zu einer Antwort zu geben. »Wenn ich jetzt also daran schuld bin, dass Sie und Herr Assenmacher sich so gestritten haben …« Sie schüttelte heftig den Kopf. »Das wollte ich nicht. Auf keinen Fall. Ich sorge sofort dafür, dass ich andere Hilfe bekomme.« Sie schaute sich im Café um. »Im Zweifel muss ich eben schließen.«

Annemie straffte die Schultern. »Papperlapapp. Sie haben nichts mit Werners Auszug zu tun. Das ist eine Sache zwischen mir und ihm.«

»Aber ich möchte Sie auf keinen Fall belasten. Ich komme auch irgendwie allein klar.«

Annemie sah Sonja Hansen an. Sie erinnerte sie in so vielem an sich selbst.

»Sie kommen allein so gut klar wie Mohnstrudel ohne Marzipan. Es schmeckt zwar, aber besser ist er mit.« Sie lächelte. »Außerdem tun Sie mir einen großen Gefallen, wenn Sie mich hier arbeiten lassen.« Annemie strich mit beiden Händen ihre Schürze glatt. »Und wo wir schon dabei sind – jetzt muss ich dringend für Tortennachschub sorgen.« Sie betrachtete Sonja Hansens Gipsarm. »Die Mädchen können doch bestimmt für ein oder zwei Stunden hier im Café aushelfen. Es wird den beiden guttun, mit anzupacken, und uns beiden wäre damit gerade sehr geholfen.«

»Ich sage ihnen Bescheid. Sie haben mir das gestern schon angeboten. Trotzdem werde ich versuchen, jemanden für das Café zu organisieren. Die Mädchen müssen schließlich auch zur Schule und ihre Hausaufgaben ordentlich erledigen. Ich habe auch schon jemand Konkretes im Auge, den ich fragen möchte. Mal sehen, ob das funktioniert.« Sie zog ihr Handy aus der Hosentasche.

»Und solange Sie in der Backstube sind, werde ich hier die Stellung halten und den Mädchen zeigen, was sie tun sollen. So viel ist es ja zum Glück gerade nicht.«

Annemie nickte. Sonja Hansen hatte recht. Ein zusätzliches Paar Hände wäre mit Sicherheit sehr hilfreich und würde die Lage entspannen.

Wie sehr sie sich damit geirrt hatte, erkannte sie erst, als Sonja Hansen eine gute Stunde später strahlend in der Backstube erschien und sie bat, kurz nach vorne zu kommen, um die neue Aushilfskraft zu begrüßen.

»Moin.« Hubertus Klein stand inmitten des Cafétrubels, und aller Lärm und alle Betriebsamkeit schienen von ihm abzuperlen.

»Ich habe Hubertus gefragt, ob er jemanden kennt, der Sie unterstützen könnte, und da hat er sich spontan bereit erklärt, selbst Hand anzulegen.« Sonja Hansen strahlte noch immer bis über beide Ohren.

Hubertus Klein nickte nur. Er nahm seinen Elbsegler ab, drehte ihn in der Hand und erweckte den Eindruck, seine Spontanität jetzt schon zu bereuen.

»Ja.« Sonja Hansen dehnte das Wort in die Länge. »Dann wollen wir mal.« Sie wandte sich an Hubertus. »Du kannst bedienen, ich versuche, hier hinter der Theke mein einarmiges Bestes zu geben, und Frau Engel sorgt für den süßen Nachschub.« Sie reichte ihm die zusammengefaltete Wirtsschürze, die Werner bis von Kurzem noch getragen hatte. Hubertus Klein löste zögernd eine Hand von seiner Mütze, nahm die Schürze und hielt sie reglos fest, während er Annemie ansah.

»Von allein wird sie sich nicht um Ihre Hüften binden. Das müssen Sie schon selbst machen.« Annemie zeigte auf das Stück Stoff.

Hubertus Klein schaute ein weiteres Mal zwischen dem Elbsegler und der Schürze hin und her, dann legte er die Mütze auf die Theke und faltete die Schürze auseinander. Es dauerte eine Weile, bis er die Bänder entwirrt, die richtige Seite gefunden und sich das Tuch standesgemäß um den Bauch gebunden hatte. Skeptisch sah er an sich hinab.

»Soll ich uns nicht erst einmal einen schönen Kaffee machen? Das wäre doch jetzt genau das Richtige«, verkündete Sonja Hansen fröhlich. »Bis er fertig ist, kannst du ja schon mal dort drüben an Tisch drei abkassieren, Hubertus.« Sie drückte ihm einen Kassenbon und ein dickes schwarzes Kellner-Portemonnaie in die Hand. Hubertus Klein nahm beides und tat wie ihm geheißen.

»Spontan bereit erklärt?« Annemie blickte Sonja Hansen von unten herauf an. »Seine Begeisterung hält sich sehr in Grenzen. Da habe ich ja schon Sauerteig schneller reifen sehen.«

»Er ist hier und hilft. Das ist die Hauptsache.« Sonja Hansen verzog die Mundwinkel, und Annemie hatte das Gefühl, sie unterdrückte ein Grinsen. »Als ich ihn fragte, ob er Ihnen helfen würde, willigte er sofort ein.« Sie räusperte sich und ergänzte schnell: »Ihnen und mir. Also uns.«

Annemie strich ihre Schürze glatt, drehte sich um und ging wortlos zurück in die Backstube. Ihr war das gerade alles zu viel. Zu viele Menschen. Zu viele Probleme. Backen würde helfen. Allein. Und Schlager.

Zuerst ein paar Blaubeermuffins mit Zitronentopping. Sie stellte alle Zutaten auf die Arbeitsfläche.

Als Erstes schlug sie die Eier mit dem Zucker schaumig, gab die Sahne dazu und rührte alles glatt. Unmerklich fing sie an zu summen. Die Melodie schwirrte durch ihren Kopf, die Worte kamen wie von selbst: »Unsre Liebe schrieb das Leben auf ein weißes Blatt Papier. Abschied, Schmerz und Tränen, und doch steh'n wir beide hier.«

Das Stück Butter zerfloss in dem kleinen Topf zu goldgelber Flüssigkeit. Sie wartete, bis sie etwas abgekühlt war, goss sie langsam zur Sahnecreme und mengte sie vorsichtig unter.

»Als wir uns trafen, war alles klar. Die Zukunft schien rosig für mich. Kein Zweifel mehr, wir waren ein Paar. Du liebtest mich und ich liebte dich.«

Sie mischte Backpulver unter das Mehl, siebte alles einmal durch und rührte es unter die Masse, wobei sie darauf achtete, keine kleinen Mehlklumpen zu übersehen. Der Teig musste glatt und sämig sein.

»Was dann geschah, dass alles zerbrach, keiner von uns sah es kommen. Heißes Feuer, die Reue danach, das Licht der Liebe verglommen.«

Als Letztes hob sie die Blaubeeren unter den Teig, verteilte alles gleichmäßig auf die Muffinformen und schob sie in den Ofen. Während die Muffins buken, bereitete sie das Topping zu. Sie schlug Butter mit Marshmallow-Fluff schaumig, gab Lemon Curd dazu und stellte alles kühl.

»Ich hab immer gedacht, die Liebe ist schwierig. Mir immer gesagt, werd niemals zu gierig. Und doch immer gehofft, mein Glück noch zu finden nach all dieser Zeit. Unsre Liebe schrieb das Leben auf ein weißes Blatt Papier. Abschied, Schmerz und Tränen, und doch steh'n wir beide hier.«

Wenn Peter Juwel gewusst hätte, wie treffend das für sie, Annemie Engel, war. Aber wer weiß, vielleicht hatte er ja ebenfalls keine guten Erfahrungen mit der Liebe gemacht.

»Doch Liebe bedeutet auch Leiden, der Weg, den wir gingen, war schwer. Das Glück, das wir hatten, verloren. Ich dachte, mein Herz bliebe leer.«

Annemie stockte und suchte in ihrem Gedächtnis nach der letzten Strophe des Liedes, die ihr einfach nicht einfallen wollte. Dabei war sie sonst so textsicher. Sie schüttelte den Kopf.

Jürgen Adams hatte kein Wort darüber verloren, wie es all die Jahre um das Privatleben seines Schützlings stand. Gut, sie hatte ihn auch nicht danach gefragt. Aber irgendetwas sagte ihr, dass in dem Fall ohnehin wieder das von ihm zitierte Stillschweigen greifen würde. Auch über den Tod seines Klienten hinaus. Peter Juwel, nein, Peter Preuschoff hatte sich aus der Öffentlichkeit zurückgezogen, und seine Privatsphäre sollte geschützt bleiben.

Aber sie hatte seine Leiche gefunden. Noch privater ging ja praktisch nicht, befand Annemie. Da sprach doch im Grunde nichts dagegen, dass sie auch noch ein paar weitere Details in Erfahrung brachte. Am besten ...

Die Ofenuhr klingelte und riss Annemie aus ihren Gedanken. Die Muffins waren fertig. Sie nahm sie aus dem Ofen, löste sie aus den Förmchen und ließ sie etwas abkühlen.

Wenn sie hier fertig war, würde sie sich auf den Weg zu Peter Preuschoffs Haus in ... Was hatte Jürgen Adams noch gesagt, wie der Ort hieß? Wawelsfleet? Nein. Wawelssteden. Sie würde nach Wawelssteden fahren und schauen, was sie dort herausfinden konnte. Die letzte Strophe des Liedes fiel ihr wieder ein, und sie sang: »Heute endlich ist es so weit, Vergangenes ist vergessen. Nach all den Jahren wieder zu zweit, dein Herz hab ich immer besessen.«

»Sie singen ja nicht schön, aber von Herzen«, sagte eine tiefe Stimme so, dass es wie ein Kompliment klang.

Annemie fuhr zusammen. Hubertus Klein stand in der Tür. Hatte er sie belauscht? Das war ihr aber gar nicht recht. Sie wusste, dass man sie im Café hören konnte, aber der Lärm der Gespräche und der Kaffeemaschine übertönten ihren Gesang, zumal sie die Tür, wenn möglich, geschlossen hielt.

»Sollten Sie nicht lieber den Ansturm dort draußen bewältigen?« Sie verzierte die Blaubeermuffins mit dem Zitronentopping, stellte sie hübsch gruppiert auf ein Tablett und drückte es Hubertus in die Hand.

»Sturm ist erst, wenn die Schafe keine Locken mehr haben.« Er betrachtete die Muffins mit hungrigem Blick und roch daran. »Gut riecht das.«

»Ich weiß. Aber die sind nicht für Sie, sondern für das Café.«

Huberts Klein nickte mit bedauernder Miene und trug das Tablett zur Theke, wo Sonja mit den Muffins liebevoll die Auslage dekorierte.

Annemie, die ihm gefolgt war, warf einen Blick ins Café. Alle Tische waren besetzt. Sie würde noch etwas Nachschub liefern müssen, ehe sie ihr Vorhaben in die Tat umsetzen konnte.

Erdnusstaler wären genau richtig. Falls die heute nicht alle verkauft würden, schmeckten sie morgen noch genauso lecker.

KAPITEL 16

Bevor sie ihre Handtasche holen und sich auf den Weg machen konnte, verließen noch eine weitere Lage Blaubeermuffins und etliche Erdnusstaler die Backstube, um in die Mägen der, wie es Annemie schien, nimmersatten Besucherinnen und Besucher des Cafés zu wandern. Schließlich schaffte sie es jedoch, ihre Schürze an die Tür zu hängen, für heute Schluss zu machen und Sonja Hansen zu verkünden, sie wolle noch ein wenig spazieren gehen, schließlich habe sie ja Urlaub und ein kleines bisschen Erholung verdient.

Das Wetter gab sich alle Mühe, die Klischees eines Sonnentages am Meer zu erfüllen. Der Himmel strahlte in hellem Blau, fluffige Schäfchenwolken zogen ihre Bahnen, und die Sonne wärmte trotz der fortgeschrittenen Tageszeit. Touristen mit Hüten und Sandeimer tragenden Kindern im Schlepptau flanierten durch die Straßen, und die Eisverkäufer hatten Hochbetrieb. Kein Wunder, dass im Café »Zur Meeresbrise« Hochbetrieb geherrscht hatte. Aber Annemie Engel interessierte das alles nicht. Zielstrebig ging sie über den Marktplatz auf das Touristeninformationszentrum zu und reihte sich in die Schlange der Wartenden ein.

»Ich möchte nach Wawelssteden«, sagte sie, als sie nach fünfzehn Minuten endlich an der Reihe war.

»Was genau möchten Sie denn da?« Die junge Frau lächelte Annemie freundlich an.

»Ich wüsste zwar nicht, was Sie das angeht, aber wenn Sie es wirklich wissen wollen: Ich möchte das Haus von Peter Juwel besuchen.«

»Dem Schlagersänger?« Die Augen der jungen Frau leuchteten kurz auf, bevor sie wieder zu ihrer verbindlichen Miene zurückkehrte.

»Richtig.«

»Aber der ist doch tot. Oder nicht?«

»Ja. Ich habe seine Leiche gefunden.«

Die junge Frau betrachtete Annemie irritiert und schüttelte

dann kurz den Kopf, ehe sie rasch das Thema wechselte. »Darum ging es mir eigentlich nicht. In Wawelssteden gibt es auch zwei hübsche Museen. Eines über den Walfang in früheren Zeiten und eines über naive Malerei der Küstenbewohnerinnen und -bewohner. Mit einigen sehr schönen Exponaten. Von meinem Opa hängen dort auch zwei Bilder. Wir wohnen direkt daneben. Sie sollten wirklich überlegen, ob Sie diesem Museum nicht einen Besuch abstatten möchten.« Sie griff, ohne hinzusehen, nach rechts in einen Prospektständer, zog eine dünne Faltbroschüre heraus und schob sie Annemie über die Theke entgegen. Annemie beachtete sie nicht.

»Hören Sie, junge Frau. Es freut mich, dass Ihr Großvater sein künstlerisches Geschick ausleben konnte, und Sie sind bestimmt sehr stolz auf sein Werk. Aber ich möchte heute keinen Museumsbesuch machen. Weder bei den Walen noch bei den Malern. Ich möchte einfach nur nach Wawelssteden.«

»Da kommen Sie mit dem Küstenbus hin.« Die junge Frau klang beleidigt.

»Das dachte ich mir schon.« Annemie öffnete ihre Handtasche und nahm die Geldbörse heraus. »Dann hätte ich gerne eine Fahrkarte.«

Wortlos bediente die junge Frau ihren Computer, und irgendwo unter der Theke begann ein Drucker zu rattern.

»Sagen Sie, wenn Sie da wohnen, wissen Sie, wo das Haus von Peter Juwel steht?«

»Ja. Das weiß ich.« Sie hielt ihr die Fahrkarte hin, nahm den Geldschein entgegen und gab Annemie das Wechselgeld in sehr kleinen Münzen raus.

»Und wo?«

Statt einer Antwort schob sie ihr wieder den Museumsprospekt entgegen.

»Der Eintritt kostet nur drei Euro.«

Annemie zögerte, aber sie wusste, wann sie geschlagen war. Ein weiteres Mal öffnete sie ihr Portemonnaie, sammelte die ganzen kleinen Münzen wieder ein und legte sie auf die Theke. Die junge Frau strahlte und gab ihr eine Eintrittskarte.

»Das Haus, das Sie suchen, ist ganz leicht zu finden. Wenn

Sie vor dem Museum stehen, einfach immer weiter geradeaus die Straße entlang. Es liegt ziemlich einsam.«

Die Strecke, die der Küstenbus nahm, war vermutlich nicht nach Schnelligkeit, sondern nach Attraktivität ausgesucht worden. Eine Art Linienverkehr-Sightseeing. Annemie beschloss, die Fahrt zu genießen. Schließlich hatte sie immer noch Urlaub, und da durfte man sich den einen oder anderen stillen Moment gönnen. Von ihrem Fensterplatz hatte Annemie einen sehr guten Ausblick auf die Landschaft und das Wasser. Möwen kreisten über menschenleeren Strandabschnitten.

Annemie gefiel die Vorstellung, dass die Touristen und Badegäste allem Anschein nach nicht überall hindurften und die Natur ihre Ruhe hatte. So bekamen die Muscheln und Krebse die Chance, nicht in einem Kindereimerchen, sondern im Magen einer Möwe zu landen. Ein Unterschied, der den Krebsen und Muscheln zwar egal sein durfte, den Möwen aber ganz und gar nicht.

In der Hand hielt sie immer noch den Museumsprospekt. Auch wenn sie sich in ihrem Leben noch nie mit Kunst beschäftigt hatte, zum einen aus Zeitmangel und zum anderen, weil ihr in ein Kunstmuseum zu gehen nie in den Sinn gekommen war, machte sie der Prospekt neugierig. Die darin abgebildeten Exponate waren fröhlich und bunt und erinnerten sie an ihre Freundin Gerburg Manderscheidt-Ziesemann, Vorsitzende des Fördervereins »Weihnachts- und Sockenmarkt Niedelsingen von 1898 e.V.« und Wollgeschäft-Inhaberin, deren handgestrickte Pullover, Mützen und Topflappen in ähnlichen Farben erstrahlten. Vielleicht konnte sie auf dem Rückweg ein Bild für Gerburg als Mitbringsel erwerben. So etwas würde ihr sicherlich gefallen.

Die Fahrt endete mitten in Wawelssteden an einem Rondell, an dessen Stirnseite sich das Museum für naive Küstenmalerei befand. Eine kleine Straße führte daran vorbei, und Annemie fragte sich, welche Richtung nun die erfolgversprechendere sein würde, um Peter Juwels Haus zu finden. »Es liegt ziemlich einsam«, hatte die junge Frau gesagt. Annemie entschied sich für den Weg nach rechts, denn dort standen nur drei weitere Häuser, und danach fingen bereits die ersten Dünen an. Nach zwanzig Minuten strammen Gehens zweifelte sie allerdings, ob ihre Entscheidung richtig gewesen war, denn außer Dünen, Gräsern und einer verwitterten Holzbank ab und an deutete nichts darauf hin, dass sie hier noch auf ein von Menschen bewohntes Areal stoßen würde. Sie beschloss, der Sache noch weitere fünf Minuten zu geben, ehe sie umkehren und in der entgegengesetzten Richtung suchen wollte.

Hinter der nächsten Düne fand sie dann aber doch, wonach sie Ausschau gehalten hatte. Ein mit Reet gedecktes Haus duckte sich in die Dünen. Davor breitete sich ein kleiner, sehr gepflegter eingezäunter Garten aus, und eine Straße schlängelte sich ins Landesinnere, dahinter führte ein schmaler Sandpfad in Richtung Wasser. Es gab also noch einen anderen Weg zum Haus als nur den Fußpfad durch die Dünen. Annemie ging weiter, umrundete den Zaun, bis sie an der Gartentür ankam, die ein Stück offen stand, und schaute sich um. Alles machte einen freundlichen Eindruck. Die Läden vor den Fenstern waren aufgeklappt. Neben einer sonnengelb lackierten Bank nahe der Haustür entdeckte Annemie eine große metallene Gießkanne und einen Korb mit Gartengeräten. Es machte den Eindruck, als könnten die Bewohner des Hauses jeden Moment zurückkehren. Aber wenn sie sich richtig erinnerte, hatte Jürgen Adams keine Mitbewohnerinnen oder Mitbewohner erwähnt.

Annemie betrat das Grundstück, ging die wenigen Schritte bis zur Haustür und klingelte. Im Inneren des Hauses erklang eine Glocke. Annemie lauschte. Doch außer dem Geschrei der Möwen blieb alles still. Das Haus war leer.

Neben der Eingangstür befand sich ein schmales Fenster. Annemie legte zum Schutz gegen die Sonne eine Hand an die Stirn und versuchte, im Inneren des Hauses etwas zu erkennen. Aber mehr als dunkle Umrisse waren nicht zu sehen. Erst als sie einen Schritt zurücktrat, fiel ihr das Polizeisiegel auf, das neben der Klingel an der Eingangstür klebte. Richtig. Die Polizei war selbstverständlich auch hier gewesen. Schließlich war dies das Haus eines Mordopfers, und die Polizei hatte sicher alles sehr gründlich auf mögliche Spuren durchsucht.

Annemie setzte sich auf die Bank. Was hatte sie erwartet, hier zu finden? Offene Türen? Hinweise auf den Mörder, die die Polizei übersehen hatte? Die Lösung all ihrer Probleme? Das war, wenn sie ehrlich zu sich selbst war, genauso unwahrscheinlich wie die Möglichkeit, dass aus ihr und Werner Assenmacher jemals ein richtiges Paar werden würde. Aber jetzt war sie schon einmal den langen Weg durch die Dünen gestapft, um zum Haus von Peter Juwel zu kommen, da wollte sie nicht unverrichteter Dinge wieder gehen. Wann würde sie jemals wieder die Gelegenheit haben, etwas mehr über das Leben des bewunderten Sängers zu erfahren? Dieser Garten zum Beispiel sagte so viel über seinen Besitzer aus. Neben zahlreichen bunten Stauden wuchsen Kräuter und Gewürze. Eine riesige Dillpflanze wucherte neben Rosen, und die Sonnenblumen wuchsen inmitten dichter Basilikumbüsche.

Annemie erhob sich und ging ums Haus herum. Hier hatte Peter Preuschoff bestimmt die Abgeschiedenheit gefunden, die er laut Jürgen Adams gesucht hatte. Und sicherlich auch Inspiration für seine Lieder.

Eine Zeile aus seinem Lied »Mein Herz schlägt im Rhythmus der Wellen« fiel ihr ein: »Der Pfad vom Haus zum Meer, so lang, gewunden und leer.« War damit der Pfad hinter seinem Haus gemeint, den sie eben von dem Hügel aus gesehen hatte? Annemie gefiel die Vorstellung.

Sie kniff die Augen zusammen, um im Gegenlicht etwas zu sehen, aber auch hier war keine Menschenseele zu entdecken.

Langsam ging sie durch den Garten, bis sie am Beginn des Pfades angelangt war. Hinter der Düne rauschte das Meer. Sie stutzte. Exakt so lautet eine weitere Zeile in dem Lied. Annemie lachte leise. Vielleicht taugte sie selbst auch zur Schlagertexterin. Sie betrat den von Gräsern gesäumten Weg. Wie ging der Text noch gleich weiter? »Möwen kreisen mit heiserem Geschrei, ich sitze im Strandkorb in den Dünen. Mein geheimes Versteck vor der Welt.«

Es war offensichtlich. Peter Juwels Inspiration lag hier vor ihr. Und sie hätte ihren Jahresvorrat an Mehl darauf verwettet, dass auch der Strandkorb hier irgendwo stand. »Mein geheimes

Versteck vor der Welt«. Also nicht auf den ersten Blick sichtbar. Annemie hielt inne. Der Pfad wand sich zwischen mannshohen Dünen in Richtung Meer. Von hier aus konnte sie bis zum Wasser blicken, jedoch nicht in die Dünentäler. Es half nichts. Sie musste auf eine der Dünen kraxeln, auf denen hohe Gräser wuchsen, um sich einen Überblick zu verschaffen.

Annemie seufzte. Hätte sie geahnt, welche sportlichen Herausforderungen auf sie zukommen würden, hätte sie festeres Schuhwerk gewählt. Jetzt würde ihr der Sand in jede Ritze zwischen den Zehen rieseln wie verstreuter Puderzucker.

Entschlossen begann sie den Aufstieg. Der Sand rutschte unter ihren Füßen nach unten, und sie hatte das Gefühl, nach jedem Schritt hinauf einen halben zurückgeworfen zu werden. Schließlich stand sie, nach Luft ringend, auf der Spitze der Düne. Sie war umgeben vom Auf und Ab weiterer dicht bewachsener Sandhügel, die sich Hunderte Meter weit nach rechts und nach links erstreckten. Von einem Strandkorb keine Spur. Vielleicht war es auch nur eine verrückte Idee gewesen. Vorsichtig machte sich Annemie an den Abstieg und war kurz darauf wieder auf dem Pfad angelangt. Aber wenn sie schon einmal hier war, konnte sie auch bis ans Wasser gehen und sich einen Moment ausruhen. Diese Weite und Leere taten ihr gut.

Annemie setzte sich am Fuß einer Düne in den Sand und ließ sich nach hinten fallen. Wie warm und weich der Sand war, wenn er nicht zwischen den Zehen kratzte, sondern durch die Finger rann. Sie schloss die Augen, lauschte dem Meeresrauschen und den Vögeln und genoss die Sonne auf der Haut. So fühlte sich also Urlaub an. Annemie entschied, dass ihr dieses Gefühl gefiel. Sie wollte an nichts denken. Nicht an Peter Juwel, nicht an Dieter Schneider, nicht an die Pension und nicht an Werner Assenmacher. An den schon gleich zweimal nicht. Was selbstverständlich nicht funktionierte. Natürlich dachte sie an ihn. Und daran, wie sehr sie doch bedauerte, dass aus ihnen beiden nichts werden würde.

Abrupt öffnete Annemie die Augen und setzte sich auf. Nein. So ging das nicht. Sie stützte sich mit einem Arm im Sand ab und stand auf. Während sie sich in die Höhe stemmte, fiel ihr im

Gebüsch eine schmale Lücke auf. Einige kleine Äste waren abgeknickt, so als wäre hier öfter jemand vorbeigegangen. Annemie folgte dem Pfad. Er machte einen kleinen Schlenker den Hügel hinauf und bog dann unvermittelt nach rechts ab. Es ging steil hinunter. Annemie hatte Mühe, ihr Gesicht vor den Dornen der Zweige zu schützen.

»Also doch«, stieß sie beinahe triumphierend aus, als sie das Dach eines kleinen Standkorbs durch die Blätter blitzen sah. Diese Stelle hier lag sehr versteckt und war weit vom Haus entfernt. Die Polizei würde hier sicherlich nicht mehr nach Spuren gesucht haben. Zumal Annemie stark bezweifelte, dass einer der Uniformierten so genaue Kenntnis von Peter Juwels Schlagertexten hatte wie sie. Wobei der Umstand, dass sie den Korb entdeckt hatte, an sich ja noch nichts bedeuten musste. Es konnte ein normaler Strandkorb sein. Ohne jeglichen Zusammenhang.

Dass dem nicht so war, bestätigte sich, als sie den Strandkorb umrundet hatte. Das Geflecht außen war alt und vermoost. Nur auf der Sitzfläche und vorne an den Schubladen befanden sich hellere Stellen. Annemie bückte sich und zog an einer der Schubladen. Sie war nicht verschlossen. Das Geflecht knarzte, gab aber bereitwillig den Inhalt frei. Annemie lachte. Ganz zuoberst lag eine kleine, flache Silberflasche. Sie nahm und öffnete sie und schnupperte daran.

Aha. Ein Kostverächter war Peter Juwel also nicht gewesen. Wenn sie nicht alles täuschte, war das Whiskey, und der delikaten Sherry-Note nach ein edler.

Die Flasche hatte auf einer glänzenden schwarzen Schachtel gelegen. Annemie klappte sie auf. Nein, Peter Juwel hatte definitiv gewusst, was gut war. Bis auf zwei dunkle Pralinen waren alle Fächer leer. Mit spitzen Fingern griff Annemie nach einer der beiden Pralinen. Peter Juwel würde sie nicht mehr vermissen, und es wäre zu schade, so etwas Gutes hier verderben zu lassen.

Annemie setzte sich in den Strandkorb. Der Standort war sehr geschickt gewählt. Von hier aus hatte man freie Sicht aufs Meer, aber wenn jemand am Strand entlangspazierte, sprang die Stelle nicht ins Auge. Perfekt für jemanden, der sich von den Menschen fernhalten wollte. Genussvoll aß sie die Praline.

Dunkle Schokolade mit einer cremigen Champagnerfüllung. Das Bittere der Hülle passte perfekt zur leichten Süße im Inneren. Sie stellte sich vor, wie Peter Juwel hier gesessen und die Lieder geschrieben hatte, die Dieter Schneider später gesungen hatte. Annemie beugte sich vor und zog die andere Schublade auf. Und richtig. Neben einer dunkelblauen Fleecedecke und ein paar Kissen kam ein Notizblock zum Vorschein, an dessen Rand ein Kugelschreiber klemmte. Neugierig blätterte sie ihn auf, wurde aber enttäuscht. Die Seiten waren leer. Anscheinend hatte Peter Juwel die Texte, nachdem er sie geschrieben hatte, vom Block abgerissen und mitgenommen. Ein paar winzige Papierfetzen in der Spiralbindung ließen darauf schließen.

Annemie legte alles wieder in die Schublade zurück, lehnte sich nach hinten und streckte die Arme zur Seite aus. Ihre Finger berührten das Korbgeflecht. An der rechten Seite gab es leicht nach, und Annemie wandte den Kopf. Nicht dass sie hier noch etwas kaputt machte. Schließlich war sie ungebeten in die Privatsphäre eines Menschen eingedrungen, auch wenn er tot war. Sie beschloss, so schnell wie möglich noch einmal bei Jürgen Adams vorbeizugehen und ihm von dem Korb zu berichten. Falls er nicht sowieso schon davon wusste. Annemie rückte nach rechts und betrachtete die weichere Stelle etwas genauer. War das eine Art Tasche? Sie rückte noch ein Stück näher, strich vorsichtig darüber. Richtig. Da war eine kleine Öffnung. Annemie steckte behutsam einen Finger hinein und tastete sich voran. In der Öffnung war etwas. Ein Stück Papier?

Hatte sie das Versteck für Peter Juwels unvollendete Schlagertexte gefunden? Aufgeregt versuchte sie, das Papier aus der engen Tasche herauszuziehen, ohne es zu zerstören.

Nach einigen Mühen gelang es ihr schließlich. Sie faltete das Blatt auseinander und schnappte nach Luft. In der Hand hielt sie eine Kopie des Erpresserschreibens, das Jürgen Adams ihr gezeigt hatte.

KAPITEL 17

»Was machst du denn hier?« Damit hatte Annemie nun überhaupt nicht gerechnet. Sie wollte auf dem schnellsten Weg zu Jürgen Adams, um mit ihm über ihren Fund zu sprechen, und war nur in die Pension gekommen, um sich kurz auszuruhen. Das eine oder andere Jährchen steckte dann wohl doch in ihren Knochen. Bei diesem Anblick war sie allerdings auf einen Schlag wieder hellwach.

»Meine Liebe, was für eine Freude!« Gerburg Manderscheidt-Ziesemann ignorierte Annemies Überraschung komplett, erhob sich von ihrem Platz und wallte auf die zwei Köpfe kleinere Annemie zu. Sie umarmte sie herzlich, und Annemie hatte das Gefühl, in einer bunten Wolke fluffiger Wolle zu versinken. Wie immer war Gerburg Manderscheidt-Ziesemann in unzählige Schichten luftiger Strickwaren und farbiger Stoffe gehüllt, die ihre imposante Gestalt umgaben. Annemie befreite sich von Gerburgs Kleidung und Armen und trat einen Schritt zurück. Gerburg Manderscheidt-Ziesemann war zwar seit einiger Zeit das, was man ihre beste Freundin nennen konnte, aber das gab ihr noch lange nicht das Recht, sie hier zu überfallen.

»Gerburg«, sagte Annemie streng. »Warum bist du hier? Hat Werner dich angerufen?«

»Werner? Nein.« Gerburg Manderscheidt-Ziesemann zog das Wort so lang, dass Annemie sofort klar war, dass sie log. »Nein. Warum sollte er mich anrufen? Gibt es einen Grund dafür?« Sie blickte sich mit hochgezogenen Augenbrauen im Raum um und wandte sich dann wieder Annemie zu. »Nein, meine Liebe. Ich hatte ein paar Tage frei und habe mich spontan zu einem kleinen Kurztrip ans Meer entschlossen.«

»Spontan? Du?« Annemie verschränkte die Arme vor der Brust. »Du bist so spontan und unberechenbar wie ein Marmorkuchen, Gerburg. Ehe du deinen Wollladen allein lässt, muss schon einiges passieren.«

»Papperlapapp. Wie hätte ich denn sonst auch so schnell hier sein können? Werner ist doch erst …« Sie brach ab. »Wie dem auch sei. Ich bin hier.« Gerburg machte wieder Anstalten, Annemie in ihre Arme zu ziehen, aber Annemie hob abwehrend die Hand. »Freust du dich denn gar nicht, mich zu sehen?« Jetzt klang die Freundin ehrlich enttäuscht. »Du bist ja schließlich auch zum ersten Mal in deinem Leben fern der Heimat unterwegs. Warum sollte ich das nicht können?« Sie drehte sich um, ging zu ihrem Tisch, an dem sie bis zu Annemies Eintreffen gesessen hatte, und ließ sich wieder auf dem Stuhl nieder. Geschäftig sortierte sie ihre Kleiderschichten.

»Natürlich freue ich mich«, lenkte Annemie ein und musste sich eingestehen, dass dem wirklich so war. Auch wenn Gerburg Manderscheidt-Ziesemann zur absoluten Unzeit hier auftauchte und zudem ein weiterer vertrauter Mensch war, mit dem sie nicht über die Entführung reden durfte, freute sie sich über ihren Besuch. Ehrlich gesagt war sie sogar auf eine Art erleichtert. Gerburg mochte zwar in ihrem Auftreten laut, präsent und manchmal einer dramatischen Operndiva gleich sein, aber sie hatte auch einen scharfen Verstand und war, wenn man sie darum bat, absolut verschwiegen. Vielleicht war sie genau die Unterstützung, die sie in diesem Moment brauchte. Nicht dass Annemie ihr im Vertrauen die Sache mit dem Erpresserbrief auf die Nase binden würde. Nein. Ein Versprechen war ein Versprechen. Aber wegen der Sache mit Werner hätte sie sicherlich ein offenes Ohr für sie. Zumal es mit an Sicherheit grenzender Wahrscheinlichkeit er gewesen war, der die Freundin auf den Plan gerufen hatte.

Annemie zog sich einen Stuhl zurecht und setzte sich Gerburg Manderscheidt-Ziesemann gegenüber an den Tisch. Hubertus Klein erschien, die Wirtsschürze bis fast unter die Arme gezogen.

»Moin.«

»Meinen Sie nicht, für ein ›Guten Morgen‹ ist der Tag schon etwas zu weit fortgeschritten?«, wollte Gerburg wissen. »Ich würde ein ›Guten Tag‹ bevorzugen.«

»Moin.«

»Das heißt hier im Norden so, Gerburg.« Annemie wandte

sich an Hubertus. »Sie kommt auch aus Niedelsingen. Dort im Süden kennen wir das nicht.«

»Alles südlich der Elbe ist Norditalien.« Hubertus Klein blickte stoisch zwischen ihnen hin und her. Es dauerte einen Moment, bis Annemie begriff, dass er auf eine Bestellung wartete.

»Möchtest du gerne etwas? Ich backe hier zurzeit.«

»Dann natürlich sehr gerne. Einen Kaffee bitte und …« Weiter kam Gerburg nicht. Hubertus Klein hatte sich bereits umgedreht und war in Richtung Kuchentheke unterwegs. Sie schaute ihm mit offenem Mund hinterher. »Ist er ein bisschen seltsam oder nur unhöflich?« Mit gekrauster Stirn schaute sie Annemie an. Die Antwort auf ihre Frage kam allerdings aus der anderen Richtung.

»Pragmatisch.« Hubertus stellte einen Kuchenteller mit einem Blaubeermuffin vor ihr ab. »Alles andere ist aus. Kaffee kommt gleich.« Er sah Annemie an, und ein Lächeln erschien auf seinem Gesicht. »Darf ich Ihnen auch etwas bringen, Frau Annemie?«

Annemie schüttelte den Kopf. »Danke, nein.«

Enttäuscht trat Hubertus Klein den Rückzug an.

»Darf ich Ihnen auch etwas bringen, Frau Annemie?«, flötete Gerburg Manderscheidt-Ziesemann wie ein Echo. »Was geht denn da vor? Hast du einen neuen Verehrer? Ist das der Grund, warum du so garstig mit Werner umspringst?« Sie blickte Hubertus hinterher und spitzte die Lippen. »Man kann es ja verstehen. Er ist ein prächtiges Mannsbild, wenn auch etwas ungehobelt. Aber mit dem nötigen Schliff könnte der durchaus etwas hermachen. Männer ab einem gewissen Alter sind wie verwilderte Gärten. Eingewachsen und struppig, mit ein wenig Fassonschnitt jedoch sehr charmant.«

»Du kannst gerne die Gartenschere ansetzen. Mir reicht ein Mann zur Genüge. Einen zweiten kann ich nun überhaupt nicht brauchen.« Annemie stutzte und blickte Gerburg aus schmal zusammengekniffenen Augen an. »Woher weißt du überhaupt, wie ich mit Werner umspringe? Sag mir die Wahrheit. Es ist so offensichtlich wie ein Mürbeteigrezept: Er hat dich angerufen.«

Gerburg Manderscheidt-Ziesemann stach die Gabel in ihren

Blaubeermuffin, brach ein großes Stück davon ab und schob es auf dem Teller hin und her. »Nein.«

»Lüg mich nicht an.«

»Aber es stimmt. Er hat mich nicht angerufen.«

»Aber er hat angerufen.«

»Ja.«

»Wen?« Annemie warf den Kopf zurück, als es ihr einfiel. Wie konnte es auch anders sein? »Und Maike hat dann dich angesprochen.«

»Nicht direkt.«

»Was heißt ›nicht direkt‹?«

»Maike hat natürlich zuerst mit Farin geredet. Der ist dann auf die Idee gekommen, mich zu informieren.«

»Also habt ihr drei so eine Art Familienrat abgehalten? Meine persönlichen Angelegenheiten breit diskutiert, dann beschlossen, dass ich das nicht allein gelöst bekomme, und dich zur Unterstützung hergeschickt?«

»Vier.«

»Wie bitte?«

»Nicht wir drei. Wir vier.«

»Vier? Wer denn noch?« Annemie hatte das ungute Gefühl, das Stadtgespräch in Niedelsingen zu sein.

»Werner natürlich. Um den ging es ja.« Gerburg Manderscheidt-Ziesemann blickte unglücklich auf den Blaubeermuffin. Offenbar belastete sie die Angelegenheit sehr. Eine Gerburg Manderscheidt-Ziesemann, die keinen Appetit hatte, war eine sehr unglückliche Gerburg Manderscheidt-Ziesemann.

»Also ist er wieder in Niedelsingen.«

»Nein. Er ist hiergeblieben. Er wollte dich nicht alleinlassen. Maike hat ihn übers Internet zugeschaltet.« Sie wedelte mit der Hand vor ihrem Gesicht herum. »Das war fast so, als wäre er wirklich dabei gewesen. Tolle Technik. Ich habe schon überlegt, ob Maike mir das nicht auch installieren und ich meine Strickkurse auch so anbieten könnte. Man muss mit der Zeit gehen. Die jungen Leute wollen das so, und da kann ich mich als Geschäftsfrau nicht verweigern. Ich könnte auch einen eigenen Strickkanal eröffnen, hat Farin gemeint. Mit Videos, in denen ich immer wieder etwas anderes erkläre. Komplizierte Strickmuster zum Beispiel. Oder einfache Grundtechniken. Ich hab mir auch schon einen Namen überlegt: ›Volle Wolle – Stricken für alle‹. Wie findest du das, Annemie?« Gerburg holte kurz Luft, ließ Annemie aber keine Zeit für eine Antwort, sondern redete in einem Schwall weiter. »Ich könnte ein Tutorial zu meinen Topflappen machen, die sind ja immer so beliebt, und dabei ist es ganz leicht, die selbst zu machen. Und eines zu den langen Schals. Und eines zu den passenden Mützen. Je mehr ich darüber nachdenke, umso mehr fällt mir ein, was ich alles machen könnte.«

»Du könntest vor allem mal eine Pause machen.« Annemie nutzte den winzigen Moment, den auch eine Gerburg Manderscheidt-Ziesemann brauchte, um ihren Redeschwall mit Luft zu versorgen, und unterbrach sie.

Gerburg Manderscheidt-Ziesemann öffnete den Mund und schloss ihn wieder, bevor sie dann doch weitersprach. »Aber wir meinen es doch alle gut mit dir. Wir sind deine Freunde. Deine Familie.« Fast hilfesuchend schaute sie zu Hubertus Klein hoch, der in diesem Augenblick mit einem Tablett neben dem Tisch auftauchte. Er stellte eine Tasse Kaffee vor Gerburg und vor Annemie ein großes Glas Wasser ab.«

»Ich wollte doch nichts. Hatte ich das nicht gesagt?«

»Da hab ich wohl was durch 'n Tüdel gebracht.« Hubertus rückte das Glas mit spitzem Finger noch ein Stück näher an Annemie heran. »Macht nichts. Wasser ist immer gut. Trinken Sie das ruhig mal, Frau Annemie.«

Annemie spürte, wie sie wütend wurde. Wieso dachte eigentlich jeder, er wisse, was gut für sie war? Hatte sie das nicht mehr als vier Jahrzehnte sehr gut selbst gewusst? Ein geregelter Tagesablauf, keine Überraschungen und vor allem: niemand, der irgendetwas von ihr wollte. Außer die Kater, aber das war etwas ganz anderes. Das kam davon, wenn man andere Menschen in sein Leben ließ. Vor nichts hatte sie mehr Ruhe. Jeder glaubte, seine Zutat zu dem Rezept ihres Lebens beisteuern zu müssen. Annemie schob das Wasserglas von sich fort, stand auf und strich ihren Rock glatt. »Ich werde jetzt auf mein Zimmer gehen und mir etwas anderes anziehen. Das Café schließt gleich. Ich wünsche dir einen erholsamen Aufenthalt hier in Bad Nordersielergroden, Gerburg.«

Sie ging zur Tür, die in den Gästetrakt führte, öffnete und schloss sie wieder, ohne sich noch einmal umzudrehen. Es war ihr egal, was Gerburg jetzt dachte. Sie hatte sie nicht darum gebeten, hier zu erscheinen.

In ihrem Zimmer setzte sich Annemie auf ihr Bett. Mit gesenktem Kopf betrachtete sie ihre im Schoß gefalteten Hände. Die Haut auf den Handrücken hatte Falten, die sich auch nicht mehr glatt zogen, als sie sie zur Faust schloss. Wann war das passiert? Sie hatte nie auf solche Äußerlichkeiten geachtet. Ihre Hände waren zum Arbeiten da, und diese Aufgabe hatten sie sehr zuverlässig erfüllt. Hatten Zutaten abgewogen, Teig geknetet, Plätzchen und Teilchen geformt, Kuchen dekoriert. Aber diese Hände hatten kein Kind gewiegt, keine Tränen bei jemandem getrocknet, nie jemanden zärtlich berührt.

Nein. Das Letzte stimmte nicht. Sie hatten Werner gestreichelt. Wenn auch nur kurz.

Ein Tropfen Wasser fiel auf ihren Handrücken. Annemie weinte. Zum zweiten Mal an diesem Tag.

Es klopfte. Annemie reagierte nicht. Gerburg sollte verschwinden. Es klopfte noch einmal, diesmal lauter. Annemie schaute zum Fenster hinaus. Der makellose Sommerabendhimmel lag im kompletten Kontrast zu ihrer Stimmung.

»Frau Engel?«

Das war nicht Gerburg. Das war Sonja Hansen. Vielleicht war etwas mit dem Café? Oder jemand hatte noch eine Torte bestellt. Annemie stand auf, ging zur Tür und öffnete sie. »Ja?«

»Darf ich reinkommen?« Sonja Hansen blieb unschlüssig vor der Tür stehen und wartete auf Annemies Zustimmung. Annemie nickte, trat einen Schritt zurück und ließ sie ins Zimmer.

Sonja Hansen ging zum Sessel vor dem Fenster und setzte sich. Annemie stand nach wie vor an der geöffneten Zimmertür. »Wenn Sie meine Hilfe brauchen, sagen Sie mir einfach, was zu tun ist. Ich komme dann und mache es.«

»Ich glaube, diesmal ist es umgekehrt.« Sonja Hansen rieb ihren verletzten Arm. »Sie brauchen meine Hilfe.«

»Ich habe nicht darum gebeten.« Annemie machte eine auffordernde Geste in Richtung Flur.

»Das tun Sie vermutlich nie.« Sonja Hansen blieb sitzen und ignorierte Annemies Geste. »Ich möchte Ihnen gerne etwas erzählen. Über Jesper.«

Annemie schaute sie stumm an. Wer auch immer dieser Jesper war, sie hatte keine Lust, etwas über ihn zu erfahren.

»Mein Mann«, ergänzte Sonja Hansen.

Annemie sagte nichts, schloss aber die Tür.

»Frieda war gerade in den Kindergarten gekommen und Louisa noch ganz klein.« Sonja Hansen lehnte sich im Sessel zurück und wandte den Blick ab. Sie schaute aus dem Fenster, doch Annemie hatte den Eindruck, dass sie dort nicht die Landschaft und den Himmel, sondern etwas ganz anderes sah. »Wir hatten ein Haus gekauft und einen Haufen Schulden. Aber Jesper war gerade befördert worden, ich hatte einen guten Halbtagsjob, die Kinderbetreuung stand, und alles schien gut zu laufen. Natürlich war das anstrengend. Manche Nächte kein Schlaf wegen der Mädchen. Wenn eines von ihnen krank wurde und wir eine andere Lösung organisieren mussten. Aber wir waren jung, und für dieses Alter ist das doch normal. Das würde auch wieder besser werden. Dachten wir.« Sie senkte den Kopf und holte tief Luft. Langsam ließ sie ihren Atem entweichen. »Dass wir da falschlagen, haben wir erst gemerkt, als es schon zu spät war.«

Wollte sie ihr jetzt die Geschichte ihrer Trennung erzählen? Wie eine junge Ehe an den Herausforderungen des Alltags scheiterte? Um ihr, Annemie, zu sagen, dass es ein Fehler gewesen war, Werner fortzuschicken? Das konnte sie sich und ihr ersparen. So eine Situation war nicht vergleichbar mit ihrer eigenen. Annemie wollte etwas erwidern, Sonja Hansen sagen, wie nett es von ihr sei, dass sie sich Sorgen um sie machte, aber dass das alles nicht nötig sei. Sie, Annemie, kam sehr gut alleine zurecht. Früher und auch jetzt. Aber Sonja redete bereits weiter.

»Ich kam an dem Tag von der Arbeit nach Hause und wunderte mich sofort. Louisa schrie wie am Spieß, aber von Frieda und Jesper keine Spur. Dabei war er an der Reihe gewesen, die Große am Mittag vom Kindergarten abzuholen. Vielleicht war er noch unterwegs? Aber dafür war es zu spät, und er hätte Louisa nie allein zu Hause gelassen.« Ihre Stimme klang nun kratzig. »Zuerst bin ich natürlich zu Louisa. Sie stand in ihrem Gitterbettchen, rot geweint, mit einer übervollen Windel. Da wusste ich, es stimmt etwas nicht. Ich habe gerufen, bin mit der brüllenden Louisa auf dem Arm in Friedas Zimmer, aber sie war nicht da. Auch ihre Kindergartentasche hing nicht am Haken. Als Nächstes bin ich in unser Schlafzimmer. Jespers Jeans lag auf dem Bett, daneben sein Hemd. Beides achtlos hingeworfen. Dabei wusste er, dass mich das aufregte. Er ließ die Kleidung einfach liegen, wenn er sich umzog, bevor er zum Sport ging oder in seinen ›Fitnessraum‹.« Sie lachte traurig. »Er nannte es immer so. Dabei war es nur der Dachboden. Er hatte dort eine Rudermaschine und ein schnelles Trimmrad aufgestellt.«

Sonja Hansen blickte zur Decke, blinzelte, als könnte sie hindurchschauen. Das, was sie dort oben sah, zog ihr tiefe Furchen ins Gesicht.

»Irgendwann wollten wir den Dachboden ausbauen. Irgendwann, wenn wieder Geld und mehr Zeit vorhanden wären. So lange betrachtete er ihn als sein Reich. Wenn er Kinderdienst hatte und die Kleine schlief, nutze er die Zeit für den Sport. Ich rief wieder, aber es kam keine Antwort. Ich stieg nach oben. Ganz langsam. Als ob ich schon wusste, was mich dort erwartete.«

Sonja Hansen wandte sich Annemie zu und schaute ihr direkt in die Augen. Das war nicht die Geschichte einer gescheiterten Beziehung, wurde Annemie klar.

»Was war geschehen?«, fragte sie leise, obwohl sie es bereits ahnte.

»Er saß, nein, er hing über dem Lenker des Trimmrads. Beide Arme ausgestreckt, ein Fuß auf dem Boden, der andere noch fest in der Schlaufe des Pedals. Aus irgendeinem Grund war sein Körper nicht zu Boden gestürzt. Ich lief zu ihm, schrie ihn an, rüttelte an seiner Schulter. Nichts. Louisa schrie, ich schrie. Dann wurde ich mit einem Mal ruhig. Wie eine Maschine tat ich das, was man tun musste. Krankenwagen alarmieren, versuchen, ihn von dem Rad zu bekommen, Mund-zu-Mund-Beatmung, Herzmassage. Kennen Sie das Lied ›Stayin' Alive‹ von den Bee Gees? Das ist der Rhythmus für die Herzmassage.« Sie lachte auf. »Ist das nicht zynisch?«

»Ihr Mann war tot.« Annemie fror. Sie ging zu ihrem Bett und setzte sich.

»Ja. Und es gab keine Chance für ihn.« Sonja Hansen stand auf und ging im Zimmer hin und her. »Es war ein geplatztes Aneurysma in seinem Kopf. Ein Pulverfass, auf dem wir die ganze Zeit gesessen haben, ohne etwas davon zu ahnen. Wir waren auf dem Höhepunkt unseres Lebens, und er wurde einfach so herausgerissen. Weg. Von einem Moment auf den anderen. Weg. Eben noch da und dann nicht mehr. Diese Lücke kann sich niemand vorstellen. Ich war Anfang dreißig und Witwe. Alte Leute verlieren irgendwann ihren Partner. Aber doch nicht eine junge Familie den Vater.«

Sonja Hansens Brustkorb hob und senkte sich langsam. Der Schmerz und der Verlust nahmen ihr auch heute noch den Atem.

»Die erste Zeit habe ich wie ein Roboter funktioniert. Die Kinder, das Haus, der Job. Ich wollte keine Hilfe. Je anstrengender es wurde, umso besser. Keine Zeit zum Denken zu haben, hieß, nicht denken zu müssen. Das war gut so. Ich bin abends bis über die Grenzen hinaus erschöpft ins Bett gefallen und habe geschlafen wie im Koma. Bis schließlich alles zu viel wurde. Ohne Jespers Einkommen konnte ich das Haus nicht halten. Zu festen Zeiten zu arbeiten war mit den Kindern fast genauso unmöglich. Es mussten sich Dinge ändern. Aber immer noch wollte ich niemanden um Hilfe bitten. Zumal meine Umgebung mir auch signalisierte, dass langsam wieder Normalität einkehren müsse. Mein damaliger Chef meinte sogar zu mir, meine Witwenschonzeit neige sich dem Ende zu und ich solle doch bitte zusehen, dass ich mit meiner Arbeitsleistung wieder das alte Niveau erreiche. Dazu die gut gemeinten Sprüche, von wegen ich sei doch so jung und würde bald wieder einen neuen Partner finden, der dann auch ein guter Vater für die Mädels sein würde. Und vielleicht käme dann ja auch noch ein drittes Kind.«

Sonja Hansen ging zu ihr und setzte sich neben Annemie auf die Bettkante, ohne sich ihr zuzuwenden. Annemie betrachtete sie verstohlen von der Seite. Sie hatte diese Frau kennengelernt als jemanden, der immer einen lustigen Spruch auf den Lippen hatte, der immer fröhlich war und auch schlimmere Dinge wie den eigenen Unfall nicht zu schwernahm. Als einen Menschen, der mit Kraft mitten im Leben stand. Dass ihr gebrochener Arm im Verhältnis zu dem, was sie bereits erlebt hatte, wirklich nur eine Kleinigkeit und die Kraft aus tiefem Schmerz erwachsen war, hatte sie nicht geahnt. Sie nahm ihre Hand und drückte sie.

»Als es nicht mehr ging, habe ich dann doch um Hilfe gebeten. Die Eltern von Friedas Kindergartenfreundinnen, damit Frieda ab und an bei ihnen bleiben konnte. Meine Tante, damit sie als Ersatzoma für Louisa ab und an auf die Kleine aufpasste. Eine meiner ehemaligen Schulfreundinnen arbeitete als Maklerin. Sie half mir, das Haus gut zu verkaufen. So gut sogar, dass ich, nachdem ich die Schulden bezahlt hatte, noch etwas anlegen konnte. Mit dem Geld habe ich dann vor drei Jahren die Pension übernommen.«

Sonja Hansen lächelte und stand auf. »Jesper ist nun schon mehr als zehn Jahre tot. Manchmal denke ich sehr viel an ihn, manchmal gar nicht. Louisa trauert um den Vater, den sie nie kannte, und Frieda kämpft dagegen an, die wenigen Erinnerungen, die sie an ihn hat, mit der Zeit zu verlieren. Aber das ist alles so in Ordnung. Das Trauern, das Erinnern und das Vergessen. Es gehört zu unserem Leben.« Sie stemmte die Hände in die Hüften. »Jetzt fragen Sie sich sicher, warum ich Ihnen das alles erzähle. Eigentlich dürfte ich Sie mit meinem privaten Kram doch gar nicht belästigen. Immerhin sind Sie trotz allem noch meine Gästin, und ich sollte eher dafür sorgen, dass Sie einen angenehmen Aufenthalt haben.«

»Ich helfe Ihnen sehr gerne. Es macht mir Spaß, für Sie zu backen.«

»Das weiß ich. Aber darum geht es nicht. Ich betrachte Sie, wenn ich das so sagen darf, inzwischen als Freundin. Und um eine Freundin kümmert man sich, wenn es ihr schlecht geht.«

Sonja Hansen zeigte mit ausgestrecktem Arm auf die Zimmertür. »So wie Ihre Freundin unten im Café.«

»Gerburg?«

»Ja. Sie wartet dort auf sie. Und sie macht keinen besonders glücklichen Eindruck über den Verlauf des Gesprächs eben.«

»Hat Gerburg Ihnen gesagt, worum es ging?«

»Nein. Das hat sie nicht. Brauchte sie aber auch nicht. Erstens kann ich es mir selbst zusammenreimen, und zweitens bin ich nicht blind. Jeder sieht, dass es Ihnen nicht gut geht. Und warum Sie Herrn Assenmacher fortgeschickt haben, versteht auch niemand. Am wenigsten Herr Assenmacher selbst. Der Einzige, der sich darüber zu freuen scheint, ist Hubertus.«

»Es ist nicht so einfach.«

»Das ist es nie. Eine Beziehung ist nie leicht. Und Streit gibt es auch immer.«

»Darum geht es nicht.«

»Nicht? Kein Streit? Was ist dann der Grund?«

Annemie stand auf. Sie ging zum Fenster. Das Wetter tobte sich immer noch in den strahlendsten Farben aus und spielte Bilderbuch. »Ich habe versprochen, niemandem etwas über eine bestimmte Sache zu erzählen. Und ich breche meine Versprechen nicht, niemals.«

»Heißt das, Sie haben Herrn Assenmacher weggeschickt, weil Sie Angst haben, sich bei ihm zu verplappern?« Sonja Hansen wirkte ehrlich verblüfft.

»Ich plappere nicht«, rutschte es Annemie automatisch heraus, aber dann hielt sie inne. Auch wenn plappern nicht das richtige Wort war, trafen Sonja Hansens Worte doch den Kern der Sache. Zumindest spielte das eine große Rolle. Ihre Unsicherheit, was die Beziehung zwischen ihr und Werner anging, machte den anderen Teil aus. »Ja«, sagte sie schlicht. »Ja. Und weil ich Angst vor seinen Erwartungen hatte.«

Sonja Hansen betrachtete Annemie, kam auf sie zu und umarmte sie, wobei sie den verletzten Arm erst weghielt und ihn dann doch vorsichtig um Annemies Schulter legte. »Das verstehe ich. Aber wenn Sie aus Angst etwas gar nicht erst machen, statt es zu versuchen, werden Sie nie herausfinden, ob es das Richtige für Sie ist.« Sie drückte Annemie behutsam, bevor sie sich wieder von ihr löste. »Was Ihr Geheimnis angeht, kann ich natürlich nicht beurteilen, wie gut es gehütet werden muss. Aber eines weiß ich: Wenn man Geheimnisse mit jemandem teilt, dem man wirklich vertraut, sind sie leichter zu tragen.« Sie ging zur Tür und lächelte. »Soll ich Ihre Freundin zu Ihnen raufschicken?« Annemie nickte.

KAPITEL 18

»Du hast es aber sehr nett getroffen hier.« Gerburg Manderscheidt-Ziesemann sah sich im Zimmer um, und Annemie war sich nicht sicher, was genau sie damit meinte. Das freundlich eingerichtete Zimmer oder den Umstand, wie sehr ihre Pensionswirtin sich um sie kümmerte.

»Wenn man davon absieht, dass ich meinen Verehrer vergrault habe, immer noch unter Mordverdacht stehe und in einen Entführungsfall verwickelt bin, hast du recht.«

»Werner ist mehr als nur ein Verehrer.« Gerburg Manderscheidt-Ziesemann nahm im Sessel beim Fenster Platz und sortierte ihre wallenden Stoffe wie eine Königin auf dem Thron ihre Gewänder. Sie ging mit keinem Wort auf den Quasi-Rausschmiss ein, mit dem Annemie sie vorhin bedacht hatte.

»Das ist Teil des Problems.« Annemie seufzte und ging im Zimmer auf und ab.

»Setz dich bitte, du machst mich mit der Rennerei ganz nervös, meine Liebe.« Gerburg Manderscheidt-Ziesemann zeigte auf Annemies Bett. »Und dann schön der Reihe nach: Magst du Werner?«

»Ja natürlich.« Annemie setzte sich wie geheißen.

»Gut. Liebst du ihn auch?«

»Ich …« Annemie verstummte. Liebte sie Werner? Sie wusste nicht, wie sich die Liebe zu einem Mann anfühlte. Sie liebte ihr Zuhause. Das Gefühl der Sicherheit, das ihr die vertrauten Räume und die wohlbekannten Dinge gaben. Sie liebte ihre Kater. Ihre Gesellschaft, die Zuwendung, mit der sie ihr begegneten, ihre Geduld und ihre Eigenarten. Sie liebte es, in der Backstube zu stehen und aus vielen einzelnen Zutaten kleine Köstlichkeiten herzustellen, die anderen Menschen dann Genuss und Freude bereiteten. Sie liebte Maike und Farin auf eine mütterliche und fürsorgliche Art, auch wenn die beiden nicht ihre eigenen Kinder waren. Sie waren dennoch ihre Familie, mit allen Sonnen- und Schattenseiten, die dazugehörten. Aber liebte sie Werner?

Auch wenn sie sich jahrzehntelang aus den Augen verloren hatten, war er ihr in einer Art und Weise vertraut, die ihr Sicherheit gab. Sie mochte es, wenn er in ihrer Nähe war, die selbstverständliche Zuwendung, die er ihr schenkte und die sie nur allzu gerne erwiderte. Sie freute sich, wenn ihm ihre Backwaren schmeckten, und wenn sie ehrlich war, hatte sie in der letzten Zeit oft Rezepte ausprobiert, von denen sie vermutete, dass er diese Backwaren besonders genießen würde. Und wenn sie an ihr Zuhause dachte, sich vorstellte, wie sie und Maike und Farin in ihrer Küche um den Tisch herumsaßen, war Werner vor ihrem inneren Auge stets Teil dieser Runde. Teil der Familie. Vielleicht war die Liebe zu einem Partner nicht das, was sie sich früher immer vorgestellt hatte – die sprichwörtlichen Schmetterlinge im Bauch. Sondern vielleicht war so eine Liebe all diese Dinge: Vertrautheit, Sicherheit, die Freude daran, dem anderen Freude zu bereiten, und das Gefühl von Zusammengehörigkeit.

»Ja«, sagte sie schließlich und sah Gerburg direkt in die Augen. »Ja. Ich liebe ihn.« Ihre eigene Stimme klang fremd in ihren Ohren, als sie es aussprach.

»Gut. Dann hätten wir das geklärt. Du solltest es ihm nur noch einmal deutlich sagen, damit er es auch weiß.« Gerburg Manderscheidt-Ziesemann strich energisch ihre Stofflagen glatt, ohne Annemie Zeit für eine Reaktion zu geben. »Und jetzt zu den anderen Punkten. Dass du bei der Polizei noch nicht vom Haken bist, hat Werner mir berichtet. Auch wenn es natürlich völlig lächerlich ist, dich zu verdächtigen.« Sie räusperte sich. »Ganz neu ist mir die Sache mit dem Entführungsfall. Den hatte Werner nicht erwähnt.«

»Das konnte er auch nicht. Ich habe ihm nichts davon erzählt.« Annemie zögerte. Sollte sie wirklich mit Gerburg darüber sprechen? Sie hatte Jürgen Adams versprochen, Stillschweigen zu bewahren. Allerdings hatte sie dabei nicht bedacht, in welche Schwierigkeiten sie sich mit diesem Versprechen bringen würde. »Es ist schwierig.«

»Ich habe mir ein paar Tage Urlaub genommen. Wir haben also Zeit. Auch für schwierige Dinge.« Gerburg Manderscheidt-Ziesemann drapierte ihre Stoffe um, hielt mitten in der Bewegung inne und hob die Hand. »Bevor du weitersprichst: Wir sollten Werner dazuholen. Sonst musst du nachher alles noch einmal erzählen.« Sie stand auf, ging zur Tür und öffnete sie. »Ich weiß, wo er ist. Komm.«

Mit diesen Worten, die mehr einem Befehl glichen und keinen Widerspruch duldeten, rauschte sie aus dem Zimmer.

»Jansen und Krüger« stand in großen weißen Lettern auf einem der Schaufenster und darunter, etwas kleiner: »Buch – Geschenk – Design«. Gerburg Manderscheidt-Ziesemann steuerte zielsicher auf den Eingang zu und klopfte an die Ladentür. Die Buchhandlung hatte bereits geschlossen, aber im Inneren brannte noch Licht. Drei Männer befanden sich im Laden. Zwei davon in ein Gespräch vertieft an der Verkaufstheke, der dritte etwas abseits vor einem Bücherregal. Annemie erkannte Werner Assenmacher. Ihr Herz stolperte, und in ihrem Magen rumorte und rumpelte es. Wenn das doch die sprichwörtlichen Schmetterlinge sein sollten, waren es definitiv ein paar dicke Brummer.

Gerburg Manderscheidt-Ziesemann klopfte erneut, diesmal etwas nachdrücklicher. Alle drei Männer schauten zu ihnen herüber. Werner sagte etwas, nickte und kam zur Ladentür. Er drehte den Schlüssel im Schloss und öffnete die Tür, woraufhin Gerburg Manderscheidt-Ziesemann an ihm vorbeimarschierte. Annemie zögerte kurz, dann folgte sie ihr.

»Hallo, Annemie.« Werners Hände zuckten, als wollte er sie in die Arme schließen, aber er versenkte sie schnell in den Hosentaschen.

»Hallo, Werner.«

»Wie schön, dich zu sehen.«

»Ja.« Annemie hatte mit einem Mal das Gefühl, einen Klumpen Butter im Hals stecken zu haben. Sie blieb mitten im Raum stehen und sah sich um. Werner verharrte ebenfalls unschlüssig, bevor er sich einen Ruck gab.

»Ach, wo bleiben meine Manieren?« Er richtete sich auf und lächelte in die Runde. »Meine Herren, darf ich vorstellen? Das ist Annemie Engel, die beste Konditorin der Welt.« Er zeigte mit beiden Händen auf Annemie. »Und ihre Freundin, Frau

Gerburg Manderscheidt-Ziesemann, ihres Zeichens eine große Könnerin bei allem, was mit Wolle und Stoff zu tun hat.« Er nickte Gerburg zu, bevor er seine Position veränderte und auf den Mann zeigte, mit dem er ins Gespräch vertieft gewesen war. »Meine Damen, der Inhaber dieser wunderbaren Buchhandlung und mein vorübergehender Gastgeber: Herr Thomas Altwicker und sein Bruder«, er wandte sich nach rechts, »der Kunsthistoriker Mike Altwicker. Mike ist für ein paar Tage zu Besuch bei seinem Bruder, und wir konnten bereits einige sehr interessante Gespräche führen.«

Annemie nickte beiden Männern freundlich zu. Die Brüder hätten nicht unterschiedlicher sein können, wie sie fand. Der Buchhändler hatte seine langen Haare im Nacken zu einem Zopf gebunden, trug ein weites und, wie Annemie sofort bemerkte, ungebügeltes Hemd über einer löchrigen Jeans. Farin hatte Annemie darüber aufgeklärt, dass man diese Löcher und Risse mit Absicht in den Stoff machte und die Hosen bereits so verkauft wurden. Trotzdem entsprachen sie ganz und gar nicht ihren Vorstellungen von ordentlicher Kleidung, modern hin oder her. Da war der zweite der Brüder, Mike Altwicker, deutlich mehr nach Annemies Geschmack. Er trug eine Jeans ohne Löcher und einen dunkelblauen Pullunder über einem hellen Hemd. Zwar fehlte die Krawatte, und auch die grünen Socken zu den hellbraunen Schuhen störten das in Annemies Augen ansonsten sehr adrette Bild etwas, aber das war ihm zu verzeihen, weil er einen sehr ordentlichen Haarschnitt vorweisen konnte und überhaupt einen viel gepflegteren Eindruck als sein Bruder machte. Er kam auf die beiden Frauen zu und begrüßte sie mit Handschlag.

»Ihr Bekannter hat unsere Runde sehr bereichert«, sagte er mit Blick auf Werner. »Wollen Sie ihn uns jetzt wieder entführen?«

»Ja. Es ist Zeit, ein paar Dinge ins rechte Lot zu rücken. Wir müssen reden, Werner.« Gerburg Manderscheidt-Ziesemanns Tonfall duldete auch jetzt keinen Widerspruch, und nach einem kurzen Blick auf die beiden Brüder ergänzte sie: »Allein.«

Werner Assenmacher sah fragend zu Annemie. Die nickte nur. Ganz entgegen ihrer üblichen Art kam ihr immer noch kein Ton über die Lippen. Vielleicht sollte sie sich das mit der Liebe doch noch mal überlegen, wenn die ihr so die Sprache verschlug? Aber Gerburg hatte recht. Dies war nicht der richtige Ort, um Geheimnisse zu enthüllen. Sie mussten ungestört sein.

Annemie war froh, als Gerburg wieder die Initiative übernahm und erklärte, sie drei würden jetzt in die Pension zurückkehren. Selbstverständlich mit Werners Gepäck, das er doch nun bitte holen möge.

»Werner hat uns von den Verwicklungen in den Mordfall berichtet, in denen Sie stecken, Frau Engel.« Mike Altwicker legte besorgt die Stirn in Falten und schaute Werner Assenmacher hinterher, der durch eine Tür im hinteren Ladenbereich verschwand. »Das ist sicher nicht leicht.«

»Es ist ungewohnt.« Annemies Stimme funktionierte wieder.

»Vor allem tragisch, wenn man so ein großer Fan des Opfers war wie Sie.«

»Ein Mord ist immer tragisch. Egal, wer das Opfer ist.«

»Da haben Sie natürlich vollkommen recht, Frau Engel«, beeilte Mike Altwicker sich zu sagen. Annemie hatte den Eindruck, er wollte noch etwas ergänzen, wurde aber von Werners Erscheinen abgelenkt.

»Ich wäre dann so weit«, sagte er und wies auf den Koffer in seiner Hand.

Eine Viertelstunde später saßen sie an einem Tisch im geschlossenen Café »Zur Meeresbrise«. Um sie herum streckten umgekehrte Stühle die Beine in die Luft, und das heruntergedimmte Licht tauchte den Raum in ein schummriges Halbdunkel.

Annemie verschränkte die Hände vor sich auf dem Tisch, setzte sich sehr gerade hin und holte tief Luft. Es fiel ihr nicht leicht, aber es war jetzt an ihr, die Dinge zu klären. »Ich habe dich nicht einfach so fortgeschickt, Werner. Der Grund hatte aber nichts mit dir zu tun, sondern nur mit mir.« Die Butter von vorhin klumpte wieder in ihrem Hals, aber sie schluckte sie entschlossen hinunter. »Du erinnerst dich doch, dass ich bei Jürgen Adams gewesen bin.«

Werner Assenmacher nickte.

»Ich habe ihm versprochen, nicht über das zu sprechen, was

ich bei diesem Besuch erfahren habe. Das Geheimnis zu bewahren.« Wieder atmete sie tief ein und aus. »Aber das war ein Fehler, wie ich jetzt erkannt habe. Manche Geheimnisse darf man nicht für sich behalten. Vor allem nicht um jeden Preis.« Werner Assenmacher schaute sie aufmerksam an, ohne sie zu unterbrechen. Auch Gerburg Manderscheidt-Ziesemann war auf die vorderste Kante ihres Stuhls gerückt und lauschte Annemie gebannt.

»Da du ja noch gar nicht alle Einzelheiten kennst, Gerburg, ist es vermutlich am besten, wenn ich ganz vorne beginne.« Annemie sah ihre Freundin an. »Am ersten Morgen unseres Aufenthaltes habe ich einen Mann am Fuß der Kurgartenbühne gefunden, den ich zum einen für den Schlagersänger Peter Juwel und zum anderen für tot gehalten habe. Natürlich bin ich sofort los und wollte Hilfe holen. Als ich aber mit der Polizei zurückkehrte, war die Leiche verschwunden, und die Beamtin hielt mich für eine verrückte alte Frau. Was natürlich Unsinn ist. Allerdings muss ich zugeben, dass mir selbst auch Zweifel kamen, als Peter Juwel dann am Abend äußerst lebendig auf der Bühne stand und ganz wunderbar gesungen hat. Bis ich am nächsten Morgen wieder einen Strandspaziergang machte und dabei erneut auf einen Mann am Fuße der Kurgartenbühne stieß, der wieder Peter Juwel und diesmal unzweifelhaft tot war. Mir wurde klar, dass es sich bei den beiden Männern nicht um ein und dieselbe Person gehandelt haben konnte. Denn der erste Peter Juwel hatte einen eingerissenen Daumennagel, der bei dem zweiten perfekt manikürt war.«

»Die Polizei war aber anderer Meinung«, warf Werner ein. »Sie gehen von nur einer Leiche aus und halten Annemie für eine Stalkerin und haben sie in den Kreis der Verdächtigen mit einbezogen. Deswegen darf sie Bad Nordersielergroden ja auch nicht verlassen.«

»Aber – lass mich raten: Es gab die erste Leiche tatsächlich?« Gerburg Manderscheidt-Ziesemann drehte einen Zipfel ihres Kleides vor Spannung zu einer festen Rolle.

»Ja und nein.«

»Wie meinst du das?«

»Es gab sie.«

»Also hattest du recht?«

»Selbstverständlich hatte ich recht. Ich bilde mir ja nichts ein. Vor allem aber hatte ich damit recht, dass es zwei verschiedene Männer gewesen sind. Dieter Schneider und Peter Preuschoff. Sie sind beide Peter Juwel, der Schlagersänger.«

Gerburg machte große Augen. »Beide?«

»Ja, sie gleichen einander wie ein Ei dem anderen und haben die gleichen Stimmen. Nicht einmal ich habe einen Unterschied bemerkt.«

»Was ist dann das Nein in deiner Antwort?«

»Der erste Mann, den ich gefunden habe, ist zum Glück doch nicht tot. Auch wenn er an dem Morgen so aussah.«

»Welcher von den beiden ist tot?«

»Peter Preuschoff.«

»Das weißt du woher?«

»Jürgen Adams hat es mir gesagt. Er hat mir erklärt, wie die beiden zusammengekommen sind. Peter Preuschoff war der erste, der echte Peter Juwel. Dieter Schneider ist so etwas wie sein Double. Nachdem Peter Preuschoff sich in den Neunzigern aus dem Showgeschäft zurückgezogen hatte, erschien Dieter Schneider auf der Bildfläche und trat als Peter Juwel auf.«

»Und Jürgen Adams hat das alles koordiniert?«

»Nein. Der wusste erst gar nichts davon. Eine Zeit lang hat er es geahnt und dann irgendwann herausgefunden, wer Dieter Schneider wirklich ist. Er hat aber mitgespielt und auch den beiden gegenüber so getan, als wüsste er nichts.«

»Und er hat dir das Versprechen abgenommen, dieses Geheimnis ebenfalls zu bewahren?«

»Nein, nicht dieses Geheimnis. Es gibt da noch ein anderes.« Annemie berührte Werners Hand. »Es tut mir wirklich leid, wie ich dich behandelt habe, Werner. Aber ich hielt es für einfacher, gar nicht mit dir zu reden, als dich zu belügen.«

Werner Assenmacher legte seine Hand auf Annemies und strich sanft darüber.

»Genug geturtelt.« Gerburg Manderscheidt-Ziesemann lehnte sich gespannt vor. »Ich möchte jetzt wissen, was das große Geheimnis ist.«

»Dieter Schneider, der Peter Juwel, den ich am ersten Morgen gefunden habe, ist entführt worden.«

»Und das weißt du jetzt, weil …«

»Jürgen Adams hat einen Erpresserbrief erhalten.«

»Was steht drin?«, wollte Walter Assenmacher wissen.

»Es war ein einfaches Blatt Papier mit einem Schwarz-Weiß-Foto von Dieter Schneider. Er hielt sich eine aktuelle Ausgabe des Bad Nordersielergrodener Boten vor die Brust. Die Entführer drohten damit, ihn umzubringen, wenn ihre Forderungen nicht erfüllt werden.«

»Was genau wollen sie? Vermutlich Geld.«

»Ja. Geld und die Sammlung Goldener Schallplatten.«

»Mit einer Goldenen Schallplatte wurde Peter Preuschoff umgebracht. Ich frage mich, ob es da einen Zusammenhang gibt«, warf Werner ein. »Eine Art Symbolik?«

»Nicht alles, was aus Mehl, Ei und Zucker besteht, wird ein Kuchen«, sagte Annemie. »Auch wenn es natürlich naheliegend scheint, sollten wir keine übereilten Schlüsse ziehen und uns gedanklich nicht zu sehr festlegen.«

»Glaubst du, die Entführer sind davon ausgegangen, dass es nur einen Peter Juwel gibt?«, überlegte Gerburg laut.

»Das habe ich auch zuerst gedacht. Bis ich dann auf Peter Preuschoffs Grundstück ebenfalls einen Erpresserbrief gefunden habe«, erklärte Annemie. Sie öffnete ihre Handtasche, kramte darin und zog vorsichtig das Blatt heraus. Sie legte es in die Mitte des Tisches und glättete es mit der flachen Hand. Gerburg Manderscheidt-Ziesemann und Werner Assenmacher beugten sich darüber. Werner pfiff leise durch die Zähne.

»Hast du das außer uns schon jemandem gezeigt?« Fragend musterte er Annemie.

»Nein.« Sie wandte sich mit ernstem Blick erst Gerburg und dann Werner zu. »Weil damit jetzt alle Zutaten einzeln auf dem Tisch stehen und wir uns überlegen müssen, ob sich daraus ein anständiger Kuchen backen lässt.«

KAPITEL 19

Annemie klopfte mit ausgestrecktem Finger auf das Schreiben. »Das hier kann eigentlich nur bedeuten, dass die Entführer von dem doppelten Peter Juwel wussten. Man wirft kein Erpresserschreiben beim Opfer selbst ein.«

»Vielleicht gingen sie davon aus, dass ein Angehöriger den Brief finden würde«, gab Werner Assenmacher zu bedenken.

»In der Zeitung stand doch eine Menge über die geplante Hochzeit«, sagte Gerburg. »Wenn die Entführer dachten, es gäbe nur einen Peter Juwel, könnten Sie davon ausgegangen sein, dass er mit seiner Freundin zusammenlebt.« Sie kratzte sich nachdenklich am Kopf.

»Das ist auch eine Möglichkeit, ihr habt recht.« Annemie betrachtete das Blatt Papier. »Wir sollten alles noch einmal genau durchgehen.«

»Wie Arthur Conan Doyle schon Sherlock Holmes ganz richtig bemerken ließ: ›Nichts ist trügerischer als eine offenkundige Tatsache.‹ Darum lasst uns das Ganze logisch betrachten.« Werner wandte sich an Annemie. »Gehen wir mal vom Naheliegenden aus: Sie wussten nichts vom doppelten Peter Juwel. Deiner Schilderung zufolge war es ja ein sehr gut gehütetes Geheimnis, von dem sogar der Manager nur inoffiziell wusste. Welche Rückschlüsse lassen sich daraus ziehen?«

»Sie wollten den Sänger entführen, um den Manager zu erpressen«, sagte Annemie. »Nur – wieso verlangen sie dann auch die Goldenen Schallplatten? Haben die denn einen hohen Wert? Außer dem ideellen, meine ich.«

»Die sind doch nicht aus purem Gold, oder?« Gerburg Manderscheidt-Ziesemann zückte ihr Mobiltelefon, tippte darauf herum und hielt Annemie und Werner dann freudestrahlend das Display entgegen. »Sind sie nicht«, beantwortete sie ihre Frage selbst, noch bevor Annemie die Schrift entziffern konnte. Sie bewunderte ihre Freundin für deren souveränen Umgang mit der neuen Technik.

»Dann bleibt die Frage nach dem Warum«, murmelte Werner nachdenklich. »Vielleicht mögen sie keine Schlager oder halten einen weniger erfolgreichen Sänger für den größeren Star. Es könnte doch sein, dass die Polizei gar nicht so falschliegt und hier wirklich irgendwelche Stalker am Werk sind, die glauben, dass ein anderer es eher verdient hat, Goldene Schallplatten verliehen zu bekommen.«

»Sie müssen auf jeden Fall sehr geschockt gewesen sein, als Peter Juwel am Abend nach der Entführung putzmunter auf der Bühne stand«, sagte Gerburg. »Ich stelle mir das gerade vor. Da sitze ich als Entführer gemütlich mit meinem Opfer in meinem Versteck und freue mich auf den kommenden Geldsegen, und dann passiert das.« Sie verzog bedeutungsvoll das Gesicht. »Da kann man schon mal sehr ungehalten werden.«

»Und deswegen haben sie dann den echten Peter Juwel umgebracht?« Werner schüttelte den Kopf. »Das kann ich mir nicht vorstellen.«

»Vielleicht nicht mit Absicht.« Annemie stand auf. Sie musste sich bewegen, um besser denken zu können. »Aber stellt euch vor, sie erfahren am Abend des Konzerts, dass sie den Falschen erwischt haben, weil der echte Star putzmunter auf der Bühne steht. Sie entschließen sich spontan, diesen Fehler so schnell wie möglich zu beheben ...«

»... und diesmal den richtigen Sänger zu entführen«, warf Gerburg Manderscheidt-Ziesemann ein.

»Genau. Aber der ist natürlich alles andere als begeistert und wehrt sich nach Kräften.«

»Es kommt zu einem Handgemenge«, Werner trug mit beiden Fäusten einen Kampf gegen einen unsichtbaren Gegner aus, »und statt den Mann zu entführen, bringen sie ihn versehentlich um.«

»Warum haben sie seine Leiche dann liegen lassen? Für einen toten Star kann man kein Lösegeld verlangen. Es hätte doch außer den Entführern niemand gewusst, dass er tot ist, wenn sie ihn mitgenommen hätten.« Annemie stemmte die Hände in die Hüften. Ihr Magen knurrte laut und für alle deutlich hörbar. »Ich weiß ja nicht, wie es euch geht, aber mich macht die ganze

Nachdenkerei hungrig. Soll ich uns schnell eine Kleinigkeit zubereiten?«

»Auf keinen Fall.« Gerburg Manderscheidt-Ziesemann hob abwehrend die Hand und ergänzte, als sie Annemies irritierten Blick sah: »Nicht dass ich nichts essen könnte. Ich kann immer etwas essen. Aber es kommt nicht in Frage, dass du dich an den Herd stellst, liebe Annemie. Schließlich haben wir Urlaub. Und im Urlaub geht man essen.« Sie nickte Werner Assenmacher aufmunternd zu. »Ihr kennt doch sicherlich schon das eine oder andere nette Restaurant hier im Ort.«

»So häufig sind wir nicht ausgegangen«, gab Werner zu.

»Dann wird es aber Zeit. Das Gehirn ist auch ein Organ und braucht Energie. Was wir hier betreiben, ist sozusagen Leistungssport für unsere kleinen grauen Zellen.«

Eine halbe Stunde später saßen sie wieder um einen Tisch herum, diesmal allerdings in einer kleinen Eckkneipe, deren draußen in einem Schaukasten angebrachte Speisekarte vor allem Werner mit der Aussicht auf solide Hausmannskost ins Innere gelockt hatte. Die Einrichtung erinnerte Annemie an ihr Café – bevor Maike und Farin es renoviert hatten. Tische, Eckbänke und Stühle aus Buchenholz, solide und schnörkellos. In einer Ecke hing ein kleiner Metallkasten mit Zahlen und Schlitzen darauf. Ein Sparkästchen. Annemie kannte so etwas noch von ganz früher, aus der Zeit, bevor sie sich in ihrer Backstube eingeigelt und die Welt ausgesperrt hatte. Stuhlkissen in Rostrot bescherten den Gästen etwas Sitzkomfort, ohne das Ganze zu gemütlich werden zu lassen. Die vier Männer, die an einem Tisch neben der Theke saßen, ließen sich davon aber nicht abhalten. Sie spielten Karten mit einer stoischen Ruhe, als täten sie seit Jahren nichts anderes. Vermutlich traf das auch zu. Als Annemie, Gerburg und Werner den Gastraum betraten, schauten sie nur kurz hoch, um sich dann sofort wieder auf ihr Spiel zu konzentrieren.

Auch die anderen Besucher der Kneipe erweckten den Eindruck, zum Inventar zu gehören. Sie nickten den Neuankömmlingen kurz zu und widmeten sich umgehend wieder ihrem Essen oder ihren Getränken.

»Es riecht sehr gut.« Gerburg Manderscheidt-Ziesemann schnupperte genüsslich und schloss kurz die Augen, wobei sie sich über den Bauch rieb.

»Und es sieht hervorragend aus.« Werner blickte anerkennend in Richtung des Kellners, der gerade drei volle Teller an ihnen vorbei zu einem Tisch trug. »Ich nehme das da«, sagte er und zeigte auf eins der dort servierten Gerichte.

»Das da« erwies sich als ein Wiener Schnitzel mit den Ausmaßen eines halben Tisches. Auch Annemie und Gerburg wurden nach einem Blick in die Karte schnell fündig.

Als zwanzig Minuten später die heißen Mahlzeiten vor ihnen standen, griff Annemie zufrieden zum blank polierten Besteck. So mochte sie das. Gute Qualität, schnell und ohne großes Tamtam serviert. Etwas, das sie in einigen Restaurants, die sie in den letzten Monaten besucht hatte, nicht gefunden hatte. Da schien oft mehr Wert auf den äußeren Rahmen gelegt zu werden, auf moderne Einrichtung oder, wie Maike es nannte, stylisches Ambiente, und die Gäste kamen in der Hauptsache, um gesehen zu werden, und nicht, um ein gutes Essen zu genießen. Das Publikum und diese Kneipe hier waren davon so weit entfernt wie eine mit Fondants verzierte vierstöckige Hochzeitstorte von einem einfachen, soliden Puddingteilchen. Wobei Annemie das Puddingteilchen unbestreitbar bevorzugte. Sie schob zufrieden den Teller von sich.

»Um noch mal auf unser Gespräch von vorhin zurückzukommen: In meinen Augen ergibt es keinen rechten Sinn, davon auszugehen, dass die Entführer nichts vom doppelten Peter gewusst haben.« Sie tupfte sich mit der Serviette den Mund ab, faltete sie ordentlich zusammen und legte sie unter das Besteck auf den Tellerrand. »Vor allem, dass sie ihn ein weiteres Mal entführen wollten, den Toten dann aber haben liegen lassen, stört mich dabei.«

»Wieso?« Gerburg Manderscheidt-Ziesemann legte ebenfalls ihr Besteck auf den Teller und schob diesen ein Stück von sich weg.

»Weil der Star kein Geld einbringt, wenn er offiziell tot ist.«

»Aber sie haben doch Dieter Schneider, das Double«, warf Werner ein.

»Ja, das stimmt. Aber man kann Peter Juwel schließlich nicht wiederauferstehen lassen, ohne alles aufzudecken. Wenn rauskommt, dass es ihn zweimal gab, fühlen sich die Fans vielleicht betrogen. Ob der Manager unter diesen Umständen bereit ist, für Dieter Schneider so viel Geld zu bezahlen, können die Entführer nicht abschätzen.

»Also gut. Wenn wir davon ausgehen, dass die Entführer vom doppelten Schlagerstar gewusst haben – welche Möglichkeiten eröffnet uns das?« Werner trank einen großen Schluck aus seinem Glas und wischte sich mit dem Handrücken über den Mund.

»In dem Fall wollten sie vielleicht nicht bloß den Manager, sondern auch Peter Preuschoff erpressen«, schlug Gerburg vor, ruderte aber sogleich zurück: »Womit wir allerdings wieder bei der Frage wären, warum sie ihn tags darauf getötet und liegen gelassen haben.«

»Für Peter Preuschoffs Tod fällt mir auch in diesem Fall keine andere Erklärung ein, als dass es zu einem Handgemenge gekommen sein muss«, sagte Annemie. »Was ich in diesem Zusammenhang aber viel wichtiger finde, ist die Frage, wen die Entführer entführen wollten. Ursprünglich, meine ich. Denn wie wir bereits festgestellt haben, befindet sich Dieter Schneider immer noch in der Gewalt der Entführer, und womöglich war das ja von Anfang an der Plan.«

»Du meinst, es ging dabei gar nicht um Peter Juwel?«, fragte Werner Assenmacher ratlos. »Das würde zumindest erklären, warum in dem Erpresserbrief mit keinem einzigen Wort angedroht wurde, das Geheimnis der beiden auffliegen zu lassen. Aber was wäre dann der Grund für die Entführung? Was macht Dieter Schneider im Vergleich zum originalen Peter Juwel so besonders?«

»Eben darauf will ich hinaus«, bestätigte Annemie. »Wir wissen nichts darüber, wie das Verhältnis zwischen den beiden war. Mochten sie sich? Oder haben sie sich nur gegenseitig geduldet, weil sie einander brauchten, um ihre jeweiligen Ziele zu erreichen?«

»Und«, Gerburg hob die Hand, gab der Kellnerin ein Zeichen und zeigte auf ihr leeres Glas, »wir wissen nichts über Dieter

Schneider selbst. Wer ist dieser Mann überhaupt? Was hat er gemacht, bevor er Peter der Zweite wurde? Vielleicht finden wir ja da einen Hinweis, der uns weiterbringt.«

Werner Assenmacher schaute Annemie an. »Du weißt doch so viel über Peter Juwel und hast auch mit Jürgen Adams gesprochen. Erinnerst du dich an etwas, das uns weiterhelfen könnte?«

»Er ging davon aus, dass die beiden, Dieter und Peter, Zwillingsbrüder waren.«

»Hat er das vermutet oder gewusst?«

»Vermutet. Aber er war sehr davon überzeugt. Nach Dieter Schneiders überraschendem Auftauchen vor zwanzig Jahren hat er Nachforschungen angestellt und so seinen richtigen Namen erfahren. Aber es ist ihm wohl nicht gelungen, mehr über ihn herauszufinden.«

Die Eingangstür wurde geöffnet, und die drei schauten hoch. Es dauerte ein paar Sekunden, bis Annemie den Mann erkannte, der soeben die Gaststube betrat. Es war Mike Altwicker, der Bruder des Buchhändlers. Ihn hätte sie hier nicht erwartet. Ein Mann wie er passte nicht in diese eher bodenständige Umgebung. Werner hatte Altwicker ebenfalls erkannt und winkte ihm zu. Aber anstatt zu ihnen zu kommen, winkte der Kunsthistoriker nur kurz zurück und setzte sich dann zu zwei Männern, die an einem anderen Tisch bereits auf ihn zu warten schienen. Über seine Schulter hinweg schaute er noch einmal zu Annemie, Werner und Gerburg und wandte sich dann den beiden Männern zu. Täuschte Annemie sich, oder war es ihm unangenehm, hier von ihnen gesehen zu werden?

»Hat Jürgen Adam sich im Laufe der Jahre nie wieder darum bemüht, doch noch mehr herauszufinden?«

»Er hat nichts davon gesagt. So wie es klang, wollte er nicht an der Sache rühren, solange sie funktionierte. Er hat das Spiel ja mitgespielt.«

»Allerdings kann ich mir wirklich gut vorstellen, dass es so war. Dass die beiden Zwillinge oder mindestens Brüder waren.« Gerburg nahm endlich ihr Glas hoch und trank einen Schluck.

»Was führt dich zu der Annahme?«

»Sieh die Sache doch mal aus der Perspektive von Peter Preuschoff. Du bist ein Sänger, dessen einst glorreiche Karriere ihren Zenit überschritten hat. Du bist müde und vielleicht sogar etwas gelangweilt und willst dich eigentlich nur noch zurückziehen. Und da taucht mit einem Mal ein Kerl aus der Versenkung auf, der nicht nur so aussieht wie du und auch noch ebenso gut singen kann, sondern – was das Wichtigste ist – auch singen und auftreten *will*. Das ist *die* Gelegenheit, deinen Wunsch nach Abgeschiedenheit zu erfüllen und gleichzeitig weiter Geld in die Kasse fließen zu lassen.« Gerburg Manderscheidt-Ziesemann trank einen weiteren Schluck, schaute anerkennend ihr Glas an und setzte es ab, ohne loszulassen. »Wobei klar ist, dass das ein Geheimnis bleiben muss, denn sonst ist das Publikum enttäuscht. Es gibt nur einen Peter Juwel.«

Annemie verstand, worauf Gerburg hinauswollte. »Das geht nur mit jemandem, dem man absolut vertrauen kann. Einem Bruder zum Beispiel.«

»Genau.«

»Abel hat Kain auch vertraut. Das muss nichts heißen«, wandte Werner ein. »Aber wäre es nicht sogar denkbar, dass die beiden auch schon vorher voneinander wussten?«

»Das kann ja sein.« Gerburg Manderscheidt-Ziesemann hob die Schultern und ließ sie ein wenig unentschlossen wieder sinken.

»In der ›Bäckerblume‹ gab es mal einen Artikel über Peter Juwel, den ich natürlich sofort gelesen habe. Jetzt erinnere ich mich daran«, warf Annemie ein. »Er erzählte darin von seiner Kindheit. Seine Mutter ist mit ihm aus der DDR geflohen, und es war die Rede von einem tragischen Verlust. Vielleicht ist Dieter auf der Flucht verloren gegangen. Oder sie konnte nur eines der Kinder mitnehmen.«

»Es wäre eine Erklärung.«

Annemie sah nachdenklich auf ihr immer noch unberührtes Weinglas. »Wir drehen uns hier im Kreis. Bei allem, was wir gesagt haben, handelt es sich um reine Vermutungen. Wir müssen mehr über die Vergangenheit der beiden herausfinden, sonst bringt das alles nichts.«

»Und wie sollen wir das machen? Wenn schon der Manager

nichts Wesentliches herausgefunden hat, wie soll uns das dann gelingen?« Gerburg Manderscheidt-Ziesemann klang frustriert. »Indem wir mit der Zeit gehen, liebe Gerburg.« Annemie strahlte die beiden an und ergänzte nur ein Wort: »Internet.«

»Internet?«

»Ja. Internet. Ich muss dir nicht erklären, was das ist, oder?« Gerburg bedachte Annemie mit einem schrägen Seitenblick. »Ich dachte, du seist Konditorin und keine IT-Expertin.«

»Womit du auch absolut recht hast. Ich kann das nicht. Aber ich weiß, wer uns helfen kann! Und morgen werde ich außerdem einen kleinen Ausflug machen.«

KAPITEL 20

»Aber Sie haben doch gesagt, wir sollen nicht so viel am Computer sitzen, das wäre nicht gut für uns, Frau Engel.« Louisas Augenaufschlag war übertrieben unschuldig. Der Blick, den sie Annemie zuwarf, erinnerte diese an ihre Kater, wenn sie wieder einmal etwas angestellt hatten und das auch genau wussten. Da war es wenig verwunderlich, dass auch Louisa in der Lage war, genau wie ihre Kater innerhalb kürzester Zeit große Mengen an Nahrungsmitteln zu vernichten. Sie hatte sich bereits die zweite Portion Müsli in ihre Schale gekippt, großzügig mit Milch übergossen und die Lage in Bezug auf weitere Lebensmittel überprüft.

»Das ist etwas anderes. In dem Fall nutzt ihr das Gerät ja für etwas Sinnvolles und nicht zum Herumspielen.« Annemie stellte noch Brot und Butter, Marmelade und Schokocreme auf den Frühstückstisch. Sonja Hansen war bereits sehr früh zu einer Nachuntersuchung ins Krankenhaus aufgebrochen und hatte Annemie gebeten, dafür zu sorgen, dass die Mädchen gut zur Schule kamen. Eine großartige Gelegenheit, fand Annemie, die Mädchen auf ihre Mithilfe in der Angelegenheit anzusprechen. Nach ihrer Rückkehr aus dem Restaurant gestern Abend war Frieda noch bei einer Freundin gewesen, während Louisa sich bereits in ihr Zimmer zurückgezogen hatte. Jetzt war sie mit den beiden allein. Werner Assenmacher und Gerburg Manderscheidt-Ziesemann schliefen noch.

»Wir sollen also jemanden für Sie stalken, oder was?« Frieda kam in die Küche und holte ihr Handy aus der Hosentasche. »Kein Thema. Wie heißt der Angebetete?« Sie setzte sich nicht, sondern blieb neben dem Tisch stehen.

»Dieter Schneider. Aber er ist nicht mein Angebeteter. Darauf lege ich Wert.«

»Nein, Frau Engels Angebeteter ist ja der Werner.« Louisa giggelte, und Annemie bedachte sie mit einem strengen Blick, der das Mädchen aber nur noch mehr erheiterte.

»Ja, egal jetzt. Was woll'n S' wissen? Wo er wohnt, was er macht und so?« Frieda beachtete ihre kleine Schwester nicht. »Ja. Aber vor allem, was er früher gemacht hat. Und ob es etwas Besonderes über ihn zu wissen gibt.« Annemie schaute zu, wie Friedas Finger über das Display ihres Handys huschten. Nach nur drei Sekunden breitete sich ein enttäuschter Ausdruck auf Friedas Gesicht aus.

»Dieter Schneider. Wie wird der Typ geschrieben? Mit e und y oder mit ai oder so?«

»Nein, ganz normal. Wieso?«

»Weil es gefühlt eine Billion Dieter Schneiders gibt. Allein bei Wikipedia findet man sieben von denen. Da brauchen wir schon noch ein bisschen mehr Input. Irgendwas. Geburtsdatum, Beruf, ein Ort. Oder ein Bild. Das könnte auch hilfreich sein.«

»Versuch es mal mit dem Namen und Bad Nordersielergroden«, schlug Annemie vor.

Frieda tippte und schüttelte erneut den Kopf. »Nee, nichts.« Sie schob ihr Handy wieder in die Hosentasche, griff nach einer Scheibe Brot, bestrich sie mit Butter und Schokocreme und biss im Stehen hinein. »Ich muss jetzt auch los, sonst komme ich zu spät. Wenn Ihnen noch was einfällt, was helfen könnte, sagen Sie mir Bescheid. Sie können mir auch schreiben.« Sie hängte sich ihren Rucksack über die Schulter und ging zur Küchentür. Louisa sprang ebenfalls auf. Sie folgte ihrer Schwester nach draußen. »Ich hab heute die letzten beiden Entfall und bin früher wieder da. Dann guck ich, ob ich noch was für Sie machen kann, Frau Engel«, rief Frieda aus dem Hausflur, bevor sie die Tür mit einem lauten Krachen zufallen ließ.

Annemie zuckte zusammen und betrachtete das zurückgelassene Chaos. Das Messer, mit dem Frieda ihr Brot geschmiert hatte, lag ein ganzes Stück weit weg vom Frühstücksteller, der dafür aber mit Krümeln übersät war. Sie zogen sich wie die Spur im Märchen von Hänsel und Gretel vom Tisch bis zur Küchentür und vermutlich auch durch den Hausflur. Annemie fragte sich, ob überhaupt noch etwas von dem Brot übrig geblieben war. Am Messer selbst klebten dicke Reste von Butter und Schokocreme. Louisas Platz spiegelte die Reihenfolge ihrer Mahlzeit wider. Müsli, Milch, ein weiches Ei, Kakao und Orangensaft. Die Mädchen waren wie Wirbelwinde, die unvermittelt einfielen, alles einmal gründlich durcheinanderbrachten und dann genauso schnell wieder verschwanden, wie sie aufgetaucht waren. Aber erstaunlicherweise regte es Annemie nicht auf. Sie spürte zu ihrer Verwunderung ein Lächeln in ihren Mundwinkeln. Sie schien sich an die beiden und ihre Lebhaftigkeit gewöhnt zu haben. Mehr noch. Wenn sie ehrlich war, genoss sie den Trubel. Die Vorstellung, in Niedelsingen bald wieder in einem kinderlosen Haus zu leben, gefiel ihr gar nicht.

Summend räumte sie das schmutzige Geschirr zusammen und trug es zur Spüle. Sie reinigte den Tisch von den Krümelhaufen. Die Butter und die anderen Sachen ließ sie stehen und deckte stattdessen neue Teller auf. Sobald Sonja vom Arzt zurückkam und Werner und Gerburg tagesfertig waren, konnten auch die Erwachsenen hier frühstücken.

Frieda hatte gemeint, sie brauche mehr Informationen über Dieter Schneider, um etwas über ihn herauszufinden. Annemie überlegte, was sie noch wusste. Wenn Peter Preuschoff und Dieter Schneider wirklich Zwillinge waren, könnte sie es mit dem Geburtsdatum probieren. Oder dem Geburtsort. Beides war von Peter Preuschoff bekannt. Und auch ein Bild konnte sie Frieda geben. Es gab schließlich unzählige von dem Schlagersänger Peter Juwel.

Annemie setzte sich an den Tisch, nahm ihr eigenes Handy zur Hand und versuchte sich zu erinnern, wie das mit der Sucherei im Internet funktionierte. Zuerst musste sie das kleine Viereck auf dem Display finden, hinter dem sich das weltweite Netz versteckte. Sie probierte zwei aus, von denen sie annahm, es seien die richtigen, aber erst beim dritten öffnete sich die Suchmaske.

Zu Peter Juwel gab es einen Eintrag, der alle wichtigen Stationen seines Lebens und vor allem natürlich seine musikalischen Erfolge auflistete. Sogar sein Sterbedatum stand schon dort, wie Annemie betrübt feststellen musste. Sie holte einen Notizblock und einen Kugelschreiber von der Ablage und notierte alles, was ihr hilfreich erschien. Das Bild, ein Porträt, wirkte nicht offiziell, eher privat. Es war etwas verschwommen und sicher nicht von einem Profifotografen aufgenommen worden. Es zeigte einen deutlich jüngeren Peter Juwel. Annemie versuchte, das Bild zu vergrößern, tippte und wischte auf dem Bildschirm herum. Doch statt einer Vergrößerung wechselte die Seite, und Annemie sah eine ganze Reihe Bilder, die alle Peter Juwel zeigten. Auf der Bühne, Bilder, an die sie sich aus Zeitungen erinnerte, Porträtbilder, Autogrammkarten. Vor allem aber Peter Juwel in allen Altersstufen. Auch einige, auf denen der lächelnde Sänger dem Toten, den sie zuerst gefunden hatte, zum Verwechseln ähnlich sah. Das war nach allem, was sie jetzt wusste, Dieter Schneider gewesen. Andere Bilder zeigten einen viel jüngeren Peter Juwel, an den sie sich ebenfalls gut erinnerte. Versonnen betrachtete sie die Fotos. Wenn die Brüder sich heute so ähnlich sahen, wie war das früher gewesen? Vielleicht andere Frisuren, aber im Grundsatz hatte das Aussehen ja nicht so sehr voneinander abweichen können. Annemie drückte auf eines der Bilder, und es erschien allein und deutlich vergrößert auf dem Display. Gleichzeitig öffnete sich eine kleine Menüauswahl, die ihr vorschlug, das Bild zu speichern. Sehr gut. Genau das wollte sie.

Nachdem sie einmal herausgefunden hatte, wie es ging, speicherte sie noch einige andere Bilder. Wie sie diese Bilder an Frieda schicken konnte, würde sie auch noch herausfinden.

»Guten Morgen, meine Beste. Hast du gut geschlafen?« Gerburg Manderscheidt-Ziesemann rauschte in die Küche, heute in eine Wolke aus blau-, petrol- und türkisfarbenen Kleiderschichten gehüllt.

»Guten Morgen.« Annemie hielt ihr Handy hoch. »Weißt du, wie das geht, wenn ich Frieda Sachen auf ihr Telefon schicken möchte?«

»Was denn?«

»Fotos von Peter Juwel und diese Informationen hier.« Sie hielt den Zettel hoch und zeigte ihrer Freundin die Fotos.

»Hast du ihre Handynummer?«

Annemie schüttelte den Kopf.

»Dann geht es nicht. Egal, welchen Nachrichtendienst sie nutzt, die Nummer brauchst du auf jeden Fall.« Gerburg betrachtete die Bilder genauer. »Hast du die Mädchen auf die Internetrecherche angesetzt?« Sie nickte. »Eine sehr gute Idee. Die jungen Leute können mit der Technik Dinge veranstalten, die wir uns nicht mal vorstellen können.«

»Was können wir uns nicht einmal vorstellen?« Werner Assenmacher kam in die Küche, nickte den beiden Frauen zu und setzte sich an den Frühstückstisch.

»Wie alt wir anscheinend sind.« Annemie setzte sich ebenfalls.

»Wir sind nicht alt, wir sind lebenserfahren, meine Liebe.« Werner strich sich mit todernster Miene über den Kopf und legte dann die flache Hand auf seine Brust.

Gerburg Manderscheidt-Ziesemann lachte laut und rieb sich die Hände. »Also – was steht heute auf dem Plan? Hattest du nicht gestern einen Ausflug erwähnt? Wie ich dich kenne, war damit keine lustige Ferienaktion gemeint, oder?«

»Ob es lustig wird, wird sich zeigen. Ich vermute, eher nicht.«

Gut zwei Stunden später stiegen Annemie und Gerburg aus dem Auto und machten sich zu Fuß auf das letzte Stück des Weges zu Peter Preuschoffs Haus. Sonja hatte ihnen nach einer Diskussion, in der es um Gerburg Manderscheidt-Ziesemanns Fahrkünste, den zu bewältigenden Betrieb des Fahrzeugs in der Meeresbrise und vor allem um die Frage nach der Legitimität eines unbefugten Betretens fremder Häuser gegangen war, ihren Wagen überlassen. Sonjas Einwand, das sei streng genommen Einbruch, hatte Annemie mit den Worten »Ich habe nicht die Absicht, dort irgendetwas zu entwenden. Also ist es eher eine Besichtigung« zurückgewiesen. Trotzdem war ihr Gerburg Manderscheidt-Ziesemanns Vorschlag, den Wagen besser nicht direkt vor dem Haus, sondern lieber in einiger Entfernung zu parken, sehr sinnvoll erschienen. Man sollte sein Glück nicht herausfordern. Anhand ihrer Erinnerung an den letzten Besuch hatte Werner Assenmacher auf einer Landkarte den Weg ermittelt, und Gerburg hatte sie sicher bis zu ihrem Parkplatz gefahren.

»Wie weit ist es noch?« Gerburg Manderscheidt-Ziesemann schnaufte und hatte Mühe, mit Annemie Schritt zu halten. »Meine Kleider sind nicht wirklich wandertauglich.«

Der Weg machte eine Biegung, hinter der in einiger Entfernung das Haus zu sehen war, was Annemie einer Antwort enthob. Im Schatten einer Düne stand eine Bank. Gerburg ließ sich darauf fallen und verkündete: »Ich werde hier Wache schieben.« Sie rutschte ein wenig hin und her, suchte eine bequeme Sitzposition und seufzte vernehmlich. »Ich werde dich warnen, falls jemand kommen sollte. Geh ruhig allein weiter.« Sie kramte in den Tiefen ihrer Gewänder, holte ihr Handy hervor und tippte darauf herum.

In Annemies Handtasche klingelte es. Sie öffnete die Tasche, nahm ihr Handy heraus und lehnte den Anruf ab. Vielleicht war es wirklich eine gute Idee, Gerburg hier als Wachposten zurückzulassen. Annemie war sich nicht sicher, ob die Polizei ihrer Definition von Einbruch so ohne Weiteres folgen würde. Ganz im Gegenteil.

»Gut.« Annemie ging auf das Haus zu. Das letzte Stück des Weges überlegte sie, wie sie am besten hineingelangen konnte. Wenn sie sich richtig erinnerte, klebte an der Haustür ein Polizeisiegel. Selbst wenn sie einen Schlüssel gehabt hätte, wäre ihr dieser Weg also versperrt geblieben. Aber es gab noch eine Menge anderer, unversiegelter Türen und Fenster.

Sie versuchte, sich in Peter Preuschoff hineinzuversetzen. Wenn sie ganz allein so weit draußen leben würde, wie würde sie sich verhalten? Da das Haus ziemlich versteckt lag, war mit zufällig vorbeikommenden Besucherinnen und Besuchern eher nicht zu rechnen. In dem Fall könnte sie alles offen stehen lassen, wenn sie im Haus wäre. Trotzdem gäbe es natürlich Situationen, in denen man Haus und Hof absichern müsste. Zum Beispiel wenn man für längere Zeit wegfuhr. Für den wenn auch unwahrscheinlichen Fall, dass man dann den Schlüssel verlor, wäre ein gut versteckter Ersatzschlüssel für eine der Nebentüren sicherlich eine gute Idee.

Annemie blieb stehen, musterte das Haus, von dem sie jetzt nur noch wenige Meter entfernt war, und nickte. Wenn ihr Gespür sie nicht trog, wusste sie, wo sie suchen musste. Zielstrebig ging sie am Haus vorbei und schlug den Pfad Richtung Strand ein. Fast hätte sie den Abzweig verpasst, sie war bereits einige

Schritte zu weit gegangen, als es ihr auffiel. Annemie machte kehrt und folgte dem kleinen Weg, bis sie wieder vor dem Strandkorb stand. Sie durchsuchte die Schubladen und Seitentaschen, schaute rings um den Korb nach möglichen Verstecken und setzte sich schließlich frustriert auf den Sitz. Anscheinend war die Idee doch nicht so gut gewesen.

Eine Möwe flog krächzend über sie hinweg. Annemie schaute zu ihr hoch, dabei streifte ihr Blick die Decke des Korbs und das Innere des kleinen Dachvorsprungs. Sie lächelte. Also doch. »Ich bin Konditorin *und* Detektivin«, murmelte sie, streckte die Hand aus und pflückte den Schlüssel von seinem Haken. Jetzt musste sie nur noch herausfinden, zu welcher Tür er passte.

Es war die Tür zu einem seitlich ans Haus grenzenden Schuppen, die in der Tat kein Polizeisiegel trug. Annemie schloss sie auf und betrat den Schuppen. Für einen Abstellraum herrschte hier penible Ordnung. Einige Gartengerätschaften hingen an einer Wand, in der Mitte parkte einer dieser Mini-Traktoren, mit denen man den Rasen mähen konnte, und an der Wand zum Haupthaus hin stand ein hohes Regal, in dem verschiedene Werkzeuge und Utensilien auf ihre Verwendung warteten. Nur eine weitere Tür konnte Annemie nicht entdecken. Hatte Peter Preuschoff hier irgendwo einen zweiten Schlüssel versteckt? Einen, der dann den direkten Zugang zum Haupthaus ermöglichte?

Sie sah sich um. In dieser fast perfekten Ordnung gab es nicht viele Möglichkeiten. Allerdings sprach auch nichts dagegen, einen ebenso offensichtlichen Platz zu wählen wie den im Strandkorb. Sie ging zu dem Regal. Auf den unteren Böden standen alte Marmeladengläser mit nach Größe sortierten Schrauben, Nägeln und anderen Kleinteilen. Annemie streckte sich, um auch auf den oberen Brettern nach dem Schlüssel zu tasten, reichte aber nicht hoch genug hinauf. Peter Preuschoff war ein großer Mann gewesen. Sie suchte nach einem Hocker oder einer Trittleiter, fand aber nur einen leeren Zementeimer. Das musste genügen. Sie hielt inne. Beinahe hätte sie etwas Wichtiges vergessen. Sie durfte nicht einfach alles anfassen, sonst könnte sie der Polizistin auch gleich einen Zettel hinterlassen, dass sie hier gewesen war.

Erneut schaute sie sich um und fand schnell, was sie suchte.

Ein Paar Gartenhandschuhe aus Gummi. Nicht bequem, aber zumindest würde sie auf diese Art und Weise nicht überall ihre Fingerabdrücke verteilen. Sie zog sie über, trug den Eimer vor das Regal, drehte ihn um und stieg hinauf. Die Höhe reichte immer noch nicht, um das Regalfach einzusehen, aber sie konnte es abtasten. Annemie stellte sich auf die Zehenspitzen, damit sie auch den letzten Winkel erreichte. Mit einem Mal knickte der Boden des Eimers, auf dem sie stand, unter ihr ein. Sie verlor das Gleichgewicht, packte das Regal und klammerte sich fest. Vor ihrem inneren Auge sah sie sich schon zu Boden stürzen, gefolgt von dem Regal, das sie unter sich begrub. Aber zu ihrem großen Erstaunen geschah das nicht. Stattdessen schwang sie mitsamt dem Regal wie an einer sich öffnenden Tür zur Seite. Annemie fing sich, kam wieder auf dem Boden zu stehen und schaute hinter das Regal.

Es war genau das. Eine Tür. Eine Tür ins Innere des Hauses. Sehr raffiniert.

Annemie strich ihr Kleid glatt, nahm ihre Handtasche und trat ein. Vom Schuppen aus gelangte man zunächst in eine Art Flur, von dem etwas schräg versetzt wieder eine Tür abging. Annemie befürchtete schon, eine dritte Schlüsseljagd veranstalten zu müssen, aber das erwies sich als unbegründet.

Nur mit Mühe widerstand sie dem Impuls, ihre Schuhe auszuziehen, denn neben der Tür stand ein Regal, in dem neben Gummistiefeln, Boots und Herrensandalen ein freier Platz dazu einlud, seine eigenen Schuhe ebenfalls abzustellen. Peter Preuschoff musste wirklich ein sehr ordnungsliebender Mensch gewesen sein. Annemie bedauerte es immer mehr, ihn erst persönlich kennenzulernen, nachdem er gestorben war. Wenn man das denn so nennen konnte.

Umso mehr irritierte sie der Anblick, der sich ihr bot, als sie die Wohnräume betrat. Hier konnte von wohlgehüteter Ordnung nicht die Rede sein. Ganz im Gegenteil. Schubladen standen offen, Sofakissen waren auf dem Boden verteilt, Bilder hingen schief. Ein Stuhl neben dem Esstisch lag quer auf der Seite. Automatisch stellte sie ihre Handtasche auf dem Esstisch ab, richtete den Stuhl wieder auf und schob ihn an den Tisch heran. Als sie weiterging, bot sich ihr in der Küche das gleiche Bild. Auch hier geöffnete Schränke und Schubladen. Jemand hatte Vorräte aus einem der oberen Schränke einfach auf der Herdplatte abgestellt. Annemie betrachtete kopfschüttelnd das Chaos. Natürlich musste die Polizei die Wohnung eines Mordopfers in Augenschein nehmen. Aber dass sie so ein Durcheinander hinterließ, war nicht zu verzeihen. Immerhin würde dadurch nicht auffallen, dass sie, Annemie, nun auch noch mal einen Blick in die Schränke warf. Wobei sie sich nicht sicher war, wonach sie eigentlich suchen sollte. Es galt, mehr über Peter Preuschoff und Dieter Schneider herausfinden. Wenn die beiden eine gemeinsame Vergangenheit hatten, entdeckte sie vielleicht irgendwelche Hinweise darauf.

Annemie ging zurück ins Wohnzimmer, vorbei an den Bücherregalen und Schrankwänden. Vielleicht gab es Aktenordner oder andere Dokumente. Aber außer einem dünnen Ordner mit gesammelten Presseberichten aus den letzten fünf Jahren fand sie nichts, was auch nur annähernd interessant war. Peter Juwel hatte eindeutig nicht mehr so sehr im Fokus der Öffentlichkeit gestanden wie noch vor einem Jahrzehnt. Sorgsam stellte sie den Ordner wieder an seinen Platz.

Vielleicht war der Sänger auch jemand gewesen, dem gar nichts daran gelegen hatte, seine Vergangenheit zu konservieren? Immerhin wohnte er erst in diesem Haus, seit er sich aus dem Musikgeschäft zurückgezogen hatte. Dann würde sie hier kein Stück weiterkommen. Aber so schnell gab eine Annemie Engel nicht auf. Entschlossen machte sie sich auf die Suche. Nach zwei sehr spartanisch eingerichteten Gästezimmern, einem bis auf die auch hier angerichtete Unordnung blitzend sauberen Badezimmer und einer sehr übersichtlich ausgestatteten Speisekammer hatte sie alle Räume des Hauses gesehen, ohne etwas zu finden. Was nun noch blieb, war der Speicher. Das Haus hatte einen Giebel, dessen Höhe sich nicht in den Räumen widerspiegelte, doch es gab keine Treppe, die nach oben führte. Trotzdem war sie sicher, dass es einen Dachboden geben musste. Solche alten Häuser hatten immer einen Söller. Annemie machte sich auf die

Suche nach einer dieser Klappen, hinter denen sich ausziehbare Leitern versteckten. In der Küche fand sie nicht nur die Klappe, sondern auch den dazugehörenden Haken am Besenstiel.

Die Leiter rappelte ihr entgegen, und Annemie wagte den Aufstieg.

Es dauerte einige Sekunden, bis ihre Augen sich an das Dämmerlicht gewöhnt hatten und sie etwas erkennen konnte.

KAPITEL 21

Pappkartons stapelten sich unter der Dachschräge. Bis hierhin war die Polizei anscheinend nicht vorgedrungen. Entweder hatten sie die Klappe in der Decke übersehen, oder sie hatten noch keine Zeit gehabt und würden das zu einem späteren Zeitpunkt nachholen. Alle Kartons waren mit Jahreszahlen beschriftet und in der entsprechenden Reihenfolge aufgestellt. Annemie ging zu dem Karton mit der am längsten zurückliegenden Aufschrift »1975«, zog ihn ein Stück nach vorne und öffnete ihn. Quer obenauf lag eine von Gummis zusammengehaltene Papierrolle. Das Gummiband zerbröselte bei Annemies Versuch, es behutsam zu entfernen. Vorsichtig entrollte sie das Papier. Ein junger, strahlender Peter Juwel in stahlblauem Anzug und einem weißen Hemd mit Flügelkragen schaute ihr verwegen in die Augen. Der Name in dicken weißen Lettern hob sich von dem orangefarbenen Studiohintergrund deutlich ab. Unten hatte das Plakat eine etwa zwanzig Zentimeter hohe Freifläche. Annemie erinnerte sich, dass die Veranstalter der Konzerte das Datum und die Uhrzeit früher mit dickem schwarzem Filzstift in dieses Feld geschrieben hatten.

Unter dem Plakat kam ein Schuhkarton zum Vorschein, bis zum Rand gefüllt mit Fotos, etliche davon verblasste Polaroid-Schnappschüsse, die Peter Juwel umringt von seinen zumeist weiblichen Fans oder auf feuchtfröhlichen Partys zeigten. Annemie schob die Bilder wieder in die kleine Kiste, stellte sie neben den Pappkarton und richtete sich mit schmerzendem Rücken auf. Diese halb gebückte Haltung war nichts mehr für sie. Ächzend hob sie einen Ordner aus dem Karton und blätterte ihn durch.

Im Jahr 1976 hatte sich die Presse noch intensiv für den Sänger interessiert, beinahe jede zweite Woche war ein Bericht über ihn in den einschlägigen Zeitschriften erschienen. Wann er wo mit wem was gemacht hatte. Die Hälfte davon vermutlich erstunken und erlogen. Aber da man nie wusste, welche Hälfte die Wahrheit war, musste man alles lesen. Annemie verzichtete schweren Herzens darauf, einzelne Artikel genauer anzuschauen, auch wenn es sie sehr interessiert hätte. Aber seit 1976 waren fünfundvierzig Jahre vergangen, und es machte den Eindruck, als habe Peter Preuschoff für jedes Jahr einen eigenen Karton hier oben deponiert. Die Inhalte komplett durchzusehen, würde viel zu viel Zeit kosten. Sie packte alles wieder sorgsam ein, ging ein paar Schritte weiter und zog wahllos einen zweiten Karton hervor, den sie öffnete, und einen dritten, auf den sie sich setzte. So ließ sich das Jahr 1986 sicherlich besser in Augenschein nehmen.

Auch hier gab es wieder Konzertplakate, diesmal weichgezeichnet, in eher nebligen Farben, der Blick des Sängers versonnen in die Ferne gerichtet. Die Presseartikel des Jahres lagen unsortiert in einer kleinen Kiste, dafür hatte er sich die Mühe gemacht, die Fotos in ein Album zu kleben. Annemie blätterte es auf. Die Fans alterten mit ihrem Star, aber ihre Begeisterung schien ungebrochen. Annemie strich über das Papier. Einmal hätte sie auch auf so ein Konzert gehen können. Eine Station auf der Tournee »Peter 1986« war Diekenbeck gewesen, ein Ort ganz in der Nähe von Niedelsingen. Aber wie so oft in ihrem Leben war etwas dazwischengekommen, und sie hatte es nicht getan.

Auf einigen Schnappschüssen, die, wie Annemie vermutete, hinter der Bühne aufgenommen worden waren, schaute ein kleines Mädchen mit großen Augen in die Kamera. Dachte man sich die langen blonden Zöpfe weg und eine verwegene Strubbelfrisur dazu, konnte man das Kind für Torben-Luca Breuer halten. Dieses Mädchen musste Melanie Breuer sein. Die verschwommen abgebildete Frau im Hintergrund war dann vermutlich ihre Mutter. Irgendwie kam sie Annemie bekannt vor, aber wenn man die Familienähnlichkeit berücksichtigte, sah vielleicht nicht nur Melanies Sohn so aus wie sie als Kind, sondern Melanie Breuer als Erwachsene auch so wie damals ihre Mutter. Annemie blätterte weiter. Wo ein Bild war, gab es sicher auch noch mehr.

Kurz wurde sie aus ihrer Konzentration gerissen. Was war das für ein Geräusch? Sie lauschte. Nein. Alles war still. Sie musste sich getäuscht haben. Aber dann hörte sie es wieder. Das war ihr Telefon. Schnell sprang sie auf, das Album unter den Arm geklemmt. Wo war ihre Handtasche mit dem Handy? Sie hatte sie nicht mit auf den Dachboden genommen. Die Tasche stand unten im Wohnzimmer mitten auf dem Esstisch.

»Heiliges Keksblech!« Annemie schlug sich die Hand vor den Mund. Gerburg hatte sie warnen wollen, wenn sich jemand dem Haus näherte. Natürlich konnte es auch jemand anderes sein, Maike zum Beispiel oder Farin, der sie nach einem Rezept fragen wollte, aber das war, wenn sie es recht bedachte, sehr unwahrscheinlich. Schnell ging sie zur Bodenklappe und stieg rückwärts die Leiter hinunter.

Vor dem Haus hörte man einen Motor verstummen. Autotüren schlugen. Stimmen erklangen. Ein Mann rief etwas, eine Frau antwortete, und Annemie erstarrte für einen kurzen Moment. Es war die Stimme der Polizistin aus Bad Nordersielergroden.

Annemie hastete zum Esstisch, holte das immer noch klingelnde Handy aus ihrer Tasche und nahm den Anruf an, während sie mit ihrer Tasche und dem Album unter dem Arm in Richtung der Tür lief, durch die sie ins Haus gekommen war.

»Die Polizei ist auf dem Weg zum Haus«, flüsterte Gerburg Manderscheidt-Ziesemann in Annemies Ohr.

»Sie sind schon da«, zischte Annemie zurück und beendete das Gespräch. Jetzt war keine Zeit, um Gerburg zu erklären, dass es gar keinen Sinn machte, wenn sie flüsterte. Sie musste hier raus. Denn das Letzte, was sie jetzt gebrauchen konnte, war eine Begegnung mit der Polizei, hier, an diesem Ort, in Peter Preuschoffs Haus.

Vor der geheimen Regaltür blieb sie stehen. Sie hatte sich von allein wieder geschlossen und war von der Wand nun nicht mehr zu unterscheiden. Annemie drückte dagegen, aber die Tür blieb, wo sie war. Sicher hatte sie bei ihrem Sturz einen Mechanismus ausgelöst, der die Tür geöffnet hatte. Zweifellos gab es auch auf dieser Seite etwas mit diesem Effekt, aber sie hatte nicht die Nerven, um danach zu suchen. Die Polizisten konnten jeden Moment hinter ihr auftauchen. Blieb nur eine Möglichkeit. Sie musste durch das Wohnzimmer zur Terrassentür laufen und versuchen, durch den Garten zu entkommen.

Sie stopfte das Album in die Handtasche, hängte sie sich über den Arm und eilte, so schnell sie konnte, quer durch den Raum auf die Schiebetür zu. Mit beiden Händen zog sie am Griff. Die Tür öffnete sich sofort. Sie war nicht verschlossen gewesen, jemand hatte sie nur zugezogen. Annemie konnte sich nicht länger darüber wundern, denn sie hörte, wie im vorderen Teil des Hauses die Haustür ins Schloss fiel und sich Schritte näherten. Sie schob die Tür wieder zu, lief über die Terrasse und die Wiese um die Ecke des Hauses. Hier blieb sie stehen und schnappte nach Luft. So viel Aufregung war definitiv zu viel für sie.

Im Inneren des Hauses wurden die Stimmen der Polizisten lauter. Vielleicht war es doch nicht die Polizei gewesen, die das Chaos hinterlassen hatte, sondern jemand anders. Jemand, der genau wie sie selbst auf der Suche nach etwas in das Haus eingedrungen war.

Ein Einbruch. Das musste es sein. In diesem Fall würden die beiden Polizisten nicht lange allein bleiben. Bald würde es auf dem Grundstück von Menschen wimmeln.

Welche Möglichkeit hatte sie, unbemerkt von hier zu verschwinden? Der Pfad am Strandkorb vorbei war keine Option, denn dazu müsste sie den Garten durchqueren, auf den man durch die Panoramascheibe des Wohnzimmers eine hervorragende Sicht hatte. Vor dem Haus parkte der Polizeiwagen. Und auch wenn sich die beiden Beamten gerade im Haus befanden, war es durchaus möglich, dass sie kurz zu ihrem Auto zurückgingen. Außerdem gab es nur eine Zufahrt zum Haus. Und über diese würden gleich weitere Polizeiautos mit weiteren Polizisten kommen. Nein. Es half nichts. Sie musste einen anderen Weg finden. Und der führte erst einmal neben dem Haus eine Düne hinauf und durch dornige Büsche.

Sand rieselte in ihre Schuhe, die Dornen rissen Löcher in ihre Strumpfhosen, und Annemie wünschte sich, auf Maike gehört und ein bisschen Sport gemacht zu haben. Wobei ihr ein bisschen Sport in dieser Situation auch nicht wirklich geholfen hätte. Dann hatte sie es geschafft, und die erste Düne lag zwischen ihr und den Polizisten. Bis sie endlich einen kleinen Pfad fand, der, wie sie hoffte, parallel zum Zufahrtsweg verlief, musste sie dreimal ihre Schuhe ausleeren, und ihre Strumpfhosen waren komplett ruiniert. Kurz entschlossen streifte sie die Schuhe ab und zog die Strumpfhose aus. Eine ältere Dame, die barfuß durch die Dünen ging, warf sicherlich weniger Fragen auf als eine, die aussah, als wäre sie gerade überfallen worden.

Nach einer Weile entdeckte sie in einiger Entfernung den Parkplatz und Sonjas Auto. Direkt daneben befand sich ein Polizeiwagen. Zwei Uniformierte standen an der Fahrertür und sprachen mit Gerburg, die auf dem Fahrersitz saß. Annemie duckte sich und wartete, bis die Polizisten ihre Kontrolle beendet hatten und weitergefahren waren.

»Was hast du ihnen gesagt?«, fragte sie, als sie den Wagen endlich erreicht, die Beifahrertür geöffnet und sich auf den Sitz hatte fallen lassen. Ihre nackten Füße und Waden kribbelten und brannten.

»Dass ich hier Urlaub mache und die Landschaft genieße. Sie haben sich den Wagen angeschaut und mich sogar den Kofferraum öffnen lassen.«

»Und?«

»Was und? Nichts und. Ich bin eine harmlose Urlauberin und keine Einbrecherin«, sagte Gerburg Manderscheidt-Ziesemann in dem Ton, in dem Annemie sonst ihren beruflichen Status definierte. Annemie bedachte ihre Freundin mit einem schnellen Seitenblick.

»In Peter Preuschoffs Haus wurde wirklich eingebrochen. Das ist mir aber erst klar geworden, als die Polizei angerückt ist. Ich dachte, die hätten diese Unordnung verursacht, als sie das Haus untersucht haben.«

»Konntest du denn etwas über die Brüder herausfinden?« Gerburg startete den Wagen, wendete und fuhr los.

»Nein. Aber ich habe das hier mitgenommen. Sehr wahrscheinlich bringt es uns gar nichts, aber als du angerufen hast, habe ich es automatisch eingesteckt.« Annemie hielt das Fotoalbum hoch. »Ich wollte es mir später noch einmal ansehen.«

Gerburg Manderscheidt-Ziesemann nickte. »Ich habe aber Neuigkeiten erfahren.«

»Während du auf mich gewartet hast?«

»So langsam müsstest du mich doch kennen, meine Liebe.«

Eine Gerburg Manderscheidt-Ziesemann lässt sich doch von ein paar Dünen nicht davon abhalten, aktiv zu werden. Und wenn es auch in erster Linie geistige Aktivität ist.«

»Was hast du gemacht?«

»Ich habe telefoniert und gechattet.«

»Mit wem?«

»Zuerst mit Sonja Hansen. Im Café läuft alles glatt. Sie haben zwar viel Betrieb, aber Werner und Hubertus Klein wuppen das wunderbar.«

»Das ist die Neuigkeit?«

»Nein. Selbstverständlich nicht. Sonja dachte zuerst, es wäre etwas mit dem Wagen, aber da konnte ich sie beruhigen. Und dann machte sie sich Sorgen, wir könnten erwischt worden sein.«

»Was ja auch beinahe passiert wäre. Aber ich vermute, auch das ist nicht die wichtige Info, oder?«

»Nein.« Gerburg Manderscheidt-Ziesemann verstummte kurz und wirkte beinahe beleidigt. Annemie nahm sich vor, ihre Freundin nicht mehr zu unterbrechen. »Also. Ich habe mit Sonja Hansen telefoniert, weil ich ihre Nummer in meinem Handy gespeichert hatte.«

»Hm.«

»Ich habe sie gebeten, mir Friedas Nummer zu geben.«

»Hm. Hm.«

»Dann habe ich die Fotos von Peter Juwel, die du mir gezeigt hast, gesucht und sie an Frieda geschickt. Ob ich jetzt ganz genau dieselben erwischt habe, kann ich nicht sagen, aber es waren welche, die ihn in verschiedenen Altersstufen gezeigt haben.«

»Hm.«

»Außerdem habe ich ihr noch die Daten geschickt, die du gesammelt hast.« Sie hielt den Zettel hoch, den Annemie heute Morgen geschrieben hatte. »Den hatte ich selbstverständlich eingepackt, bevor wir aufgebrochen sind.«

Jetzt war Annemie sprachlos. Und beeindruckt. So viel Souveränität im Umgang mit moderner Technik fand sie bewundernswert.

»Das Beste kommt aber erst noch.« Gerburg Manderscheidt-Ziesemann machte eine dramatische Pause, schaltete einen Gang höher und gab Gas. Das Auto machte einen kleinen Satz. Annemie klammerte sich am Sitz und dem Griff der Autotür fest.

»Hmm.«

»Frieda hat etwas gefunden«, verkündete sie triumphierend. »Zuerst hat sie alle Daten eingegeben. Das hat aber nichts gebracht außer dem, was uns sowieso schon bekannt ist.« Wieder machte Gerburg eine Pause. Diesmal allerdings, um einem entgegenkommenden Wagen auf der engen Straße auszuweichen, wobei sie dem Straßengraben in Annemies Augen bedrohlich nahe kam. »Als das auch nichts brachte, hat sie eine Rückwärts-Bildersuche laufen lassen.«

»Was ist das?«

»Du lädst ein Bild hoch, und dann wird geschaut, ob es dieses Bild oder diese Person noch auf anderen Bildern im Internet gibt. Das ist bei jemandem wie Peter Juwel sehr oft der Fall. Aber eine Sache hat sie gefunden, die dann doch sehr interessant ist.«

»Und die wäre?«

»Das wird sie uns gleich selbst zeigen, wenn wir wieder zurück sind.«

KAPITEL 22

Das Café »Zur Meeresbrise« war bis in die letzte Ecke besetzt. Einige Gäste hatten sich für die Suppe oder den kleinen Salat entschieden, aber die Mehrheit hatte mit ihren Bestellungen große Löcher in die Bestände der Kuchentheke gerissen. Dabei war es erst Mittag. Annemie erkannte mit einem Blick, dass sie am besten direkt in der Backstube verschwinden und Nachschub produzieren sollte, wollten sie in zwei Stunden nicht komplett ausverkauft sein. Aber zuerst musste sie wissen, was Frieda herausgefunden hatte.

Sonja Hansen stand an der Kaffeemaschine. Sie hatte mittlerweile den Bogen raus, wie sie mit ihrer gesunden Hand die Maschine bedienen und eine schöne Crema auf den Kaffee zaubern konnte. Es dauerte zwar etwas länger, aber es klappte. Hubertus Klein half ihr mit stoischer Ruhe, hievte Kuchenstücke auf Teller, kümmerte sich um die übrigen Getränke und stellte alles für Werner Assenmacher bereit, der mit flinken Schritten um die Tische eilte und alles und jeden im Blick behielt.

»Du hast keine Schuhe an«, bemerkte er im Vorbeigehen, einen Tellerstapel balancierend.

»Ja. Mir war kurz danach.« Annemie blieb mitten im Café stehen und sah sich suchend um. »Wo ist Frieda?«

Werner deutete mit seiner freien Hand zur Decke. »Oben. Sie ist eben erst nach Hause gekommen, hat was von wichtigen Recherchen gemurmelt und ist direkt die Treppe hinaufgestürmt.« Er musterte Annemie. »Deine Beine sind ganz zerkratzt. Was ist passiert?«

Annemie und Gerburg folgten ihm zur Theke, wo er die Teller abstellte.

»Wir mussten fliehen«, raunte Gerburg Manderscheidt-Ziesemann Werner verschwörerisch zu.

»Vor wem?« Sonja Hansen hielt mitten in der Bewegung inne und legte das Geschirrtuch ab. »Dem Mörder? Mein Gott! Ist euch etwas passiert? Ist was mit dem Auto?«

»Fast.« Gerburg schaute so erschöpft in die Runde, als hätte sie sich den ganzen Weg über die Dünen zum Parkplatz durchgeschlagen. »Vor der Polizei. Wir mussten vor der Polizei fliehen. Aber das Auto ist okay.«

»Haben sie euch erwischt?« Sonja Hansen wurde blass. »Ich habe ja gesagt, dass das gegen das Gesetz ist.«

»Nein. Gerburg wurde im Auto kontrolliert, und mich haben sie nicht erwischt, sondern ich bin ihnen entwischt. Über die Dünen und durch die Dornen.« Annemie hob ihr rechtes Bein und deutete auf die Schrammen. »Das heilt aber wieder. Viel wichtiger ist jetzt Frieda. Ich möchte wissen, was sie herausgefunden hat.« Sie ging in die Backstube, legte das Album auf das Regal über der Arbeitsfläche. Wenn sie zwischendurch Zeit fand, konnte sie weiter darin blättern. Vielleicht gab es darin doch ein paar Hinweise, die ihr weiterhelfen würden. »Und ich werde mir meine Füße waschen und neue Strumpfhosen anziehen, damit ich wieder anständig aussehe. So halb nackt kann ich doch nicht unter die Leute.«

Frieda saß mit dem Rücken zur Zimmertür und wirkte ganz fasziniert von dem, was vor ihr auf dem Bildschirm zu sehen war. Annemie klopfte an den Türrahmen, bevor sie eintrat.

Frieda schaute nur kurz über die Schulter, bevor sie sich wieder ihrem Rechner zuwandte.

»Sie haben keine Schuhe an.«

»Ich weiß.«

»Cool.« Frieda lehnte sich ein Stück zur Seite, damit Annemie freie Sicht hatte, und deutete mit dem Finger auf ein Bild. »Gucken Sie hier. Sehen Sie das?«

Annemie beugte sich vor und blinzelte. Es war ein Schwarz-Weiß-Bild, auf dem eine Gruppe von drei Männern zu erkennen war, die allem Anschein nach von drei Polizisten in Uniform abgeführt wurden. Das Bild hatte eine schlechte Qualität, es war schon älter und grobkörnig. Es wirkte wie die Kopie eines alten Zeitungsausschnittes. Sie schüttelte den Kopf. »Nein. Was soll ich sehen?«

»Na, der Typ hier.« Frieda tippte mit der Fingerspitze auf eines der Gesichter.»Moment, ich vergrößere es.« Sie machte etwas an der Tastatur, und jetzt konnte Annemie das Gesicht deutlich sehen.

»Peter Juwel«, entfuhr es ihr.»Aber er hat eine ganz andere Frisur. Und die Haare sind viel heller.«

»Ja. Also nein. Eben nicht Peter Juwel.« Frieda hackte wieder auf ihrer Tastatur herum, das Bild verschwand, und stattdessen tauchten viele Fotos auf. Die meisten waren Porträtbilder des Schlagerstars. Sie sahen aus wie in den Presseordnern, die Annemie von Kurzem noch in der Hand gehalten hatte.»Ich habe ein paar von den Bildern, die Ihre Freundin mir geschickt hat, durch die Rückwärtssuche laufen lassen. Natürlich waren da ganz viele Treffer, die haben halt alle wieder auf den Sänger zurückgeführt. Aber ich hatte eine Freistunde in der Schule, darum konnte ich die in aller Ruhe swipen. Ich hatte eigentlich schon keinen Bock mehr auf den Müll, hab dann aber irgendwie noch das hier gefunden.« Wieder erschien der Zeitungsartikel. Diesmal las Annemie auch die Überschrift:»Spektakulärer Museumsraub aufgeklärt«. Und darunter, etwas kleiner:»Diebe zu mehrjähriger Haftstrafe verurteilt, ein Teil der Beute bleibt verschwunden«.

»Anfang der achtziger Jahre wurden einige wertvolle Bilder aus dem Stadtmuseum in Salling gestohlen. Die Typen sind als Reinigungstrupp verkleidet in das Museum gegangen, haben die Bilder aus den Rahmen gelöst und sind wieder verschwunden, bevor jemand reagiert hat. Man konnte sie dann trotzdem recht schnell überführen. Sie haben alle jeweils zehn Jahre bekommen.« Das Bild auf dem Rechner wechselte.»Als ich das dann einmal entdeckt hatte und entsprechend gesucht habe, gab es auch noch mehr. Mehrere Zeitungen haben darüber berichtet. Vor allem, weil eines der Bilder, irgendeine sehr wertvolle kleine Zeichnung eines berühmten Malers, Klee oder so, bis heute verschwunden ist.«

»Paul Klee?«

»Ja, kann sein. Keine Ahnung. Ich kenn den Typen nicht. Ist aber auch egal. Wichtig ist doch, wie der Typ heißt, der aussieht wie der Sänger.« Frieda drehte sich auf ihrem Schreibtischstuhl einmal um sich selbst und breitete die Arme aus.»Er heißt Dieter S. aus J.«

»Dieter S. aus J.?«, echote Annemie.

»Ja. Das muss Dieter Schneider sein.«

»Hast du dazu noch irgendetwas anderes gefunden? Irgendeinen Beweis?«

»Reicht das Bild nicht aus?« Frieda holte es wieder auf den Bildschirm. »Moment.« Der kleine Pfeil sauste über die Fläche, es erschienen Linien, Abschnitte färbten sich blau, und plötzlich hatte die Person keine Haare mehr. Jetzt war die Ähnlichkeit zu Peter Juwel alias Peter Preuschoff überdeutlich. »Außerdem hat viel später auch noch mal eine Zeitung darüber berichtet, dass die Haftstrafe jetzt abgelaufen, das Rätsel um das verschwundene Bild aber immer noch nicht gelöst sei. Das war ...« Klack, klack, klack. »Das war 1994.«

»Mitte der Neunziger hat Peter Preuschoff sich aus dem Showgeschäft zurückgezogen. Dieter Schneider ist an seine Stelle getreten und hat ihn damit sozusagen unsichtbar gemacht.« Annemie zog sich einen mit weißem Flokati überzogenen Hocker an den Schreibtisch und setzte sich. Sie zeigte auf den Bildschirm. »Kannst du mir diese Sachen irgendwie ausdrucken?«

»Klar. Kein Thema. Der Drucker im Café hat WLAN. Ich schick das dahin.« Frieda drehte sich mit ihrem Stuhl so, dass sie Annemie frontal gegenübersaß. »Kann ich denn sonst noch was für Sie tun, Frau Engel?«

Annemie lächelte. Frieda war wirklich ein sehr nettes Mädchen. Wie hatte sie nur vor ein paar Tagen noch denken können, Teenager seien nur anstrengend und nervig? »Danke. Du hast mir damit sehr geholfen. Wenn ich noch etwas wissen muss, werde ich mich sofort bei dir melden.« Sie stand auf und schob den Hocker wieder an seinen Platz unter einem schmalen Tisch, auf dem sich in wildem Chaos Schminkutensilien angehäuft hatten. Hier müsste auch dringend aufgeräumt und sauber gemacht werden. Sie setzte zu einer entsprechenden Bemerkung an, besann sich jedoch und sagte: »Du kannst aber trotzdem noch etwas für mich tun. Du kannst mich sehr gerne duzen, Frieda.«

»Wenn das für dich klargeht, Frau Engel, mach ich das gerne.«

In den nächsten beiden Stunden, nachdem Annemie sich gewaschen und umgezogen hatte, war nicht daran zu denken, über die neuen Informationen nachzudenken, geschweige denn mit Werner und Gerburg darüber zu reden. Hubertus Klein hatte die beiden Ausdrucke in die Backstube gebracht und zuerst einen kurzen Blick auf das Papier, dann einen längeren auf Annemie geworfen. Als die aber nicht reagierte, sondern die Zeitungsartikel nur entgegennahm und an die Magnetleiste über dem Arbeitstisch heftete, an der Sonjas Rezepte und eine Einkaufsliste hingen, zog er schulterzuckend wieder ab.

Annemie buk Mini-Windbeutel mit Lavendelpudding und Rosmarin-Ganache, einen Möhrenkuchen und einen Mallorquinischen Mandelkuchen, um den nicht abreißenden Strom der hungrigen Gäste zu befriedigen. Den Mandelkuchen sogar in der Low-Carb-Version, da Maike ihr erklärt hatte, dass immer mehr Leute auf eine gesunde Ernährung achteten. Wobei für Annemie Kuchen und Gesundheit nur hinsichtlich der Wirkung des ersten auf das zweite zusammengehörten. Ein gutes Stück Kuchen half oft mehr als die beste Medizin. Zumindest was die Stimmung anging, und die trug ja bekanntermaßen wesentlich zur Gesundheit bei.

Zum Ausgleich schickte sie dann gleich noch eine Lage Guinness-Whiskey-Cupcakes hinterher.

Gerburg Manderscheidt-Ziesemann hatte entschieden, sich endgültig von der Urlaubs- auf die Helferseite zu schlagen, sie entledigte sich einiger ihrer wallenden Stoffschichten und bezwang den Berg des dreckigen Geschirrs.

Irgendwann erschien Sonja Hansen im Türrahmen, lehnte sich dagegen und wischte sich mit dem gesunden Arm über die Stirn. »Ich weiß gar nicht, was ich machen soll, wenn Sie wieder nach Hause fahren, Frau Engel. Ihr Kuchen erreicht Stellen, da kommt Motivation gar nicht hin. Der macht regelrecht süchtig. So viel Betrieb hatte ich hier noch nie. Die Gäste werden alle wegbleiben, wenn ich wieder selbst backe.«

»Ich verrate Ihnen ein paar meiner Rezepte und zeige Ihnen, was dabei zu beachten ist. Sie schaffen das. Mein Herr Farin hat das auch alles gelernt. Backen ist keine Zauberei.«

»Nein. Aber Kuchen ist aus Teig geformte Liebe.« Sonja ging auf Annemie zu, nahm sie in den Arm und drückte sie.

»Wenn hier Umarmungen verteilt werden, möchte ich auch gerne eine«, mischte sich Werner ein und stellte Gerburg ein weiteres Tablett mit Geschirr vor die Nase. »Allerdings werden wir das etwas vertagen müssen, denn du hast Besuch, Annemie.« Sein Ton wurde ernster. »Draußen steht die Polizei.«

Annemie löste behutsam einen Kuchen aus einer Springform, ging zum Waschbecken und wusch sich gründlich die Hände, bevor sie Werner ansah.

»Was möchte die Polizei?«

»Mit dir sprechen. Ich habe gesagt, du wärst beschäftigt, aber das interessiert sie nicht.«

Annemie nickte stumm und ging an Sonja Hansen und Werner vorbei in den Gastraum.

Sie waren zu zweit. Die junge Polizistin in Uniform, die Annemie bereits kennengelernt hatte, wurde von einem Mann um die vierzig in Zivilkleidung begleitet, der sich als Kriminalhauptkommissar vorstellte.

»Sie sind Frau Annemie Engel?«

»Ja, die bin ich.«

»Frau Engel. Sie wohnen in Niedelsingen. Ist das richtig?«

»Schon mein ganzes Leben lang.«

»Kennen Sie eine Frau Gerburg Manderscheidt-Ziesemann aus Niedelsingen?«

»Ich bin mit ihr befreundet.«

»Frau Engel. Wir haben die Personalien Ihrer Freundin in der Nähe bei einer Kontrolle aufgenommen. Wissen Sie, warum?«

»Nein. Ich kann Ihnen leider nicht sagen, warum Sie das gemacht haben, Herr Kommissar. Ich kenne Ihre Dienstabläufe nicht.«

»Frau Engel«, mischte sich jetzt die junge Polizistin ein, und die beiden Worte klangen wie: Jetzt halten Sie uns doch nicht für blöde, wir wissen genau, was hier läuft. »Wir haben Sie nachdrücklich darauf hingewiesen, sich nicht in polizeiliche Angelegenheiten einzumischen. Und dann stoßen wir ganz in der Nähe des Hauses des Mordopfers, in dem auch noch ein

Einbruch stattgefunden hat, auf Ihre Freundin Frau Gerburg Manderscheidt-Ziesemann. Sie können doch nicht ernsthaft behaupten, dass das ein Zufall ist, oder?«

»Da ich auf unbestimmte Zeit in Bad Nordersielergroden bleiben muss, hat Gerburg beschlossen, ebenfalls hier Urlaub zu machen. Damit ich nicht so allein bin.«

»Sie machen Urlaub?« Der Kommissar sah sich stirnrunzelnd um, deutete auf Annemies Schürze und auf Gerburg, die gerade aus der Backstube kam. Sie trocknete sich die Hände an einem Geschirrtuch ab, und es machte den Eindruck, als versuchte sie, es zu erwürgen. »Das sieht mir aber gar nicht nach Urlaub aus. Eher nach Arbeit. Sind Sie beide hier überhaupt als Arbeitskräfte angemeldet? Haben Sie die erforderlichen Papiere? Gesundheitszeugnis et cetera et cetera?«

Annemie musterte den Kommissar, der sie um beinahe zwei Köpfe überragte, von oben bis unten und stemmte die Hände in die Hüften. »Jetzt will ich Ihnen gerne einmal etwas erklären. Ich stehe schon länger in der Backstube, als Sie überhaupt auf der Welt sind. Und wenn ich meinen Urlaub dazu nutze, jemandem zu helfen, der in Not geraten ist, dann ist das keine Arbeit, sondern meine Art der Entspannung. Aber falls es Sie beruhigt: Selbstverständlich habe ich die entsprechenden Papiere. Vom Meisterbrief bis zum Gesundheitszeugnis ist alles vorhanden, was der deutsche Amtsschimmel sich nur wünschen kann. Ich bin Konditorin, keine Verbrecherin.«

»Um das zu klären, sind wir ja hier«, warf die Polizistin ein.

»In das Haus, bei dem wir Ihre Freundin angetroffen haben, wurde eingebrochen. Zufälligerweise handelt es sich um das Haus des verstorbenen Schlagersängers Peter Juwel, mit bürgerlichem Namen Peter Preuschoff. Der Mann, dessen Leiche Sie angeblich gleich zweimal gefunden haben.«

Annemie erwiderte seinen Blick schweigend.

»Nun?« Er hob beide Augenbrauen gleichzeitig.

»Nun was? Bisher haben Sie mir keine Frage gestellt.« Annemie fand diesen Kommissar ausgesprochen unsympathisch. Am liebsten hätte sie auf dem Absatz kehrtgemacht und wäre wieder in der Backstube verschwunden.

»Wo waren Sie vor etwa zwei Stunden?«

»Schauen Sie sich mal um.« Werner kam und stellte sein Tablett auf den Tisch neben Annemie. »Sieht das hier so aus, als könnten wir auf die Frau verzichten, die für Nachschub sorgt?« Er stellte sich hinter sie und legte ihr beide Hände auf die Schultern. »Meine Verlobte hat gebacken«, sagte er sehr laut.

Der Kommissar blickte erst Annemie, dann Werner und seine Kollegin an und nickte, bevor er sich umdrehte, zu Hubertus Klein ging, mit ihm sprach und sich anschließend, nachdem Hubertus eine Antwort gebrummt hatte, ohne seine Arbeit zu unterbrechen, an Sonja Hansen wandte, die Werners Aussage ebenfalls zu bestätigen schien. Unverrichteter Dinge kehrte er an den Tisch zurück. Hubertus Klein und Sonja Hansen folgten ihm und stellten sich neben Werner hinter Annemie auf.

»Also gut, Frau Engel. Alle, die ich gefragt habe, bestätigen, dass Sie in der fraglichen Zeit hier gewesen sind.« Er räusperte sich, nickte in die Runde und bedeutete seiner Kollegin mit einer knappen Geste aufzubrechen. Die vier sahen den beiden nach, bis die Eingangstür hinter ihnen zufiel.

Annemie strich ihre Schürze glatt und drehte sich zu den anderen um.

»Ihr habt gelogen«, sagte sie streng.

»Nicht gelogen.« Werner Assenmacher machte eine abwägende Geste. »Ich habe mich interpretationsfähig ausgedrückt. Ich sagte, du hättest gebacken und dass wir nicht auf dich verzichten könnten. Was ja auch stimmt. Auf die Uhrzeit habe ich keinen Bezug genommen. Das ist ein Unterschied, auch wenn es dem Herrn wohl nicht im Detail aufgefallen ist. Sprachliche Feinheiten erschließen sich halt nicht jedem.«

»Ach, der hat nach dem Zeitraum gefragt, als ihr beiden Hübschen unterwegs wart? Da war ich wohl wieder 'n büschen tüddelig.« Hubertus kratzte sich am Kopf. »Kann ja mal passieren.«

»Ich habe ihn auf den Betrieb hier im Café hingewiesen und nur bestätigt, dass ich Frau Manderscheidt-Ziesemann mein Auto für einen Ausflug zur Verfügung gestellt habe«, sagte Sonja mit ernster Stimme, bevor sich ein Grinsen in ihre Mundwinkel schlich.

Ein warmes Gefühl kroch in Annemie hoch, wie eine Welle schwappte es über ihr Herz. Diese Menschen hier waren ihre Freunde. Mehr noch. Sie hielten zu ihr und halfen ihr.

»Trotzdem hast du gelogen.« Sie fixierte Werner Assenmacher, der ihrem Blick standhielt. Täuschte sie sich, oder wurden seine Ohren rot? »Du hast gesagt, ich wäre deine Verlobte.«

Werner räusperte sich. »Dann sorgen wir doch dafür, dass es keine Lüge mehr ist.« Er trat einen Schritt zurück und deutete eine Verbeugung an. »Verehrte Annemie, ich weiß, dass ich jetzt nach alter Schule im Anzug und mit Blumen ausstaffiert sein müsste, aber beides ist leider gerade nicht zur Hand. Und ich möchte mir diese Gelegenheit auf keinen Fall entgehen lassen. Ich hoffe, du verzeihst mir das.« Er kniete vor Annemie nieder und griff nach ihrer Hand. »Annemie, möchtest du …«

Weiter kam er nicht. Die Tür des Cafés schlug auf, Claudia Wilhelms, Jürgen Adams' Haushälterin, stürmte herein und blickte sich hektisch suchend um, bis sie Annemie entdeckt hatte. Sie bahnte sich einen Weg durch die eng gestellten Stühle und Tische.

»Sie müssen mit mir kommen.« Sie rang nach Atem und bedachte den immer noch am Boden knienden Werner mit einem kurzen Blick. »Sind Sie gestolpert?«, fragte sie irritiert, reichte ihm automatisch die Hand, um ihm aufzuhelfen, und wandte sich sofort wieder Annemie zu. »Jürgen ist verschwunden.«

KAPITEL 23

»Er ist weg«, wiederholte sie. »Ich mache mir wahnsinnige Sorgen.«

»Was heißt, er ist weg?«, wollte Annemie wissen. Sie spürte, wie Werner aufstand und ihre Hand losließ.

»Er ist heute Morgen aus dem Haus gegangen und seitdem nicht wiedergekommen.«

»Heute Morgen?« Werner winkte ab. »Das ist doch keine Zeit, nach der man davon reden kann, dass jemand verschwunden ist. Ihr Chef ist ein erwachsener Mann.«

»Ja natürlich. Im Normalfall wäre das auch nichts, worüber ich mir Gedanken machen würde. Aber dies ist keine normale Situation.« Sie sah sich um. Erst jetzt schien sie zu bemerken, dass sie inmitten eines voll besetzten Cafés stand. Einige Besucherinnen und Besucher waren verstummt und lauschten mehr oder minder offensichtlich dem Geschehen. »Können wir irgendwo weitersprechen, wo wir ungestört sind?«

Sonja Hansen nickte, drehte sich um und ging in Richtung Backstube.

»Gehen Sie hier hinein. Ich halte mit Hubertus die Stellung.« Sie hielt die Tür für die anderen auf.

»Können wir beide auch allein sprechen, Frau Engel?«

Annemie senkte den Kopf. Sie hatte ihr Versprechen gegenüber dem Manager, niemandem etwas von der Entführung zu berichten, gebrochen. Claudia Wilhelms würde zu Recht böse auf sie sein. Dennoch wusste sie, dass diese Entscheidung die richtige gewesen war. Denn ohne Hilfe würden sie nicht mehr weiterkommen.

»Meine Freunde wissen Bescheid.« Sie hörte, wie Claudia Wilhelms scharf die Luft einzog, und beeilte sich weiterzusprechen, bevor diese etwas entgegnen konnte. »Ich musste vor allem meinem …« Sie verstummte und sah Werner an, der ihrem Blick standhielt. Er war nicht dazu gekommen, die Frage zu vollenden, die er ihr vor wenigen Minuten hatte stellen wollen.

Annemie wusste, wie die Frage lautete. Aber wusste sie auch, was sie darauf antworten wollte? War sie für so weitreichende Veränderungen in ihrem Leben bereit? Ihr Leben wäre nie wieder so, wie sie es kannte. Sie würde ihre Gewohnheiten aufgeben, sich anpassen und Kompromisse schließen müssen. Bei aller Liebenswürdigkeit hatte auch Werner Schrullen und Eigenheiten, die es auszuhalten galt. Wenn sie allein an die Unmengen von Büchern dachte, die seit dem Wiederaufleben ihrer Freundschaft in ihrem Haus peu à peu aufgetaucht waren. Werner war nie ohne ein Buch anzutreffen, er las drei oder vier gleichzeitig und ließ sie an allen möglichen und unmöglichen Stellen im Haus liegen. Mit Sicherheit würden sie darüber früher oder später in Streit geraten. Aber auch das gehörte vermutlich dazu.

Annemie schluckte und holte tief Luft. »Ich musste vor allem meinem Verlobten und meiner Freundin Gerburg davon erzählen. Ich brauchte ihre Unterstützung.«

Gerburg Manderscheidt-Ziesemann quietschte auf, breitete die Arme aus, und Annemie versank in einer Stoffwolke.

»Meine Liebe! Allerherzlichsten Glückwunsch!« Gerburg strahlte über das ganze Gesicht, als sie Annemie wieder freigab und sich zu Werner umdrehte. »Wie wundervoll!« Sie drückte auch ihn.

Die Haushälterin betrachtete sie verständnislos. Augenscheinlich begriff sie nicht, worüber Gerburg sich so freute.

»Bitte entschuldigen Sie, Frau Wilhelms. Gerburg?« Werner schob sich an den beiden vorbei, trat zu Annemie und küsste sie. Annemie küsste zurück. Für eine kleine Weile vergaß sie, wo und was war. Als es ihr wieder einfiel, löste sie sich von Werner und räusperte sich.

»Bitte verzeihen Sie, Frau Wilhelms. Das mussten wir klären, ehe wir weitermachen können.« Sie lächelte Werner an und wurde im nächsten Moment wieder ernst. »Aber Herr Assenmacher hat recht. Warum machen Sie sich Sorgen? Denken Sie, Herrn Adamskis Verschwinden hat etwas mit der Entführung zu tun?«

»Heute Morgen, bevor er aus dem Haus ging, war er am Tresor. Das weiß ich, weil das Bild davor schief hing, als ich zum

Saubermachen in sein Büro gegangen bin. Und er trug einen dicken, großen Briefumschlag unter dem Arm.«

»Hatte er Bargeldbestände?«

»Nein. Wir haben nie viel Geld im Haus. Aber die Papiere für die Wagen sind darin.« Claudia Wilhelms rieb sich die Oberarme. »Er ist mit dem alten Porsche weggefahren. Ich vermute, er wollte ihn verkaufen, um das Lösegeld zusammenzubekommen. Er hat ja davon gesprochen.«

»Und seitdem haben Sie nichts mehr von ihm gehört?«

»Nein.« Sie schüttelte den Kopf, zog ihr Handy aus der Hosentasche und kontrollierte das Display. »Immer noch nichts. Ich habe in den letzten Stunden achtmal versucht, ihn zu erreichen, aber es springt nur seine Mailbox an. Sonst nimmt er immer ab, wenn ich ihn anrufe, und sagt zumindest, dass er gerade nicht sprechen kann, wenn es ungünstig ist.«

»Gab es irgendwelche weiteren Nachrichten von den Entführern?«, wollte Gerburg Manderscheidt-Ziesemann wissen. »Haben sie Informationen zur Lösegeldübergabe geschickt?«

»Ich habe nichts mitbekommen.«

»Hat sich Herr Adamski ungewöhnlich verhalten, bevor er das Haus verließ?«, fragte Werner.

»Nein. Nur die Sache mit dem Tresor.«

»Die Polizei hat er auch nicht informiert.« Annemie lehnte sich mit dem Rücken an die Arbeitsfläche und stützte sich mit beiden Händen daran ab. »Die Polizei denkt immer noch, ich hätte mir die Sache mit Dieter Schneider nur eingebildet. Oder sie möchte, dass ich das glaube.« Sie drehte sich um und nahm die Ausdrucke der Zeitungsausschnitte in die Hand. »Wenn Frieda in der Lage ist, diese Informationen im Internet zu finden, dann wird die Polizei das doch auch können?« Sie hielt die Blätter so, dass die anderen sie lesen konnten. »Wir sollten die Polizei nicht für dumm halten.«

»Nein. Die Polizei ist nicht dumm. Aber wir sind besser als die Polizei.«

»Es sieht aber gerade gar nicht so aus, Werner. Wir sind bis auf das hier kein Stück weitergekommen.« Annemie ließ den Ausdruck sinken.

Claudia Wilhelms beugte sich vor und nahm Annemie die Papiere aus der Hand. Sie las den Artikel und hielt immer wieder das Foto ins Licht, um besser sehen zu können. »Peter war doch kein Verbrecher«, murmelte sie verunsichert.

»Peter Preuschoff nicht, aber sein Bruder. Und jetzt ist der eine tot und der andere in der Hand von Entführern, die Lösegeld fordern. Und alle Goldenen Schallplatten nicht zu vergessen.« Annemie hielt inne und riss überrascht die Augen auf. »Was, wenn das vermisste Bild hinter der Schallplatte ist? So ein Bilderrahmen ist doch das perfekte Versteck. In Peter Preuschoffs Haus wurden bei dem Einbruch alle Rahmen auseinandergenommen.«

»Bei uns hängen noch etliche gerahmte Platten im Wohnzimmer. Bringt es etwas, wenn wir dort nachschauen gehen?« Claudia Wilhelms klang hoffnungsvoll. »Vielleicht finden wir einen Hinweis.«

»Oder wir finden das Bild.« Annemie zog ihre Schürze aus, faltete sie zusammen und legte sie auf die Arbeitsfläche. »Ich hole nur meine Strickjacke, dann können wir los.«

Eine halbe Stunde später standen Gerburg Manderscheidt-Ziesemann, Werner Assenmacher und Annemie in Jürgen Adams' Wohnzimmer. Claudia Wilhelms hatte alle Goldenen Schallplatten von Peter Juwel von den Wänden genommen und sie neben dem großen Esstisch vorsichtig abgestellt. Sie legten eine nach der anderen mit dem Glas nach unten auf die Tischplatte, lösten behutsam die Verschlüsse und hoben die Rückwände aus den Rahmen. Aber sie fanden nichts außer den Schallplatten. Nachdem sie den letzten Rahmen wieder sorgsam verschlossen und die Schallplatte an ihren ursprünglichen Platz gehängt hatten, setzten sie sich auf das Sofa.

»Waren das alle?« Werner knetete mit beiden Händen die Muskeln seiner Schultern. Claudia Wilhelms nickte. Sie stand auf, ging in die Küche und kam mit einem Tablett zurück, auf dem eine Flasche Wasser und vier Gläser standen. Sie goss allen ein, setzte sich wieder und versuchte erneut, Jürgen Adams telefonisch zu erreichen. Obwohl das Handy nicht laut gestellt war, konnten alle hören, wie die Mailbox ansprang. Claudia Wilhelms legte auf, bevor die Ansage zu Ende war. Nachdenklich sah sie auf das Mobiltelefon in ihrer Hand.

»Das waren alle LPs. Alle Langspielplatten.« Sie stand auf. »Aber es gibt noch eine Single. ›Sommerträume mit dir‹. Ein großer Hit.« Sie bedeutete den anderen, ebenfalls aufzustehen und ihr zu folgen. »Peter hat sie mir Ende der Neunziger geschenkt und gemeint, ich solle gut darauf aufpassen.«

»Wo haben Sie sie?«

»Ehrlich gesagt liegt sie unter einem Pulloverstapel in meinem Schrank.« Sie ging weiter in den hinteren Teil des Hauses. Hier gab es ein kleines Appartement, in dem Claudia Wilhelms wohnte. Sie ging zum Kleiderschrank, öffnete die Tür und hob einen Stapel Pullover heraus, bevor sie wieder hineingriff. Ein weiterer Rahmen kam zum Vorschein. Nur halb so groß wie die, die sie im Wohnzimmer untersucht hatten. Claudia Wilhelms legte den Rahmen mit der Rückseite nach oben auf ihr Bett, löste die Verschlüsse und hob die Rückwand hoch. Im Zimmer wurde es still. Zwischen der Rückwand und dem Bogen, auf dem die Schallplatte befestigt war, lag ein gepolsterter brauner Umschlag. Claudia Wilhelms trat einen Schritt zurück, sah Annemie an und nickte.

Annemie ging zum Bett, bückte sich und nahm den Umschlag aus dem Rahmen. Sie öffnete ihn und zog ein flaches Paket hervor. Noppenfolie und Paketklebeband. Durch die Noppenfolie erkannte man ein dünnes Holzbrett. Annemie drehte das Paket um. Obwohl noch weitere Kunststoffschichten den Inhalt schützten, konnten doch alle sehen, was sich darunter verbarg.

»Ich gehe mal stark davon aus, dass es nicht Peter war, der Ihnen das gegeben hat.« Werner Assenmacher fasste das Blatt mit den Fingerspitzen an einer Ecke und hob es hoch. Es war die verschollene Zeichnung.

»Das ist Kunst?« Gerburg Manderscheidt-Ziesemann beugte sich mit den anderen über das Papier. Es zeigte eine Art Phantasiegestalt, mit einfachen Strichen skizziert. Vier Ausstülpungen erinnerten an fußlose Beine, der Kopf ging ohne Hals direkt in den Bauch über. Der Leib der Gestalt ähnelte dem einer Kuh, der

Kopf dem eines Fisches mit aufgerissenem Maul. Große Kreise stellten die Augen dar. »Was soll das sein?« Sie drehte den Kopf nach links und rechts, um das Bild aus anderen Perspektiven zu betrachten.

»Ein Tier schon wieder betrübt«, murmelte Werner mit heiserer Stimme. »Das ist das Gegenstück zu ›Ein Tier bald wieder heiter‹. Klee hat es gegen Ende seines Lebens gemalt.«

»Wenn ich so aussehen würde, wäre ich auch betrübt.« Annemie richtete sich wieder auf. »Das sieht aus wie eine hingekrakelte Kinderzeichnung.«

»Wenn ich recht habe, ist diese Krakelei, wie du es nennst, einige Millionen wert.« Werner Assenmacher blies seine Wangen auf und ließ die Luft stoßweise entweichen. »Dafür kann man schon mal gesetzesbrüchig werden.«

»Und wenn du nicht recht hast?« Gerburg Manderscheidt-Ziesemann stemmte die Fäuste in die Hüften.

»Dann wurde hier sehr viel Aufwand für nichts betrieben.« Er nahm das Bild behutsam auf, wickelte die Folie darum und ließ es in den Umschlag gleiten. Er packte es in den Rahmen. Nachdem er die Rückwand wieder befestigt hatte, klemmte er sich die Goldene Schallplatte unter den Arm. »Auf, auf, meine Damen. Ich weiß, wer uns in dieser Frage behilflich sein kann.«

Kurze Zeit später standen sie vor der Buchhandlung »Jansen & Krüger«. Das Geschäft war geschlossen, aber da Thomas Altwicker über der Buchhandlung lebte, dauerte es nicht lange, bis er ihnen öffnete. Weitere zwanzig Minuten später stieß Mike Altwicker dazu. Er war bei einem alten Bekannten zu Besuch gewesen, und sein Bruder hatte ihn angerufen.

»Jetzt bin ich sehr gespannt.« Mit einem Finger schob er seine runde Hornbrille höher. Aus der Tasche seiner ärmellosen braunen Weste zog er eine in weißes Papier mit schwarzen Punkten gehüllte Süßigkeit. Er wickelte sie aus, schob sie in den Mund und legte das zusammengeknüllte Papier auf die Verkaufstheke, bevor er die Hände ausstreckte, um das Bild entgegenzunehmen.

Mit beinahe andächtiger Ruhe löste er die Rückwand des Rahmens, hob den braunen Umschlag heraus und öffnete ihn. Die

Zeichnung in ihrer Kunststoffhülle rutschte ihm entgegen. Ein Lächeln huschte über sein Gesicht. Dann wurde er wieder ernst, legte das Bild auf die Theke und betrachtete es eingehend. Er ging näher heran, blinzelte, nickte. Nach kurzem Zögern drehte er sich auf dem Absatz um, marschierte auf ein Bücherregal zu und fuhr mit ausgestrecktem Finger über die Buchrücken, bis er gefunden hatte, wonach er suchte. Mit einem schweren Kunstband kam er zurück zur Verkaufstheke. Er legte das Buch ab und blätterte es durch.

Die ganze Zeit arbeitete er schweigend, hoch konzentriert. Schließlich trat er einen Schritt zurück, nahm eine weitere Praline aus seiner Jackentasche, enthüllte und aß sie. Ein zufriedenes Lächeln umspielte seine Mundwinkel.

»Was ist es?«

Annemie hörte die Spannung in Werners Stimme. Sie konnte das Urteil des Kunsthistorikers selbst kaum erwarten. Auch wenn die Wahrscheinlichkeit, dass sie es hier mit einer Originalzeichnung zu tun hatten, sehr hoch war – warum sonst hätte Dieter Schneider sie so aufwendig verstecken sollen?

»Stracciatella. Tartufi dolci Stracciatella von Antica. Kleine Köstlichkeiten. Sie sollten sie unbedingt einmal probieren.« Mike Altwickers Hand verschwand zum dritten Mal in seiner Jackentasche. Er schien einen größeren Vorrat mit sich herumzutragen, denn als er sie wieder herauszog, lagen vier Stück in seiner Hand. Er bot sie den anderen an.

»Nein danke.« Werner hob ablehnend die Hand. »Das meinte ich nicht.« Er wies auf die Zeichnung. »Ich meinte das Bild. Ist es echt?«

»Um ein abschließendes Urteil zu fällen, müsste ich es weiter untersuchen. Aber auf den ersten Blick sieht es sehr vielversprechend aus.« Er berührte behutsam, beinahe zärtlich den Rand der Zeichnung. »Das Kunstwerk sollte unverzüglich in Sicherheit gebracht werden. Ich werde mich persönlich darum kümmern.« Er griff nach dem Umschlag, aber Claudia Wilhelms war schneller.

»Nein. Wir brauchen es noch.« Sie hielt die Hand darüber, nahm schnell alles an sich und schob die Zeichnung wieder in ihre ursprüngliche Verpackung.

Mike Altwickers Gesichtsausdruck wechselte in Sekundenschnelle von verblüfft über irritiert bis hin zu etwas, das Annemie wie Wut vorkam, ehe es einem verbindlichen Lächeln wich. »Ich kann nur dazu raten, das Kunstwerk so schnell wie möglich an einen Ort zu bringen, an dem es sicher und vor Beschädigungen geschützt aufgehoben werden kann. Das da«, er wedelte fahrig mit einer Hand in Richtung des Umschlags, »ist alles andere als eine fachgerechte Aufbewahrung.«

»Danke für Ihre Meinung, Herr Altwicker.« Claudia Wilhelms presste den Rahmen mit dem Umschlag und der Goldenen Single an ihre Brust, drehte sich um und ging mit schnellen Schritten zur Ladentür. »Wir werden schon dafür sorgen, dass alles dorthin gelangt, wo es sein muss.« Sie verließ die Buchhandlung und schlug den Weg zu ihrem Wagen ein. Annemie und die anderen hatten Mühe, ihr so schnell zu folgen. Mike Altwicker war unschlüssig in der offenen Tür der Buchhandlung stehen geblieben.

»Wo wollen Sie hin?« Annemie packte Claudia Wilhelms' Handgelenk und hielt sie fest. »Mike Altwicker hat recht. Wir müssen das Bild bei der Polizei abliefern. Oder in einem Museum. Egal, wo. Nur behalten können wir es nicht.«

»Ich will es auch nicht behalten. Aber wenn ich Jürgen freibekommen kann, indem ich es den Entführern gebe, werde ich das auch tun.« Claudia Wilhelms stieg in ihren Wagen und ließ den Motor an. »Kommen Sie nun mit oder nicht?«

KAPITEL 24

»Wir müssen nur herausfinden, wo die Übergabe stattfinden sollte. Dann können wir dorthin fahren, das Bild deponieren, und die beiden werden freigelassen.« Claudia Wilhelms schaute in die Runde. Sie waren wieder ins Café zurückgefahren. Annemie hatte all ihre Überredungskünste aufbringen müssen, um Jürgen Adams' Haushälterin davon zu überzeugen, erst noch einmal zu überlegen, statt blind loszustürmen.

Das Café hatte sich geleert. Sonja Hansen säuberte die Maschinen, Hubertus Klein stellte die Stühle hoch.

»Ich traue dem Ganzen nicht.« Annemie schob die Hände in die Taschen ihrer Strickjacke. »Zwar haben die Entführer dann das, was sie wollen – das Lösegeld und die Zeichnung. Aber wer sagt uns denn, dass sie die beiden auch wirklich freigeben? Entführer sind in der Regel nicht das, was man zuverlässige und integre Menschen nennt.«

Werner nickte. »Wir dürfen nicht vergessen: Wenn Ihr Chef heute Morgen das Lösegeld übergeben wollte, dann ist auch dabei etwas gewaltig schiefgelaufen.«

»Außerdem wissen wir immer noch nicht, wer Peter Preuschoff getötet hat«, gab Gerburg zu bedenken. »Wer so etwas einmal macht, schreckt auch vor einer Wiederholungstat nicht zurück.«

Alle schwiegen. Annemie schob ihre Finger noch ein Stück tiefer in die Taschen. Auf der rechten Seite spürte sie etwas. Sie tastete danach und nahm es heraus. Ein weißes Papier mit schwarzen Punkten. Sie strich es glatt.

»Tartufi dolci Stracciatella«, las sie leise vor. Wie kam das in ihre Jackentasche? Hatte sie eben aus einem Reflex heraus das Papier genommen, um es in den Müll zu werfen, nachdem Mike Altwicker es so achtlos zur Seite gelegt hatte?

Sie versuchte sich zu erinnern. Nein. Sie hatte sich zwar kurz geärgert, das Papier dann aber doch ignoriert. Denn wenn sie es aufgehoben hätte, hätte sie es auch in den Papierkorb geworfen.

Aber woher kam es dann? Wann hatte sie diese Jacke das letzte Mal getragen? Das war bei ihrem ersten morgendlichen Strandspaziergang gewesen. Als sie den vermeintlich toten Peter Juwel alias Dieter Schneider gefunden und sich Fäden in das gute Stück gezogen hatte.

Annemie sog scharf die Luft ein.

»Alles in Ordnung, meine Liebe?« Werner schaute sie besorgt an.

»Ja. Mir ist nur gerade etwas eingefallen.« Sie legte die Pralinenumhüllung auf den Tisch. »Diese kleine Trüffelpraline scheint Mike Altwickers Lieblingssüßigkeit zu sein. Allein als wir eben da waren, hat er zwei davon gegessen. Und er hatte noch mehr in seiner Tasche. Wenn ihr euch erinnert – er hat sie uns angeboten.«

Die anderen nickten.

»Das hier habe ich aber nicht eben eingepackt. Das Papier befindet sich bereits seit ein paar Tagen in meiner Jacke. Kurz bevor ich die erste Leiche oder, wie ich heute weiß, den damals gar nicht so toten Dieter Schneider entdeckt habe, ist es mir aufgefallen. Es lag auf dem Weg. Ich habe es automatisch aufgehoben und, weil in der Nähe kein Papierkorb zu sehen war, in die Tasche meiner Strickjacke gesteckt, um es später wegzuwerfen. Nur ist aus dem Später nichts geworden, weil ich das Papierchen nach dem, was sich dann ereignete, komplett vergessen habe.«

»Was heißt das?«, fragte Claudia Wilhelms.

»Genau genommen noch gar nichts. Es kann ein Zufall sein. Schließlich ist diese Praline eine ganz normale Praline, die viele Menschen mögen. Aber wie wahrscheinlich ist es, dass das Papier zufällig dorthin gelangt ist? Dieter Schneider hat vor Jahren ein wertvolles Bild gestohlen und es so gut versteckt, dass es bis heute nicht gefunden wurde.« Sie nickte Claudia Wilhelms zu, bevor sie weitersprach. »Vor wenigen Tagen jedoch wird ebendieser Dieter Schneider, der selbst untergetaucht ist, indem er als Double seines eigenen Bruders lebt, entführt und der Bruder einen Tag später ermordet. Und das alles just zu der Zeit, da ein anerkannter Kunsthistoriker, der nahezu süchtig nach den Pralinen ist, deren Verpackung ich am Schauplatz der Entführung gefunden habe, hier in Bad Nordersielergroden seinen Bruder besucht.«

»Lass mich dir mit einem kleinen abgewandelten Zitat zustimmen, Annemie: ›Sie lassen Ihre kleinen grauen Zellen ganz hervorragend arbeiten, Captain Engels!‹ Hercule Poirot wäre stolz auf dich.« Werner Assenmacher reckte seine beiden Daumen in die Luft. »Thomas hat mir erzählt, sein Bruder würde diesmal nicht bei ihm wohnen, sondern lieber ein Ferienhaus mieten. Dabei habe er bei seinen bisherigen Besuchen immer in seinem alten Jugendzimmer geschlafen.«

»Um ein Entführungsopfer zu verstecken, ist ein ehemaliges Kinderzimmer sicherlich zu klein, da braucht man etwas Geräumigeres«, mischte Gerburg Manderscheidt-Ziesemann sich ein. »So ein Ferienhaus bietet ja Platz für alle möglichen Hobbys.«

»Es gibt eine Menge Ferienhäuser in Bad Nordersielergroden.« Annemie erinnerte sich an ihre vergeblichen Klingelversuche am ersten Morgen ihres Aufenthaltes hier. »Weißt du, welches Ferienhaus er gemietet hat?«

»Thomas hat es erwähnt. Ja.« Werner legte zwei Finger an den Mund und trommelte nervös auf seinen Lippen. »Haus Rhönsack? Nein. Das war es nicht. Wartet. Ich hab's gleich. Haus Schönpack. Auch nicht. Ach, wie heißt das denn noch gleich?«

»Klönschnack«, sagte Hubertus ruhig. Er hatte sich bis zu der kleinen Gruppe vorgearbeitet.

»Richtig! Danke. Klönschnack. Haus Klönschnack.« Werner drehte sich zu Hubertus Klein um. »Wissen Sie zufällig auch, wo wir das Haus finden können?«

»Jau.«

»Das heißt vermutlich ja.«

Hubertus nickte und stellte den letzten Stuhl hoch. »Ich kann euch hinbringen.«

»Wir sollten jetzt doch die Polizei informieren«, merkte Gerburg Manderscheidt-Ziesemann an.

»Das ist eine gute Idee. Aber ich befürchte, dass man uns nicht glauben wird. Und bis wir es ihnen erklärt und sie überzeugt haben, geht zu viel Zeit verloren. Mike Altwicker weiß jetzt, dass wir das Bild haben. Irgendetwas wird er unternehmen.« Annemie legte Werner eine Hand auf den Arm, überlegte und ergänzte dann: »Aber im Grunde braucht er ja nur zu warten, bis wir es ihm bringen. Frau Wilhelms hat eben sehr laut und deutlich ihre Absichten kundgetan. Sie will es den Entführern geben.« Sie rief Sonja Hansen aus der Küche hinzu. »Wir werden beides machen. Dort hinfahren und die Polizei informieren.«

Das Haus lag einsam und weit draußen an einer Straße, die den Namen Feldweg zu Recht trug. Ein idealer Ort, um sich fernab von allem zu erholen, Abstand zur Zivilisation zu bekommen oder ein Entführungsopfer zu verstecken. Die Entfernung zu den nächsten Nachbarn betrug mehr als zwei Kilometer in jede Richtung. Falls das Opfer schreien sollte, würden die Hilferufe mit großer Wahrscheinlichkeit ungehört verhallen.

Hubertus fuhr an dem Haus vorbei und parkte in einiger Entfernung am Straßenrand. Zu Fuß machten sich Annemie, Gerburg und die beiden Männer auf den Weg. Sie gingen paarweise wie ganz normale Urlauber auf einem Abendspaziergang. Annemie und Werner vorneweg, Gerburg und Hubertus hinterher. Gerburg Manderscheidt-Ziesemann hatte sich bei Hubertus Klein eingehakt, was der erstaunlicherweise duldete. Die beiden unterhielten sich leise, ohne dass Annemie verstand, worüber. Gerburg lachte ab und an hell auf. Wäre der Grund für ihr Hiersein nicht so überaus ernst, hätte Annemie glatt vermutet, dass Gerburg und Hubertus miteinander schäkerten. Aber dafür hatte Annemie jetzt keinen Kopf. Sie musste sich konzentrieren auf das, was sie gleich vorhatten.

Der Entschluss, loszufahren und Dieter Schneider aus den Fängen seiner Entführer zu befreien, war spontan gefallen, einen genauen Plan hatten sie nicht. Annemie musste zugeben, dass Gerburgs Idee, auf Unterstützung durch die Polizei zu setzen, gut und richtig gewesen war. Wer weiß, was sie dort erwartete? Bis an die Zähne bewaffnete Verbrecher? Annemie erinnerte sich an die Männer, mit denen sie Mike Altwicker in der Kneipe gesehen hatte. Die beiden hatten nicht den vertrauenerweckendsten Eindruck gemacht. Sie waren zudem vom Alter her eher Dieter Schneiders Generation zuzuordnen, während Mike Altwicker um einiges jünger war. Handelte es sich bei diesen beiden um

Dieters ehemalige Kumpane, die bei dem Diebstahl im Museum mitgemacht hatten? Dann fühlten sie sich vielleicht von ihm betrogen. Denn er hatte das Bild all die Jahre vor ihnen versteckt. Andererseits – was wäre, wenn sich ihre Schlussfolgerungen als komplett falsch herausstellten? Wenn alles ganz anders war und es eine komplett harmlose Erklärung gab? Wenn die Polizei kommen und nichts finden würde? Keine Entführer? Keine Entführungsopfer? Dann würden sie sie, Annemie Engel, endgültig für eine verrückte alte Frau halten. Und vielleicht stimmte das ja auch. Vielleicht war sie genau das. Eine verrückte alte Frau.

Nein. Sie musste herausfinden, wie die Dinge wirklich standen. Bevor die Polizei hier anrückte.

Sie tastete nach Werners Hand. Der nahm sie und drückte sie einmal fest, ohne etwas zu sagen. Nur wenige Meter trennten sie noch von dem Haus.

Vor den Fenstern hingen weiße Gardinen mit Spitzenmuster, die keinen Blick ins Innere des Hauses erlaubten. Licht brannte auch keines, was aber um diese Uhrzeit nicht weiter verwunderlich war und nichts darüber aussagte, ob jemand dort war.

»Wir gehen da entlang.« Werner zeigte auf einen schmalen Pfad, der außen am Zaun des Grundstücks entlanglief und hinter einer kleinen Gruppe Bäume verschwand, die in fünfzehn Metern Entfernung einen Hain bildeten. »Von hinten haben wir vielleicht einen besseren Überblick.«

Er bog auf den Pfad ab, die anderen folgten ihm. Sie gingen bis zu den Bäumen.

»Das ist gut. Das Grünzeug gibt uns Deckung.« Gerburg Manderscheidt-Ziesemann stellte sich hinter eine schmale Birke.

»Das Wohnzimmer sieht leer aus.« Annemie kniff die Augen zusammen und beobachtete die Rückseite des Hauses. Auch hier wirkte alles still und verlassen. »Ich bin Konditorin und kein Sondereinsatzkommando«, murmelte sie. »Aber es hilft ja nichts. Wir müssen da rein. Nur wie? Hat jemand eine Idee?«

»Wir könnten eine Scheibe einschlagen«, schlug Gerburg vor.

»Dann sind die Entführer, wenn sie denn im Haus sind, sofort gewarnt«, gab Werner zu bedenken.

»Wir schauen, ob die Terrassentür offen ist.« Annemie versuchte, pragmatisch vorzugehen. »Wir können ja schlecht klingeln und fragen, ob jemand daheim ist.«

Hubertus Klein drehte sich um und stiefelte den Pfad wieder zurück, auf dem sie gekommen waren, blieb aber neben dem Haus stehen. Annemie, Gerburg und Werner beobachteten ihn. Er stieg über den niedrigen Lattenzaun und ging zum Haus. Was wollte er da? Dort war nur eine schwere Brandschutztür gewesen, die aber mit großer Wahrscheinlichkeit verschlossen war.

Hubertus zog etwas aus seiner Tasche und hob es hoch, damit sie es sehen konnten. Es sah aus wie ein Schweizer Taschenmesser. Er klappte eines der Werkzeuge aus, trat an die Tür und machte etwas, das Annemie nicht sehen konnte. Nach fünf Sekunden sprang die Tür auf.

»Oder wir brechen ein. Das ist natürlich auch eine Option.«

Die Tür führte direkt in den Hausflur. Im Inneren des Hauses war es still. Annemie ging voraus. Durch die Fenster im Erdgeschoss hatte man einen hervorragenden Blick hinaus ins Freie. Sowohl auf die Straße als auch auf den kleinen Hain. Wenn die Entführer sich hier aufgehalten hatten, waren sie jetzt bestens über ihren ungebetenen Besuch informiert und hatten genug Zeit gehabt, sich darauf vorzubereiten.

Eine gewundene Treppe an der linken Seite führte in den ersten Stock, eine weitere in den Keller.

Werner legte einen Finger an den Mund, zeigte auf Gerburg und Hubertus und dann auf die Treppe nach oben. Dann deutete er auf Annemie und sich selbst und wies nach unten. Alle nickten stumm und machten sich so leise wie möglich auf den Weg.

Unten angekommen, sah Annemie sich um. Drei Türen befanden sich hier. Zwei davon standen offen. Hinter der ersten erkannte Annemie Holzregale, auf denen Gartengeräte und Werkzeuge lagen. Hinter der zweiten verbarg sich ein Waschraum. Im Halbdunkel schimmerten eine Waschmaschine und ein Trockner. Vorsichtig schlichen sie zu den Türöffnungen und spähten hinein. Nichts. Die Räume waren leer. Annemie trat an die dritte Tür, legte ein Ohr an das Holz und lauschte. Sie konnte nichts hören. Sie bückte sich und versuchte, etwas durch das Schlüsselloch zu erkennen. Im Raum brannte Licht. Das Zimmer ähnelte mehr einem Wohnbereich als einem Kellerraum. Teppichboden, ein Sofa mit Sesseln, Regale an den Wänden.

Annemie blinzelte. Einer der Sessel stand mit der Rückenlehne zur Tür. Ein Schopf kurzer Haare ragte über die Lehne hinaus. Jemand saß dort. Ihr Auge tränte. Aber sie musste sich schon sehr täuschen, wenn das nicht Jürgen Adams war. Ihm schräg gegenüber stand ein Stuhl, auf dem ein weiterer Mann saß. Dieter Schneiders Arm war so nach hinten gebeugt, dass es keinen anderen Schluss zuließ, als dass er gefesselt war.

»Sie sind beide dadrin«, flüsterte Annemie und richtete sich auf. »Wir müssen sie rausholen.« Sie legte eine Hand auf die Klinke, drückte sie langsam nach unten und schob die Tür Stück für Stück auf.

Was dann geschah, geschah sehr schnell. Annemie erhielt einen Rempler in den Rücken. Werner. Aber warum schubste er sie ins Zimmer? Als sie erkannte, dass er selbst auch gestoßen worden war, lag sie bereits mitten im Zimmer auf dem Boden. Werner stolperte und hatte Mühe, nicht auf ihr zu landen.

»Ich bitte vielmals um Entschuldigung, Frau Engel, dass ich zu solch unschönen Maßnahmen greifen muss. Aber durch Ihr Erscheinen hier lassen Sie mir leider keine andere Wahl«, sagte Mike Altwicker in einem Ton, der gut zu einem netten Plausch bei einem Sektempfang gepasst hätte. »Gewalt ist sonst nicht meine Art. Ganz und gar nicht.« Er trat zu ihr und reichte ihr die Hand, um ihr aufzuhelfen.

Annemie rappelte sich auf ihre Knie, dann stand sie auf. Allein. Ohne Mike Altwickers Hand zu ergreifen. Sie strich ihr Kleid glatt und zupfte den Rock wieder über ihre Knie.

»Ich vermute mal, Sie sind nicht hier, um uns das Bild zu geben?« Er musterte sie übertrieben genau von unten bis oben, tat, als wollte er hinter ihren Rücken sehen. »Nein. Wohl nicht. Sie haben es nicht dabei. Wie schade. Das hätte uns allen viel Ärger erspart.«

Er verschloss die Tür, zog den Schlüssel heraus und steckte ihn in seine Hosentasche, bevor er zu dem Sofa ging. Es war ein altes dunkelrotes Samtsofa. Ein Dreisitzer mit geschwungener Rückenlehne. Mike Altwicker nahm Platz, schlug lässig ein Bein über das andere und legte eine Hand auf sein Knie. »Setzen Sie sich bitte«, forderte er Annemie und Werner auf und zeigte auf zwei freie Stühle. »Wie wollen wir denn nun weitermachen in dieser illustren Runde? Bevor gleich meine Auftraggeber hier erscheinen, könnten wir uns doch einigen? Das wäre bestimmt für alle Beteiligten eine gute Sache. Meinen Sie nicht?« Er zog die Schuhe aus, drehte sich ein wenig und legte die Beine auf das Sofa.

Annemie und Werner zogen es unterdessen vor, stehen zu bleiben.

»Sehen Sie. Ursprünglich hatte ich ja mit dieser ganzen Sache nichts zu tun. Ich bin nur der, wie sagt man so schön, hinzugezogene Experte. Hauptakteure in dem Spiel sind unser lieber Herr Schneider hier und meine beiden Auftraggeber.« Er unterbrach sich und lächelte Dieter Schneider zu. »Herr Schneider, wollen Sie nicht selbst etwas dazu sagen? Sie wissen doch am besten, wie alles gekommen ist.«

Dieter Schneider schwieg.

»Nicht? Dann gestatten Sie mir, es für Sie zusammenzufassen. Sie«, wieder nickte er Dieter Schneider zu, »haben vor vielen Jahren einen Museumsraub geplant und auch vollzogen. Leider ist nicht alles glattgegangen, und man hat Sie erwischt. Trotzdem ist es Ihnen gelungen, einen Teil der Beute, um nicht zu sagen das Herzstück, verschwinden zu lassen – und sich nach Ihrer Entlassung aus dem Gefängnis gleich mit. Dass Ihre Kameraden das nicht goutieren konnten, leuchtet ein. Immerhin haben sie Sie nun nach langer Zeit endlich gefunden. Und da komme ich ins Spiel. Über eine Reihe Kontakte sind die beiden auf mich gestoßen. Mein Steckenpferd innerhalb meines Fachgebietes sind Kunden mit besonderen Wünschen. Sehr hohe Exklusivität. Einzigartige Kunstwerke für den Privatbereich. Sie verstehen.« Er zupfte einen unsichtbaren Fussel von seinem Pullunder, schwang die Beine vom Sofa und stand auf. »Da traf es sich gut, dass ich unsere kleine Aktion hier mit einem Besuch bei meinem Bruder verbinden konnte. Den alten Bücherwurm hatte ich schon länger nicht mehr ...«

Ein Poltern unterbrach ihn, ein lauter Knall. Dann war der

kurze Aufschrei einer Frau zu hören. Annemie lauschte ange-
strengt. Das konnte nur Gerburg gewesen sein. Es hatte schmerz-
voll geklungen. Waren die beiden Auftraggeber aufgetaucht und
hatten sie und Hubertus Klein erwischt?

»Gerburg?« Annemie lief zur Tür, rüttelte daran. »Gerburg,
ist alles in Ordnung?«

Die Antwort war ein weiteres Poltern. Dann noch ein Schmer-
zensschrei. Diesmal der eines Mannes und deutlich näher. Jemand
war an der Tür, machte sich daran zu schaffen. Es kratzte und
rasselte. Die Tür sprang auf. Hubertus stand im Türrahmen, stieß
sie ganz auf, steckte in aller Ruhe sein Taschenmesser wieder ein
und gab dann einer sehr aufgeregten Gerburg Manderscheidt-
Ziesemann den Vortritt.

»Annemie! Geht es dir gut? Die beiden Verbrecher haben uns
überrascht, aber Hubertus und ich konnten sie gemeinsam über-
wältigen. Das war nicht leicht, doch …« Sie hielt inne und sah in
die Runde. »Oh, wie ich sehe, seid ihr auch fündig geworden.«

KAPITEL 25

Annemie stellte die Zutaten für eine »Death by Chocolate« auf der Arbeitsfläche bereit. Das war die einzig richtige Torte für diese Situation. Jede Menge dunkle Schokolade, Sahne und Butter in Teig-, Creme- und Topping-Form. Allein der Geruch der dunklen Schokolade hellte ihre Stimmung bereits um drei Nuancen auf. Wieder war sie in aller Frühe wach geworden und hatte nicht wieder einschlafen können. Zu viel war gestern passiert.

Kurz nachdem Hubertus und Gerburg die beiden ehemaligen Kumpane von Dieter Schneider überwältigt hatten, war die Polizei erschienen. Sonja Hansen, die die ganze Zeit auf die aufgeregte Claudia Wilhelms aufgepasst und sie davon abgehalten hatte, auf eigene Faust etwas zu unternehmen, hatte die Beamten überzeugen können, im Haus Klönschnack nach dem Rechten zu sehen. Die Entführer waren verhaftet und die Opfer befreit worden. Wie es nun mit Dieter Schneider weitergehen würde, der seine Haftstrafe bereits abgesessen, aber das Bild über Jahre versteckt hatte, musste sich noch herausstellen. Die Polizisten waren nicht begeistert gewesen, auf Annemie und ihre Freunde zu stoßen, aber in Anbetracht des Silbertabletts, auf dem ihnen Mike Altwicker und seine Auftraggeber serviert worden waren, hatten sie sich zurückgehalten. Ob einer der drei auch Peter Preuschoffs Mörder war, würde sich nach weiteren Untersuchungen sicherlich ebenfalls zeigen.

Bis zum Abschluss der Ermittlungen sollte Annemie sich noch zur Verfügung halten. Aber das konnten bloß noch ein paar Tage sein. Dann durfte sie wieder zurück nach Niedelsingen. Zu ihren Katern, ihrer Backstube und zu Maike und Farin und dem »Engelsstübchen«. Annemie freute sich auf ihren gewohnten Alltag, auch wenn sich eine entscheidende Sache geändert hatte: Sie war jetzt verlobt, und irgendwann würde dieser Verlobung auch eine Heirat folgen. Dann hätte sie eine eigene Familie. Inklusive Stieftochter. Obwohl das an ihren Gefühlen für Maike nichts ändern würde. Sie hatte sie längst sehr ins Herz geschlossen und würde alles für sie tun, was man als Mutter für sein Kind tat.

Annemie schaute auf die Uhr. Bald sieben. Neben einer Regenbogentorte mit Zitruscreme hatte sie bereits einen Käsekuchen, einen Mallorquinischen Mandelkuchen und die Brötchen für das Frühstück gebacken. Jetzt standen noch drei weitere Kuchen auf dem Plan. Annemie überlegte, welche das sein konnten. Sie hatte Sonja Hansen versprochen, einige ihrer Rezepte, die sie alle im Kopf hatte, mit ihr gemeinsam zu backen und für sie aufzuschreiben, bevor sie wieder nach Hause fahren würde. Sonja würde in die Backstube kommen, sobald die Mädchen aus der Tür und auf dem Weg in die Schule waren.

Jemand klopfte an die Eingangstür des Cafés. Annemie streckte den Kopf aus der Backstube, damit sie sehen konnte, wer das war. Draußen stand Renate Wendeler, presste ihr Gesicht an die Scheibe und blickte suchend ins Innere des Cafés. Annemie seufzte. Auf diese Dame hatte sie jetzt keine Lust. Aber wenn sie Renate Wendeler richtig einschätzte, würde sie keine Ruhe geben, bis sie hatte, was sie wollte. Was immer das auch sein mochte. Annemie nahm den Schlüssel von der Theke, ging zur Tür und schloss auf.

»Guten Morgen, Frau Engel.« Renate Wendeler rauschte an ihr vorbei ins Café, blieb in der Mitte stehen und wartete, bis Annemie die Tür wieder abgeschlossen hatte.

»Guten Morgen. Wir öffnen erst in einer Stunde.« Annemie ging an Renate Wendeler vorbei zurück in die Backstube. Ihre Besucherin folgte ihr, hielt aber an der Schwelle inne und sah sich flüchtig um.

»Hier zaubern Sie also Ihre kleinen Köstlichkeiten. Sehr interessant.« Sie sagte es wie jemand, der eigentlich etwas anderes auf dem Herzen hatte, das Gespräch aber aus Höflichkeit mit belanglosem Small Talk begann.

»Sind Sie gekommen, um Backen zu lernen?« Annemie nahm eine Schüssel zur Hand. Sie wollte fertig werden, bevor die ersten Kunden kamen.

»Nein.« Renate Wendeler winkte lachend ab. »Der ganze Mehlstaub und das klebrige Zeug an den Fingern ist nichts für mich. Und ich achte ja auch sehr auf meine Figur, wissen Sie.« Mit den Händen strich sie an ihren Hüften entlang. »Ich bin gekommen, um Auf Wiedersehen zu sagen. Ich nehme den Zug um zehn, muss zweimal umsteigen und bin vermutlich heute Abend zu Hause. Wenn mir nicht wieder irgendwelche Verspätungen und andere Unannehmlichkeiten einen Strich durch die Rechnung machen.«

»Gute Reise.«

»Danke.« Sie machte einen Schritt auf Annemie zu, die kurz befürchtete, Renate Wendeler wolle sie zum Abschied umarmen. Schnell nahm sie den Mehlmessbecher in die Hand und hielt ihn wie ein Schild vor sich. Das musste ja nun wirklich nicht sein.

Renate Wendeler lehnte sich rückwärts an die Arbeitsfläche und stützte sich mit beiden Händen ab. Sie räusperte sich. »Wie lange bleiben Sie und Herr Assenmacher denn noch hier? Ihr ›Urlaub‹«, sie hob beide Hände und malte Anführungszeichen in die Luft, »ist doch auch sicherlich bald zu Ende.«

»Wir bleiben, bis wir nach Hause fahren.« Annemie ging zum großen Mehlvorratssack in der Ecke neben der Tür, schöpfte die benötigte Menge in den Messbecher und achtete darauf, möglichst viel Staub in Richtung ihrer Besucherin zu produzieren. Renate Wendeler hustete. Annemie ging zurück und gab das Mehl in die Rührschüssel.

»Vielleicht haben Sie und Herr Assenmacher ja Lust auf ein Wiedersehen nach dieser Reise?«

»Werner und ich reisen nicht nur gemeinsam. Wir sehen uns ständig.« Sie gab den Zucker zum Mehl und mischte beides. Renate Wendeler lachte hell auf.

»Da haben Sie mich missverstanden. Ich meinte, ob wir uns noch einmal wiedersehen sollen.«

»Warum?« Annemie ging zu Renate Wendeler, schob sie ein Stück zur Seite und zog die Schublade auf, an der sie gelehnt hatte. Was musste sie noch machen, damit diese Frau verstand, dass sie hier nicht willkommen war und Annemie darüber hinaus von ihrer Arbeit abhielt? Sie nahm einen Holzschaber heraus, den sie eigentlich gar nicht brauchte, und sah Renate Wendeler zum ersten Mal an diesem Morgen direkt an. Aus der Nähe betrachtet, bemerkte sie, dass die schöne Fassade Risse hatte. Unter den Augen erkannte sie trotz der Schminke dunkle Ringe und um den Mund herum tiefe Falten, die mit Sicherheit nicht vom vielen Lachen kamen. Renate Wendeler sah müde und mitgenommen aus und wirkte älter, als sie vermutlich war. Auch wenn sie früher sicherlich eine sehr schöne Frau gewesen war, trug sie eine Verbitterung unter der Haut, die das zunichtemachte.

Ein Bild blitzte in Annemies Erinnerung auf. Das Bild einer jüngeren Renate Wendeler. Einer strahlenden und glücklichen Frau. Lachend. Auf einem Foto. Einem Foto in einem Album. Der Dachbodenfund.

Annemie erstarrte. Das Gesicht der Frau auf dem Bild war ihr vage bekannt vorgekommen, aber sie hatte es nicht zuordnen können. Jetzt konnte sie es. Auf dem Bild in Peter Preuschoffs Album mit Peter Preuschoffs Tochter Melanie im Vordergrund war unbestritten Renate Wendeler. Jetzt fiel Annemie auch die Ähnlichkeit zwischen ihr und Melanie Breuer auf. Die Augen, die Mundpartie, die Art, wie sie die Mundwinkel nach unten zog, wenn etwas nicht ihren Vorstellungen entsprach. Dinge, die man erst sah, wenn man sie wusste.

Annemie drehte sich um und ging zurück zum Kuchenteig. Renate Wendeler war Melanie Breuers Mutter. Und das bedeutete, sie war Peter Preuschoffs Ex-Frau. Warum hatte Melanie Breuer ihr nichts davon gesagt, als sie mit ihr gesprochen hatte? Wusste sie überhaupt von der Anwesenheit ihrer Mutter hier in Bad Nordersielergroden? Annemie versuchte, sich an das Gespräch mit der Tochter zu erinnern. Sie hatten auf dem Spielplatz gesessen. War da von ihrer Mutter die Rede gewesen? Nein. Sie hatten ausschließlich über ihren Vater Peter Juwel gesprochen.

»Nun, weil man das so macht«, sagte Renate Wendeler leichthin. »Nette Urlaubsbekanntschaften trifft man ab und an, um Erinnerungen aufzufrischen.«

»Ja.« Annemie räusperte sich. »Ja«, wiederholte sie, während ihre Gedanken durcheinanderwirbelten wie Teig in einer Küchenmaschine.

Das konnte doch alles kein Zufall sein. Renate Wendeler war hier vor Ort. Zu einem Zeitpunkt, an dem ihr Ex-Mann ein Konzert gab. Der Ex-Mann, von dem sie mit Sicherheit nicht wusste, dass es ihn in doppelter Ausführung gab. Weshalb sie nicht ahnen konnte, dass nicht das Original, sondern die Fälschung sich eine junge Gespielin an Land gezogen hatte.

Melanie Breuer hatte erzählt, ihre Söhne seien die Haupterben im Testament ihres Vaters. Und sie selbst habe ein sporadisches, aber gutes Verhältnis zu ihm unterhalten und keinen Grund gehabt, ihn zu töten. Im Fall der Ex-Frau von Peter Juwel und Großmutter der beiden Jungen lag die Sache anders. Auch sie konnte nicht begeistert über die Aussicht einer Heirat mit so einer jungen Frau gewesen sein. Denn eine junge Frau konnte ein spätes Vaterglück bedeuten. Das hatten andere vor Peter Juwel bereits bewiesen. Und es hätte eine Änderung des Testaments zur Folge gehabt. Kein Geld für die Enkelsöhne. Hinzu kam bei der Mutter auch noch der Groll über all die Kränkungen und Betrügereien während der Ehe, die ihre Spuren hinterlassen haben mussten.

Annemie starrte Renate Wendeler an. Die erwiderte den Blick.

»Ist Ihnen nicht gut?«

»Doch. Danke.« Annemie überlegte fieberhaft. Was sollte sie jetzt machen? Renate Wendeler gehen zu lassen und im Anschluss die Polizei zu informieren, wäre vermutlich das Beste. Annemie war sich sicher, dass man ihr diesmal Glauben schenken würde. Die Polizei konnte Renate Wendeler dann festnehmen und verhören. Annemie strich ihre Schürze glatt. »Ja. Doch. Das ist eine nette Idee. Sicher.« Sie räusperte sich, griff nach dem Notizblock auf dem Regal über der Ablagefläche und reichte ihn Renate Wendeler. »Schreiben Sie mir doch Ihre Telefonnummer und Ihre Adresse auf. Dann können wir uns verabreden.«

Renate Wendeler nahm den Block und schrieb etwas darauf. Dann riss sie den Zettel ab, legte ihn auf die Arbeitsfläche und den Block, ohne hinzusehen, wieder auf das Regal. Etwas geriet in Bewegung, und dann fiel etwas vom Regal auf die Arbeitsfläche. Das Fotoalbum. Annemie hatte es nach ihrem Ausflug zu Peter Preuschoffs Haus auf das Regal gelegt, um später noch einmal hineinzusehen. Es fächerte sich auf und kam aufgeschlagen, aber mit der Rückseite nach oben zum Liegen.

»Oh, Entschuldigung.« Renate Wendeler hob das Album auf, drehte es um und wollte es bereits wieder zuklappen, hielt dann aber inne. Sie verzog irritiert das Gesicht, blätterte vor und zurück und erkannte, was es war. »Woher haben Sie das?« Ihre Stimme hatte jegliche Freundlichkeit verloren. Jetzt fühlte es sich an wie ein Tag in der Kühlkammer, als sie weitersprach. »Frau Engel, woher haben Sie dieses Album?«

Annemie wich zurück, stieß mit dem Rücken gegen die Arbeitsplatte. Sie tastete nach irgendetwas, das sie zu ihrer Verteidigung benutzen konnte, fand aber nichts außer der Schüssel mit dem halb fertigen Teig. Sie hielt sie sich wie einen Schild vor die Brust, ging auf Renate Wendeler zu und versuchte, seitlich an ihr vorbei zum Ausgang zu gelangen. Doch Renate Wendeler versperrte ihr den Weg.

»Nicht so schnell, liebe Frau Engel. Zuerst will ich wissen, was es hiermit auf sich hat.«

Annemie holte tief Luft. »Sie haben Peter Preuschoff getötet«, platzte es aus ihr heraus. Renate Wendeler wurde blass, schwankte kurz, dann fing sie sich wieder.

»So ein Unsinn. Warum sollte ich das tun? Die Polizei hat recht. Sie sind wirklich eine verrückte alte Frau.«

»Sie sind seine Ex-Frau. Ich habe Sie auf einem Foto erkannt. Sie haben ihn ermordet, weil Sie das Erbe Ihrer Enkelsöhne vor der neuen Frau schützen wollten. Aber Sie haben einen schrecklichen Fehler gemacht. Es war gar nicht ihr Ex-Mann, der sich neu verheiraten wollte, sondern sein Bruder.« Wieder versuchte Annemie, an ihr vorbei ins Café zu kommen. Doch Renate Wendeler war schneller. Sie stieß Annemie zurück, machte einen großen Schritt auf die Tür zu, sah sich um und entdeckte den großen Mehlvorrat neben der Tür. Ein Lächeln stahl sich auf ihr Gesicht.

»Das hätte ich Ihnen wirklich nicht zugetraut, Frau Engel. So viel Scharfsinn vermutet man gar nicht in so einem Konditorinnengehirn.« Sie legte eine Hand auf den Mehlvorrat. »Aber zum Glück wird das alles für immer ein kleines Geheimnis zwischen uns beiden bleiben.« Sie griff in ihre Hosentasche und zog ihr Feuerzeug heraus. »Denn bedauerlicherweise werden Sie gleich einen kleinen Berufsunfall haben. So eine Mehlexplosion kann ja immer mal passieren, wenn man unachtsam ist.« Sie nahm eine Handvoll Mehl und warf es in die Luft. Das Mehl staubte und sank langsam zu Boden. Renate Wendeler zerrte an dem Vorratssack, warf mehr Mehl in die Luft. Eine Mehlwolke füllte den Raum.

Annemie hob ihre Schürze hoch und presste sich den Stoff auf den Mund. Wenn Renate Wendeler das Feuerzeug zündete, gäbe es ein großes Unglück. Was sollte sie tun? Der Weg nach draußen war ihr versperrt. Aber sie musste sich schützen. Mehlexplosionen konnten gewaltige Schäden anrichten. Wenn das Gemisch von Mehlstaub und Luft stimmte, reichte eine kleine Menge für eine große Explosion.

Renate Wendeler wedelte erneut mit den Armen. Das Mehl wirbelte in feinen Staubwolken durcheinander. Sie hielt das Feuerzeug in die Höhe, entzündete die Flamme und warf es brennend in die Mitte des Raums, bevor sie aus der Backstube lief und die Tür hinter sich zuschlug.

Annemie starrte für den Bruchteil einer Sekunde auf die Flamme. Dann ließ sie sich auf die Knie fallen, riss die beiden Mülleimer von ihrem Platz unter der Arbeitsfläche und kroch in die so entstandene Lücke. Sie machte sich so klein, wie es ihr nur möglich war, schützte ihren Kopf mit Armen und Händen. Im nächsten Augenblick spürte sie die Hitze. Das Mehl hatte sich entzündet. Ein Feuerball breitete sich in der Backstube aus, züngelte durch die Luft. Annemie roch verbranntes Haar und hörte einen lauten Knall. Sie schrie. Dann wurde es dunkel.

KAPITEL 26

»Annemie!« Sie hörte ihren Namen. Leise. Dumpf. Wie durch Watte. »Annemie!« Werner. Das war Werners Stimme. In ihren Ohren piepste ein hoher Ton.

»Hörst du mich? Annemie!« Jemand rüttelte an ihrer Schulter. Umfasste ihren Oberarm, zog daran. Sie hob ihr Gesicht vom Boden. Das Pfeifen und Sirren schwoll abwechselnd an und verebbte wieder wie die Wellen des Meeres am Strand. »Annemie! Meine Güte!« Eine Frauenstimme. »Werner hat die Tür aufgebrochen. Was ist hier passiert?« Gerburg. Das war ihre Freundin Gerburg. Annemie schluckte. Sie ließ die Arme sinken, hob den Kopf. Langsam, Stück für Stück. Der Geruch nach verbranntem Haar nahm zu.

»Ich rufe einen Notarzt.« Sonja Hansen. Wieder spürte sie eine Hand an ihrem Oberarm. Werner half ihr, aus der Lücke zu kriechen. Annemie hustete. Ihre Knie schmerzten. Ihr Rücken fühlte sich an, als wäre er einmal in der falschen Richtung gefaltet worden. Probehalber streckte sie sich. Nichts geschah. Kein Reißen und kein stechender Schmerz. Gut. Alle Körperteile schienen noch beisammen und in brauchbarem Zustand zu sein.

»Wo ist sie?« Annemie versuchte, einen Blick an Werner vorbei in das Café zu werfen.

»Wo ist wer?«

»Renate Wendeler.«

»Was hat die hiermit zu tun?«

»Alles.« Annemie schaute sich in der Backstube um. Das Mehl hatte sich entzündet und für kurze Zeit in der Luft gebrannt. Zum Glück war es wohl nicht genug für eine verheerende Explosion gewesen. Aber der angerichtete Schaden an den Wänden und Gerätschaften war nicht zu übersehen.

Über allem lag ein feiner dunkler Staub. Das verbrannte Mehl. Es stank, als wäre ein Kuchen im Ofen zu Asche verkohlt.

»Ist sie noch da?«

»Nein. Hier ist niemand außer uns.«

»Sie hat Peter Preuschoff umgebracht und gerade versucht, mich zu töten, weil ich es herausgefunden habe.«

Sirenen ertönten vor dem Café, Blaulicht flackerte. Sonja Hansen hatte nicht nur den Notarzt, sondern auch die Feuerwehr und die Polizei informiert, die nun alle gleichzeitig vor Ort erschienen. Annemie wurde abgetastet, abgehört, betrachtet. Aber bis auf ihre Haare, die an den Spitzen versengt waren, war sie unbeschadet davongekommen.

»Sie hatten sehr großes Glück«, erklärte ihr die leitende Feuerwehrfrau. »So eine Mehlexplosion kann schlimm enden.«

Annemie nickte. Die Gefahr war allen Bäckern und Konditoren bekannt. Es gab Vorschriften und Sicherheitsvorkehrungen, und trotzdem passierten entsetzliche Unglücke. Wie vor einigen Jahren in Paris. Dort hatte die Detonation viele Gebäude zerstört und Menschen in den Tod gerissen. Dagegen war das hier nichts gewesen. Ein Glück, dass der Mehlvorrat nahezu aufgebraucht gewesen war. Sie hätte tot sein können. Dass sie es nicht war, erfüllte sie mit einer tiefen Dankbarkeit.

Sie wandte sich an die Polizistin und berichtete, was gerade geschehen war und welche Rolle Renate Wendeler bei dem Ganzen spielte. Danach suchte sie Werner in der Menge der Menschen und ging zu ihm. Sie nahm seine Hand und drückte sie.

Drei Tage später konnte das Café »Zur Meeresbrise« pünktlich zum Nachmittagskaffee wieder seine Türen öffnen. Die Schäden in der Backstube waren eher oberflächlicher Art gewesen, und viele helfende Hände hatten ihr Übriges getan. Wobei Sonja Hansen, die Mädchen und Gerburg Manderscheidt-Ziesemann für Annemies Geschmack etwas zu oft die Köpfe zusammengesteckt, getuschelt und gekichert hatten. Schließlich waren sie nicht zum Vergnügen hier. Oder zumindest nicht nur zum Vergnügen. Aber nachdem sie dreimal auseinandergestoben waren, als Annemie zu ihnen stieß, und selbst Werner nur in die Luft gestarrt hatte, wenn sie ihn darauf ansprach, hatte sie beschlossen, das alberne Getue einfach zu ignorieren und ihre

Arbeit zu erledigen. Schließlich war sie Konditorin und keine Kindergärtnerin.

Die Polizei hatte Renate Wendeler aus dem Zug geholt. Sie hatte den Mord an Peter Preuschoff gestanden. Es war so, wie Annemie es ihr auf den Kopf zugesagt hatte. Jahrelang hatte Renate Wendeler ihre Enttäuschung, ihre Wut und ihre Rachegedanken in Bezug auf ihren Ex-Mann wie eine schwärende Wunde mit sich herumgetragen. Ihr einziger Trost war der Gedanke gewesen, dass sein Vermögen eines Tages ihren beiden Enkeln gehören würde. Die Nachricht von seiner baldigen Hochzeit mit einer jungen Frau hatte dazu geführt, dass alles wieder aufgebrochen war. Am Abend nach dem Konzert versuchte sie, Peter Preuschoff zur Rede zu stellen. Sie glaubte ihm nicht, als er ihr sagte, nicht er würde heiraten wollen, sondern sein Bruder. Sie hielt es für eines seiner zahlreichen Lügenmärchen, von denen er ihr im Lauf ihrer Ehe unzählige aufgetischt hatte.

Melanie Breuer hatte von der Anwesenheit ihrer Mutter in Bad Nordersielergroden nichts gewusst. Sie war geschockt und tief getroffen gewesen, als sie davon erfahren hatte.

Annemie sah sich zufrieden im Café »Zur Meeresbrise« um. Alles war bereit für die Kundschaft. Sämtliche Möbel geputzt und wieder an Ort und Stelle, die Fenster blinkten, und die Kuchentheke war bis zum letzten Platz voll mit frisch gebackenen Köstlichkeiten. Morgen früh würden Werner und sie in den Zug steigen und wieder zurück in ihr schönes Niedelsingen reisen. Was das anging, war sie hin- und hergerissen. Annemie freute sich darauf, ihr Zuhause, die Kater und vor allem auch Maike und Farin wiederzusehen. In ihrer eigenen Backstube zu wirken, wo alles an dem Platz stand, den sie ausgesucht hatte. In ihrem eigenen Bett zu schlafen. Wieder in ihrer vertrauten Umgebung zu sein. Aber sie bedauerte es auch, Bad Nordersielergroden, das Meer und vor allem Sonja Hansen und die beiden Mädchen nicht mehr in ihrer unmittelbaren Nähe zu haben. Die Hansens waren ihr in den letzten Tagen sehr ans Herz gewachsen. Sogar Hubertus Klein und seine stoische Art würde sie vermissen.

Werner trat an ihre Seite und legte ihr den Arm um die Schulter. Er drückte sie kurz, küsste sie auf die Wange und legte seinen Kopf an ihre Stirn.

»Alles bereit«, sagte er. »Es kann losgehen.«

»Und eine Reservierung für eine größere Gruppe haben wir auch schon, wie ich sehe.« Annemie zeigte auf eine lange Tafel, für die mehrere Tische zusammengeschoben und eingedeckt worden waren. Mehrere kleine Blumenkränze, Efeuranken und weiße Kerzen in silbernen Leuchtern ließen einen festlichen Anlass vermuten.

Werner schmunzelte und nickte. »Ja. Ein Familienfest.« Er schaute auf seine Armbanduhr. »Die Gäste müssten jeden Moment eintreffen.«

»Dann verschwinde ich besser in die Backstube. Ich möchte für Frau Hansen noch einige Böden vorbacken, damit sie Vorrat hat, wenn wir weg sind. Und hier vorne stehe ich dir ja nur im Weg herum.« Annemie strich ihre Schürze glatt, wandte sich um und wollte in Richtung Backstube verschwinden, aber Werner hielt sie zurück.

»Du bist mir niemals im Weg, beste Annemie.« Er umfasste sie mit beiden Armen. Annemie merkte, wie er in ihrem Rücken mit den Händen irgendetwas machte. Plötzlich spürte sie, wie sich ihre Schürze löste.

»Werner! Doch nicht hier. Wir sind in der Öffentlichkeit.« Sie wurde rot.

»Oh, warum eigentlich nicht?« Werner beugte sich zu ihr und küsste sie. Jedoch nur kurz. Lächelnd löste er sich von ihr. »Aber das war, auch wenn mir diese Idee aus deinem Munde ausgesprochen gut gefällt, nicht meine Absicht. Jedenfalls jetzt nicht.« Er wies auf die Festtafel. »Darf ich bitten?«

Annemie schaute irritiert zwischen ihm und dem eingedeckten Tisch hin und her.

»Der ist doch für eine Familienfeier reserviert.«

»Eben.« Werner ging zum Kopfende des Tischs, zog einen der beiden Stühle hervor und bot Annemie formvollendet den Platz an. »Meine Liebe – bitte schön.«

Sie setzte sich, hatte allerdings keine Zeit mehr, sich zu wundern, denn in diesem Moment gingen die Zwischentür und die Eingangstür gleichzeitig auf. Frieda und Sophie stürmten ins Café, liefen auf Annemie und Werner zu und umarmten beide, bevor sie sich einen Platz an der Tafel suchten. Sonja Hansen, Gerburg Manderscheidt-Ziesemann und Hubertus Klein folgten etwas gesitteter. Gerburg strahlte mit den Farben ihres Kleides um die Wette und umfing Annemie und Werner mit einer Wolke aus Stoff, als sie sie umarmte.

»Herzlichen Glückwunsch zu Ihrer Verlobung, Frau Engel. Das mit der Umarmung lasse ich lieber, aber der Glückwunsch kommt von Herzen.« Sonja Hansen hob den geschienten Arm. »Bevor ich noch jemanden damit verletze.« Sie grinste.

Annemie war sprachlos. Sie sah von einem zum anderen. War das der Grund für die tuschelige Geheimniskrämerei gewesen? Wenn ja, war ihnen die Überraschung wirklich gelungen.

»Hallo, Frau Annemie.« Eine Männerstimme. »Kennst du uns noch?«

Annemie sah auf. Farin Sahid stand neben ihr, an seiner Seite Maike Assenmacher. Die beiden hielten sich an der Hand.

»Wir mussten doch nachsehen kommen, ob Sie hier das Backen nicht verlernt haben.« Er hob eine Augenbraue und schaute gespielt streng in Richtung der Kuchentheke.

»Außerdem wurde uns gesagt, dass es hier heute etwas zu feiern gibt«, ergänzte Maike. »Da haben wir natürlich auch ein Geschenk für euch beide mitgebracht.« Sie legte einen Briefumschlag auf Annemies Teller und machte keine Anstalten, sich zu setzen. Stattdessen wartete sie und blickte aufgeregt zwischen ihrem Vater und Annemie hin und her. »Macht ihn auf!«

Annemie nahm den Umschlag und öffnete ihn. Ein einzelnes kleines quadratisches Blatt fiel heraus. Zuerst sah Annemie nur schwarze und weiße Flecken, die sie in keinen sinnvollen Zusammenhang bringen konnte. Dann erkannte sie ein schwarzes Oval in einem helleren Umfeld und in diesem schwarzen Flecken ein helles Gebilde, dessen Form sie an ein Gummibärchen erinnerte. Ein dicklicher Leib, ein großer Kopf und kleine Stummel an den Stellen, wo bald Arme und Beine wachsen würden. Werner stieß neben ihr einen Freudenschrei aus, nahm das Blatt und drückte es freudestrahlend an seine Brust.

»Du hast völlig recht, Annemie. Es ist eine Familienfeier. *Unsere* Familienfeier.«

»UNSRE LIEBE SCHRIEB DAS LEBEN«
(Text: Peter Juwel/Musik: Jürgen Adamski)

Unsre Liebe schrieb das Leben auf ein weißes Blatt Papier.
Abschied, Schmerz und Tränen,
Und doch steh'n wir beide hier.

Als wir uns trafen, war alles klar.
Die Zukunft schien rosig für mich.
Kein Zweifel mehr, wir waren ein Paar.
Du liebtest mich und ich liebte dich.

Was dann geschah, dass alles zerbrach,
Keiner von uns sah es kommen.
Heißes Feuer, die Reue danach,
Das Licht der Liebe verglommen.

Ich hab immer gedacht, die Liebe ist schwierig.
Mir immer gesagt, werd niemals zu gierig.
Und doch immer gehofft, mein Glück noch zu finden
Nach all dieser Zeit.

Unsre Liebe schrieb das Leben auf ein weißes Blatt Papier.
Abschied, Schmerz und Tränen,
Und doch steh'n wir beide hier.

Doch Liebe bedeutet auch Leiden,
Der Weg, den wir gingen, war schwer.
Das Glück, das wir hatten, verloren.
Ich dachte, mein Herz bliebe leer.

Heute endlich ist es so weit,
Vergangenes ist vergessen.
Nach all den Jahren wieder zu zweit,
Dein Herz hab ich immer besessen.

Ich hab immer gedacht, die Liebe ist schwierig.
Mir immer gesagt, werd niemals zu gierig.
Und doch immer gehofft, mein Glück noch zu finden
Nach all dieser Zeit.

Unsre Liebe schrieb das Leben auf ein weißes Blatt Papier.
Abschied, Schmerz und Tränen,
Und doch steh'n wir beide hier.

REZEPTE

TIRAMISU-TORTE

Für die Biskuitböden:
Eine Springform (ca. 26 cm) mit Backpapier auslegen und den Backofen auf 180 Grad (Ober-/Unterhitze) bzw. 160 Grad (Umluft) vorheizen.
3 Eier mit
3 EL warmem Wasser,
90 g Zucker (oder 100 g Xylit),
1 Pck. Vanillezucker und
1 Prise Salz verquirlen und dickschaumig aufschlagen.
150 g Mehl (Weizen) mit
1 TL Backpulver vermischen und über den Eischaum sieben.
Das Mehl vorsichtig mit dem Handschneebesen unter die Eimasse heben und vermengen.
Die Teigmasse in die Form geben, glatt streichen und 25 Minuten backen, bis die Oberfläche eine goldbraune Farbe angenommen hat.
Den Biskuitboden aus der Form nehmen und mindestens 12 Stunden abkühlen lassen.

Für die Tiramisu-Creme:
5 Blätter Gelatine nach Packungsanweisung einweichen.
3 Eier trennen, die Eigelbe mit
120 g Puderzucker (oder 150 g Xylit-Puderzucker),
2 Pck. Vanillezucker und
2 EL lauwarmem Wasser aufschlagen, bis eine helle, dicke Creme entsteht.
700 g Mascarpone in kleinen Portionen unter die Eimasse geben und mit dem Handschneebesen unterrühren.
Die aufgeweichte Gelatine in einem kleinen Topf nach Anleitung auflösen.
1 EL der Mascarponemasse in die Gelatine rühren, danach die Gelatine in die Mascarponecreme geben und gut unterrühren, sodass keine Klümpchen entstehen.
Die Creme für 30 Minuten kalt stellen.

Den Biskuitboden waagerecht halbieren und auf eine Tortenplatte setzen. Einen Tortenring um den Tortenboden platzieren. **200 ml Espresso** (abgekühlt) mit **60 ml Mandellikör** mischen. Ca. 10 EL der Mischung gleichmäßig auf dem Boden verteilen.

Die 3 Eiweiße mit einer **Prise Salz** sehr steif schlagen, Eischnee portionsweise unter die Mascarponemasse heben. Die Hälfte der Creme auf dem beträufelten Boden verstreichen. Dabei darauf achten, dass die Creme auch zwischen den Boden und den Tortenring fließt. Den zweiten Tortenboden auflegen, mit dem Rest der Espressomischung gleichmäßig beträufeln und den Rest der Mascarponecreme darauf verstreichen. Torte mit Frischhaltefolie bedeckt mindestens 5 Stunden kühl stellen.

Für die Dekoration:
80 g Schokolade (100 % Kakao) im Wasserbad schmelzen. Mit einem Teelöffel 12 Portionen der geschmolzenen Schokolade einzeln auf einem Stück Backpapier dünn ausstreichen und erkalten lassen.

Torte aus dem Tortenring lösen, mit **3 TL Backkakao** bestäuben und die 12 Schokoladentäfelchen senkrecht in die Torte stecken, sodass 12 Tortenstücke markiert sind.

Springform (26 cm) mit Backpapier auslegen. Alternativ kann man auch einen verstellbaren Tortenring direkt auf die Servierplatte stellen.

Für den Boden:
200 g **Butterkekse** sehr klein zerbröseln und mit
200 g **zerlassener Butter** gut vermischen. Die Masse als Boden in die Form geben.

Für die Joghurt-Sahne-Schicht:
500 g **Joghurt** und
200 g **Frischkäse** verrühren.
4 **Beutel Gelantinefix** dazugeben und unterrühren.
75 g **Zucker** (eventuell weniger, wenn die Früchte sehr reif sind) dazugeben und untermischen.
200 g **Sahne** mit
1 **Prise Salz** und dem Mark von
1 **Vanilleschote** steif schlagen und unterheben. Von
1 **kleinen Bio-Zitrone** die Schale abraspeln und den Saft auspressen. Beides in die Masse rühren.

Die Creme auf den Boden geben und glatt streichen. Mit Klarsichtfolie bedeckt über Nacht im Kühlschrank abkühlen lassen.

Mit Waldbeeren:
4 **EL Johannisbeergelee** in einem Topf erwärmen, bis es wieder flüssig geworden ist.
250 g **frische Beeren** (Himbeeren, Brombeeren, Waldbeeren, Johannisbeeren) gemischt oder als einzelne Sorte unterrühren und alles auf der Torte verteilen.
Torte noch einmal für 1 Stunde in die Kühlung stellen.

Mit Exotik-Früchten:
1 **Pck. Tortenguss** nach Anleitung zubereiten. Die Hälfte der Masse auf der Torte verteilen, damit enzymhaltige Früchte wie Ananas und Kiwi nicht direkt mit der Joghurt-Sahne-Schicht in Berührung kommen. Die Gelatine könnte sonst ihre Festigkeit verlieren, und die Früchte könnten bitter werden.

250 g exotische Früchte (z.B. Ananas, Kiwi, Mango, Banane, Orangen) mit der anderen Hälfte des Tortengusses vermengen und auf der Torte verteilen. Torte noch einmal für 1 Stunde in die Kühlung stellen.

Mit Schokolade:
Hierfür die Joghurt-Sahne-Masse mit 100 g Schokostreusel vermengen und die Torte mit Schokostreuseln und Deko-Schokoblättern (Vollmilch) dekorieren.

Haselnuss-Variante:
400 g Joghurt und 200 g Frischkäse verrühren. 2 Beutel Gelatinefix dazugeben und unterrühren. 75 g Zucker und 100 g gemahlene Haselnüsse untermischen. 200 g Sahne mit 1 Prise Salz und dem Mark von 1 Vanilleschote steif schlagen und unterheben. Von 1 kleinen Bio-Zitrone die Schale abraspeln und den Saft auspressen. Beides in die Masse rühren.

Die Creme auf den Boden geben und glatt streichen. Mit Klarsichtfolie bedeckt über Nacht im Kühlschrank abkühlen lassen.

100 g geschälte Haselnüsse klein hacken (oder alternativ 100 g gehackte Haselnüsse verwenden) und in einer Pfanne ohne Fett anrösten. Nüsse abkühlen lassen und gleichmäßig auf der Torte verteilen. 36 kleine ganze Haselnüsse jeweils zu dritt im Dreieck auf den (12) Tortenstücken dekorieren.

Die Regenbogentorte braucht etwas Zeit, da 6 Böden gebacken werden müssen. Alternativ kann man mit mehreren gleich großen Springformen arbeiten. Den Backofen auf 180 Grad Ober-/Unterhitze vorheizen. Den Boden der Springform mit Backpapier auslegen und dann den Spannring befestigen.

Für den Teig (6 verschiedenfarbige Böden):
Alle Zutaten für den Teig sollten Zimmertemperatur haben.
300 g Weizenmehl,
120 g Speisestärke und
5 gestr. TL Backpulver mischen und sieben. Beiseitestellen.
360 g weiche Butter,
210 g Zucker und
3 TL Vanillezucker cremig rühren.
6 Eier (Gr. M) nach und nach einzeln unterrühren, dabei jedes Ei ca. 1 Minute schlagen. Die gesiebte Mehlmischung abwechselnd mit **6 EL Milch** unter den Teig rühren. Sechs gleich große Teigportionen auf sechs Schüsseln verteilen. Jeweils eine von
6 Lebensmittelpasten (violett, rot, orange, gelb, blau, grün) zu den einzelnen Teigportionen geben und gut verrühren.

Tipp: Die Farben werden nach dem Backen kräftiger erscheinen.
Die gefärbten Teigportionen einzeln in einer 20-cm-Springform glatt streichen und 15–20 Minuten backen.
Wenn mehrere Formen vorhanden sind und gleichzeitig gebacken werden, den Backofen auf 150 Grad Umluft vorheizen. Stäbchenprobe machen.
Aus dem Ofen nehmen, sofort vom Springformrand lösen und auf eine mit Backpapier belegte Arbeitsfläche stürzen und auskühlen lassen.

Annemies Tipp:
Das Backpapier erst nach dem Abkühlen abziehen. Wenn man das Backpapier später abzieht, bleibt die bräunlich gebackene Oberfläche auf dem Backpapier haften und die Böden sehen noch farbiger aus.

Mit allen 6 Böden so verfahren.
Auf eine Tortenplatte den ersten Boden (lila) legen und mit Creme nach Wahl* bestreichen, dann ebenso den blauen, grünen, gelben, orangen und roten Boden.
Die ganze Torte rundherum mit der restlichen Creme bestreichen.
In den Kühlschrank stellen.

Die Torte erst vor dem Servieren nach Belieben mit **buntem Dekorationsmaterial** (Gummibärchen, Zuckerperlen, Zuckerstreusel) dekorieren, da sich das Dekomaterial in der feuchten Creme auflöst.

Annemie fand die übliche Mascarponecreme etwas langweilig. Deswegen hat sie sich etwas einfallen lassen:

3 Cremes für die Regenbogentorte

Mascarponecreme:
500 ml kalte Schlagsahne steif schlagen.
500 g kalten Mascarpone mit dem Handschneebesen unterrühren.
3 EL gesiebten Puderzucker portionsweise unterrühren.

Erdbeer-Mascarponecreme:
200 ml Schlagsahne steif schlagen und
1 Pck. Sahnesteif nach Anleitung unterrühren. Beiseitestellen.
In einer separaten Schüssel
300 g Magerquark cremig rühren und
1–2 EL Zitronensaft,
60 g Puderzucker und
den Inhalt **einer Vanilleschote oder geriebene Vanille** zufügen.

250 g Mascarpone unterrühren. Eventuell etwas nachsüßen. Die steife Sahne unter die Mascarpone-Quark-Masse heben.
250 g Erdbeeren waschen und trocken tupfen (TK-Obst gut abtropfen lassen).
Erdbeeren pürieren und unter die Masse rühren.
Am besten die Creme am Vorabend herstellen und eine Nacht im Kühlschrank fest werden lassen.

Zitruscreme:
600 ml gut gekühlte Schlagsahne steif schlagen und
2 Pck. Sahnesteif nach Anleitung unterrühren. Beiseitestellen.
200 g Frischkäse,
100 g Zucker,
1 Pck. Vanillezucker und
100 ml Orangensaft glatt rühren.
In die Creme
2 Pck. Zitronenschalenaroma und
1 Pck. Zitronensäure rühren. In weitere
100 ml Orangensaft
1 Pck. gemahlene Gelatine einrühren und quellen lassen. Danach unter die Käsemasse rühren. Sahne unter die Käsemasse heben. Am besten die Creme am Vorabend herstellen und eine Nacht im Kühlschrank fest werden lassen.

SCHWARZWÄLDER KIRSCHTORTE

Backofen auf 160 Grad Ober-/ Unterhitze vorheizen.
2 Springformen mit 16 cm Durchmesser gut einfetten.

Für den Teig:
100 g Kakaopulver,
3 TL Backpulver,
1 TL Salz und
250 g Mehl mischen und sieben.
250 g Zucker dazugeben und mischen.
2 Eier mit
240 ml Buttermilch,
110 ml Pflanzenöl,
240 ml kaltem Wasser und
2 TL Vanillearoma schaumig rühren.
Die Mehlmischung portionsweise dazugeben und gut verrühren.
Den Teig in zwei gleich große Portionen aufteilen, in die beiden Springformen geben und 50–55 Minuten backen. Stäbchenprobe durchführen.

Nach dem Backen aus der Form lösen und gut abkühlen lassen.
Beide Böden waagerecht in zwei Hälften schneiden. Insgesamt ergibt das dann 4 Böden.

Für die Schichten:
8 EL Kirschsirup mit
2 EL Kirschwasser (optional, da Alkohol) mischen.
750 ml Sahne mit
1 Pck. Sahnesteif steif schlagen.
1 Glas Schattenmorellen abgießen und gut abtropfen lassen. Die Früchte halbieren.
Alternativ kann die Torte auch mit frischen, aber möglichst reifen Kirschen hergestellt werden. Diese müssen dann gewaschen, entsteint und halbiert werden.

Fertigstellung:
Den ersten Boden auf eine Platte legen und mit ¼ des Kirschsirups bestreichen. Eine dünne Schicht Sahne daraufgeben. Die Sahneschicht mit halbierten Kirschen belegen. Alles erneut mit Sahne bestreichen, bis die Kirschen von Sahne bedeckt sind. Diesen Vorgang noch zweimal mit den Böden 2 und 3 wiederholen. Den letzten Boden als Deckel aufsetzen und mit Sahne bestreichen. Die Seiten der Torte ebenfalls mit Sahne bestreichen. Einen Rest Sahne für die Dekoration aufbewahren. Torte kalt stellen.

Für die Dekoration:
80 g Zartbitterschokolade im Wasserbad schmelzen. Geschmolzene Schokolade mittig auf ein Stück Backpapier gießen. Dabei darauf achten, dass die Masse nicht zu nah an den Rand gelangt.

Einen zweiten Bogen Backpapier auf die Schokolade legen und die Masse zwischen den beiden Blättern vorsichtig ausstreichen. Dabei darauf achten, dass die Schokolade nicht an den Rändern hervorquillt.
Die Backpapierblätter vorsichtig um ein Nudelholz wickeln und für 1 Stunde im Kühlschrank aushärten lassen. Danach das obere Blatt Backpapier entfernen und die Schokolade in längliche Spalten teilen. Es entstehen dann halbrunde lange Schokospalten.
Diese Spalten senkrecht an der Seite der Torte so anbringen, dass die beiden Ränder nach außen zeigen.
50 g fein gehackte Zartbitter- oder dunkle Schokostreusel auf der Oberseite verstreuen.
Mit einer Spritztülle 6 Sahnetupfer in gleichen Abständen rundherum auf der Oberseite platzieren. Auf jeden Tupfer eine von **6 frischen Kirschen mit Stiel** setzen.

RED VELVET CAKE

Backofen auf 180 Grad Ober-/ Unterhitze oder 160 Grad Umluft vorheizen. Eine Springform (20 cm) mit Backpapier auslegen.

Für den Teig:
150 g Zucker,
150 g weiche Butter und
1 Prise Salz schaumig schlagen.
3 Eier (Gr. M) nacheinander dazugeben und jeweils gut unterrühren.
250 g Mehl mit
1 TL Backpulver und
1 TL Backkakao mischen.
50 g Himbeergelee und
100 g Buttermilch mit dem Pürierstab fein mixen. Die Mehlmischung und die Himbeer-Buttermilch abwechselnd in den Teig rühren. Mit
roter Lebensmittelfarbe den Teig rot färben.
Teig in die Form geben, glatt streichen und ca. 45 Minuten backen.
Danach komplett erkalten lassen.

Für die Creme:
150 g Puderzucker und
150 g weiche Butter schaumig schlagen.
200 g Frischkäse portionsweise unterrühren.
1 EL Zitronensaft dazugeben und die Creme kalt stellen.

Den ausgekühlten Kuchen aus der Form nehmen und waagerecht einmal halbieren. Die Hälfte der Creme auf dem unteren Boden verstreichen. Zweiten Boden auflegen und den Kuchen auch an den Seiten mit dem Rest der Creme komplett bestreichen. Kühl stellen.

Für die Dekoration:
Kurz vor dem Servieren
getrocknete Himbeeren als Streupulver und/oder
frische Himbeeren auf dem Kuchen verteilen.

NUSSIOLADE – ANNEMIES NUSS-NOUGAT-CREME

100 g Haselnüsse bei 200 Grad 10 Minuten auf dem Backblech rösten, abkühlen lassen und anschließend in einem Mixer pürieren, bis eine Paste entsteht. **1–1 ½ EL Raps- oder Sonnenblumenöl** hinzufügen und weitermixen. Je länger man mixt, umso feiner wird die Nussiolade später. **100 g Vollmilchschokolade** im Wasserbad langsam schmelzen und mit **1 EL schwach entöltem Kakaopulver** zu der Nussmasse geben. Noch einmal durchmixen und in saubere, heiß ausgespülte und abgetrocknete Gläser abfüllen. Im Kühlschrank hält die Masse einige Wochen.

Annemies Tipp:
Für die Low-Carb-Variante die Vollmilchschokolade gegen **100 g Schokolade** (100 % Kakao) und **1 EL Birkenzucker** austauschen.

ANNEMIES MARZIPANTRAUM

Backofen auf 175 Grad Ober-/ Unterhitze oder 150 Grad Umluft vorheizen. Springform (ca. 25 cm) ausbuttern und mit etwas Mehl bestäuben.

Für den Teig:
100 g **Haselnusskerne** fein hacken, mit
1 EL **Zucker** karamellisieren und anschließend auskühlen lassen.
200 g **Marzipanrohmasse** zerkleinern und mit
5 **Eiern,**
50 g **Zucker** und
1 **Prise Salz** schaumig rühren.
75 g **Mehl** mit
1 Pck. **Vanillepuddingpulver,**
2 TL **Backpulver** und den gehackten Haselnusskernen in einer zweiten Schüssel mischen und nach und nach unter den Teig geben. Gut verrühren. Teig in die Form geben und ca. 25 Minuten backen.
Den Kuchen gut auskühlen lassen und zweimal waagerecht durchschneiden.

Für die Füllung:
450 g **Preiselbeeren aus dem Glas** in zwei gleich große Portionen teilen.
500 g **Schlagsahne** mit
2 Pck. **Sahnesteif** sehr steif schlagen.
Auf den unteren Boden eine Schicht Preiselbeeren und die Hälfte der Sahne geben. Zweiten Boden auflegen und diesen wieder mit Preiselbeeren und Sahne bestreichen. Letzten Boden auflegen und den Kuchen für 30 Minuten kühl stellen.

Für die Dekoration:
1 große **Marzipandecke** über die Torte breiten und an den Seiten bis unten gut verarbeiten. Mit
1 Pck. **Trüffelkonfekt** und
1 Pck. **zarten Schokotäfelchen** verzieren.

ANNEMIES TORTE NACH SACHER ART MIT PFIFF

Backofen auf 180 Grad Ober-/ Unterhitze oder 160 Grad Umluft vorheizen. Eine Springform (26 cm) einfetten und zur Seite stellen.

Für den Teig:
200 g Zartbitterkuvertüre im Wasserbad schmelzen und wieder abkühlen lassen. Dabei ab und an rühren.
6 Eier trennen, das Eiweiß in den Kühlschrank stellen.
230 g weiche Butter,
250 g Puderzucker und die 6 Eidotter mindestens 10 Minuten schaumig rühren.
Die abgekühlte, weiche Kuvertüre unter die Masse rühren. Dann
300 g Mehl, gemischt mit
1 Pck. Backpulver, und
⅛ l Milch abwechselnd dazugeben und unterrühren, bis ein glatter Teig entstanden ist. Im Anschluss die
6 Eiweiß mit
1 Prise Salz zu einem festen Schnee schlagen und zum Schluss vorsichtig unterheben.
Teig in die Springform geben und 40–50 Minuten backen. Zum Ende der Backzeit immer mal wieder mit einem Holzstäbchen

den Kuchen überprüfen. Den Kuchen nicht zu dunkel werden lassen. Nach dem Backen etwas abkühlen lassen.

Für den Guss:
160 g Zartbitterkuvertüre im Wasserbad schmelzen, etwas abkühlen lassen.
¾ TL Chiliflocken klein hacken und mit
30 g Butter und
20 g Kakaopulver vermengen und unterrühren.
200 g Sahne erhitzen (nicht kochen!) und mit den Zutaten vermischen. Mit einem Schneebesen oder dem Stabmixer homogenisieren.
Guss über die Torte gießen und mit einem Spatel gleichmäßig verteilen.

Annemies Tipp:
Drehen Sie die Torte vor dem Guss um, dann erhalten Sie eine glatte Oberfläche.

FLOCKENTORTE

Für den Teig (Brandteig):
125 ml Wasser,
50 g Butter und
1 Prise Salz zum Kochen bringen.
100 g Mehl auf einmal zugeben und mit einem Holzlöffel verrühren. Der Teig muss sich vom Topf lösen, und am Topfboden muss sich eine weiße Schicht bilden.

Den Teig in eine Schüssel geben und sofort mit
1 Ei verrühren, dann etwas abkühlen lassen.
1 zweites Ei und
1 Messerspitze Backpulver darunterkneten, sodass ein glänzender, zäher Teig entsteht. Ein Drittel des Teiges auf Backtrennpapier kreisrund (24 cm Durchmesser) streichen und im vorgeheizten Backofen bei 225 Grad 10–15 Minuten backen. Mit den anderen zwei Teigdritteln genauso verfahren. Die Teigböden auskühlen lassen.

Für die Füllung:
Während der Backzeit
1 kg Erdbeeren waschen und entstielen. 8 kleinere zurückbehalten, die restlichen halbieren oder vierteln.
10 Blatt weiße Gelatine in kaltem Wasser einweichen.
200 ml Sahne,
500 g Magerquark,
125 ml Eierlikör,
60 g Zucker und
2 Pck. Vanillezucker verrühren. Nach 10 Minuten die Gelatine aus dem Wasser nehmen, bei mittlerer Hitze in einem Topf vorsichtig auflösen, unter die Sahnemasse rühren und halbfest werden lassen. Die Hälfte der Sahnecreme auf einem Tortenboden verstreichen. Die Hälfte der Erdbeeren sofort darauf verteilen, sodass die Erdbeeren in die Creme sinken. Den zweiten Tortenboden auflegen, mit dem Rest der Creme bestreichen und die Erdbeeren darübergeben. Den letzten Tortenboden auflegen.

Dekoration:
Mit **Schokoladenraspeln,**
Zitronenmelisse-Blättchen und den zurückbehaltenen Erdbeeren dekorieren.

SCHNELLE BROWNIES

Backofen auf 180 Grad Ober-/ Unterhitze oder 160 Grad Umluft vorheizen. Ein Brownieblech (20 x 30 cm) mit Backpapier auslegen.

100 g weiche Butter mit **180 g Zucker (oder 130 g Birkenzucker/Xylit)** und **1 TL Vanilleextrakt** verrühren. Nach und nach **4 Eier** unterrühren.

200 g gemahlene Mandeln mit **3 EL Kakaopulver,** **2 TL Backpulver** und **1 Prise Salz** vermischen und zur Butter-Eier-Masse geben. **3 EL Milch** hinzugeben und alles miteinander verrühren. **100 g Zartbitterschokolade** klein hacken und unterheben. Teig in die Backform füllen und etwa 25 Minuten backen.

GROSSE KEKSE (12 STÜCK)

Backofen auf 180 Grad Ober-/ Unterhitze oder 160 Grad Umluft vorheizen. Ein Backblech mit Backpapier auslegen.

100 g Butter,
50 g Rohrzucker,
175 g brauner Zucker und
½ Fläschchen Vanillearoma (oder das Mark von 2 Vanilleschoten) sehr schaumig rühren.
1 Ei hinzufügen und unterrühren.
225 g Weizenmehl sieben und mit **1 gestrichenem TL Backpulver** und **½ TL Salz** in einer zweiten Schüssel mischen. Mehlmischung nach und nach zur Butter-Zucker-Masse geben und gut unterrühren, bis eine sehr glatte Masse entstanden ist.

175 g Zartbitterschokolade in kleine Stücke hacken und unter den Teig rühren. Den Teig in 12 gleich große Portionen teilen, aus diesen kleine Kugeln rollen. Die Kugeln mit ausreichend Abstand auf das Backblech setzen und flach drücken, bis sie ca. 1 cm dick sind. Die Teiglinge mit **Meersalz** bestreuen. Die Kekse für 10–12 Minuten backen. Sie sind fertig, wenn sie von außen leicht golden und innen noch etwas klebrig sind. Kekse sehr gut abkühlen lassen.

LOW-CARB-KÄSEKUCHEN OHNE BODEN

Den Backofen auf 175 Grad Ober-/Unterhitze oder 150 Grad Umluft vorheizen. Eine Springform (26 cm) mit Backpapier auslegen.

1–2 EL **Birkenzucker/Xylit** zu Puderzucker mahlen.
1 kg **Speisequark** (40 % Fett),
3 EL **Zitronensaft**,
2 Pck. **Vanillepuddingpulver** und den Puder-Birkenzucker mit dem Mixer verrühren, bis eine cremige, gleichmäßige Masse entsteht.
5 **Eier** (Gr. M) trennen. Das Eigelb unter die Quarkmasse rühren, das Eiweiß mit
1 **Prise Salz** zu steifem Schnee schlagen.
Den Eischnee unter die Quarkmasse heben.

Die Masse in die Form füllen, etwas rütteln, damit sich alles gleichmäßig verteilt und größere Luftbläschen aufsteigen können. Den Kuchen auf mittlerer Schiene ca. 70 Minuten backen, aus dem Ofen nehmen und 1 Stunde abkühlen lassen. Erst danach aus der Form nehmen und mindestens 3 Stunden kalt stellen.

Annemies Tipp:
Bevor man die Backform mit Backpapier auslegt, das Backpapier zu einem Ball zusammenknüllen und mit etwas Wasser anfeuchten. So lässt es sich leichter der Form anpassen.

APFELSTREUSEL

Den Ofen auf 180 Grad Ober-/ Unterhitze vorheizen.
Eine rechteckige Springform (ca. 20 x 30 cm) oder eine große runde Springform mit Backpapier auslegen.

Für den Boden:
120 g Zucker oder 80 g Birkenzucker/Xylit zu Puder mahlen und mit
75 g geschälten gemahlenen Mandeln,
30 g Kokosmehl,
100 g sehr kalter Butter in kleinen Stücken,
4 Eiern (Gr. M) und
1 Fläschchen Vanillearoma zu einem Teig verkneten und anschließend auf dem Boden der Springform gleichmäßig verteilen.

Für die Füllung:
500 g Äpfel (fruchtige Sorte wie Boskop, Elstar, Braeburn oder Jonagold) schälen, entkernen und in kleine Stücke schneiden.
1 EL Zitronensaft zu den Apfelstücken geben und einmal durchmengen. Die Apfelstücke gleichmäßig auf dem Teigboden verteilen und ein wenig festdrücken.

Für die Streusel:
100 g geschälte gemahlene Mandeln,
20 g Kokosmehl,
60 g sehr kalte Butter in kleinen Stücken,
30 g Birkenzucker/Xylit (zu Puder gemahlen) und
½ TL Zimt mit dem Knethaken oder den Händen vermengen und zu Streuseln verarbeiten. Dabei zügig arbeiten, damit der Teig nicht zu warm und dadurch zu klebrig wird.

Streusel auf der Apfelschicht verteilen und den Kuchen für 35–40 Minuten backen.
Nach ca. 20 Minuten den Kuchen mit Alufolie abdecken, damit er nicht zu sehr bräunt.
Der Kuchen schmeckt auch lauwarm sehr gut, sollte vor dem Servieren aber mindestens 30 Minuten abkühlen.

BUTTERCREME SCHWARZ AUF WEISS

Backofen auf 200 Grad Ober-/Unterhitze oder 160 Grad Umluft vorheizen. Springform (28 cm) mit Backpapier auslegen.

Für den hellen Boden:
4 Eier trennen. Das Eiweiß mit **1 Prise Salz** steif schlagen und **120 g Zucker oder 100 g Birkenzucker/Xylit** (zu Puder gemahlen) langsam dazugeben. Zur Seite stellen. In einer zweiten Schüssel das Eigelb mit **4 EL warmem Wasser** sehr schaumig rühren. Eischnee in die Eigelbcreme geben und behutsam unterheben. **75 g Mehl, 75 g Mandelmehl, 1 Pck. Vanillepuddingpulver** und **1 TL Backpulver** miteinander vermischen und über die Ei-Zucker-Masse sieben. Gründlich verrühren.

Teig in die Backform geben und 25–30 Minuten backen. Gründlich auskühlen lassen.

Für den dunklen Boden:
Wiederholen Sie die Schritte für den hellen Boden und ersetzen Sie dabei den Vanillepudding durch **1 Packung Schokoladenpuddingpulver.**

Für die Vanille-Buttercreme:
1 Pck. Vanillepuddingpulver nach Anleitung mit **½ Liter Milch (oder Mandelmilch)** und **120 g Zucker oder 100 g Birkenzucker/Xylit** kochen. Pudding auf Zimmertemperatur abkühlen lassen. Dabei mehrfach umrühren, damit sich keine Haut auf dem Pudding bildet.

250 g zimmerwarme Butter portionsweise in den Pudding rühren. Wichtig: Pudding und Butter müssen die gleiche Temperatur haben, da sich sonst Butterflöckchen in der Creme bilden.

Für die Schoko-Buttercreme:
Wiederholen Sie die Schritte für die helle Creme und ersetzen Sie dabei den Vanillepudding durch Schokoladenpudding.

Fertigstellung:
Die beiden Tortenböden jeweils waagerecht einmal durchschneiden. Wenn die Böden sehr gut aufgegangen sind, können Sie auch drei einzelne Böden schneiden. Die fertigen Böden lassen sich sehr gut einfrieren und für eine weitere Torte verwenden.

Beginnen Sie mit einem hellen Boden und streichen Sie einen Teil der Vanille-Buttercreme darauf.

Legen Sie einen dunklen Boden auf und streichen Sie einen Teil der Schoko-Buttercreme darauf. Den zweiten hellen Boden auflegen und mit heller Creme bestreichen.
Als Letztes einen dunklen Boden auflegen.
Die Seiten der Torte mit dem Rest der hellen Creme und die Oberseite der Torte mit der dunklen Creme bestreichen.

Dekoration:
50 g Kokosraspel oder
50 g weiße Schokostreusel auf der Oberseite verstreuen.

WICKELKUCHEN MIT MOHN-MANDEL-FÜLLUNG

Backofen auf 175 Grad Ober-/Unterhitze oder 150 Grad Umluft vorheizen.
Ein Backpapier leicht mit Mehl bestäuben.

200 g Weizenmehl,
200 g Mandelmehl,
100 g gemahlene Mandeln und
1 Pck. Backpulver in einer Schüssel mischen und in die Mitte eine Mulde drücken.
2 Eier (von insgesamt 4 Eiern, Gr. M) mit
125 g Zucker,
1 Pck. Vanillinzucker und
1 Prise Salz in die Mulde geben und mit etwas Mehl vom Rand zu einem Brei verrühren.

125 g kalte Butter in kleine Würfel schneiden und
250 g Magerquark und
1 EL Rum (von 2) zum Mehlbrei geben. Mit den Knethaken des Handrührgerätes zu einem glatten Teig verkneten. Zum Schluss die Hände zum Kneten nehmen. Teig auf dem bemehlten Backpapier zu einem Rechteck ausrollen (ca. 40 x 45 cm).
500 g backfertige Mohnfüllung und
1 Ei verrühren und im Anschluss auf das Teigstück streichen. Dabei die Schicht an den Rändern etwas dünner werden lassen. Den Teig von den langen Seiten hin zur Mitte einrollen. Die Enden an den Schmalseiten danach etwas eindrücken. Beide Wickelstränge mehrfach quer einschneiden.

Den Teig mit dem Backpapier in einen flachen Bräter legen. Ca. 50 Minuten auf der zweiten Schiene von unten backen. Währenddessen 50 g **Mandelstifte** in einer Pfanne ohne Öl rösten und gut abkühlen lassen. Nach 30 Minuten Backzeit den Kuchen mit einer Mischung aus 1 **Eigelb** und 1 TL **Schlagsahne** bestreichen. Danach weitere 20 Minuten backen.

100 g **Puderzucker,** 1 EL **Zitronensaft,** 1 EL **Rum** zu einem dicken Guss verrühren. Den heißen Wickelkuchen aus dem Ofen nehmen und sofort mit dem Guss bestreichen. Geröstete Mandelsplitter darüberstreuen. Den Kuchen auf einem Kuchengitter auskühlen lassen. Zu diesem Kuchen passt sehr gut etwas Butter.

MÄNNERKUCHEN

Backofen auf 180 Grad Ober-/
Unterhitze vorheizen. Backform
gut einfetten und bemehlen.

Für den Teig:
2 Tassen Zucker,
3 Tassen gemahlene Walnüsse,
2 Tassen Mehl,
1 TL Backpulver,
6 EL Kakao,
1 Prise Salz und
½ TL Zimt gut mischen.
1 Tasse »Dark Amber« (alternativ: dunkles Bier),
4 EL Ahornsirup,
1 Tasse Öl und
5 Eier zugeben und rühren, bis
der Zucker im Teig nicht mehr
knirscht. In eine Gugelhupf- oder
Kranzform geben und 1 Stunde
backen. Abkühlen lassen.

Für die Dekoration:
200 g Zartbitterkuvertüre im
Wasserbad schmelzen.
2 EL Ahornsirup und
2 EL Whiskey mischen.
3–4 Scheiben Bacon (Frühstücks-
speck) darin eintauchen und in
einer heißen Pfanne ohne zusätzliches Fett knusprig braten.
Die Kuvertüre über den Kuchen
gießen und sofort den in kleinere
Stücke gebrochenen Bacon und
50 g Walnüsse darüberstreuen.

BLAUBEERMUFFINS MIT ZITRONENTOPPING
(6 STÜCK)

Backofen auf 170 Grad Umluft vorheizen.

Für den Teig:
1 Ei mit
80 g hellem Rohrzucker schaumig schlagen, dann
30 g griechischen Joghurt oder Sahne dazugeben und alles glatt rühren.
60 g Butter schmelzen und unter die Masse schlagen.
110 g Mehl mit
1 TL Backpulver mischen und über die Masse sieben. Alles glatt verrühren.
100 g Blaubeeren waschen und vorsichtig unterheben.
Den Teig auf sechs Muffinförmchen gleichmäßig verteilen.

Die Muffins ca. 16–18 Minuten goldbraun backen, im Anschluss abkühlen lassen.

Für das Zitronentopping:
150 g weiche Butter schaumig aufschlagen und mit
150 g Marshmallow-Fluff und
5 EL Lemon Curd verrühren.
Kurz kühl stellen, bis die Masse wieder etwas fester und gut spritzfähig geworden ist.
Das Topping in eine Spritztüte füllen und die Muffins damit dekorieren.

MINI-WINDBEUTEL MIT LAVENDELPUDDING UND ROSMARIN-GANACHE

Ofen auf 180 Grad Umluft vorheizen.
Ein Backblech mit Backpapier auslegen.

Für die Windbeutel:
500 ml Wasser,
500 ml Milch,
20 g Zucker und
350 g Butter in einen Topf geben und bei schwacher Hitze erwärmen, bis die Butter geschmolzen ist, danach kurz aufkochen, vom Herd nehmen und
500 g Mehl und
10 g Salz mischen und einrühren. Wenn alles miteinander verrührt ist, den Topf zurück auf den Herd geben und bei mittlerer bis starker Hitze »abbrennen«, bis sich der Teig zu einem Ball formt und ein weißer Belag am Topfboden sichtbar wird.
Den Teig in die Küchenmaschine geben und mit dem Bischofsaufsatz kalt rühren. In der Zwischenzeit
11 Eier aufschlagen und miteinander verrühren.

Wenn der Teig kalt genug ist, die Eier nach und nach hinzugeben. Dabei immer wieder die Konsistenz des Teigs überprüfen und, falls der Teig zu flüssig wird, nicht alle Eier zugeben. Den fertigen Teig in einen Spritzbeutel füllen, ca. 3,5 cm große Bällchen auf das Backblech spritzen und ca. 20–30 Minuten backen.
Achtung: Erst den Backofen öffnen, wenn eine deutliche Kruste auf den Windbeuteln entstanden ist.

Für den Lavendelpudding:
200 ml von 1,75 l Milch mit
130 g Vanillepuddingpulver verrühren. Die restliche Milch mit
140 g Lavendelzucker und
7 TL getrockneten Lavendelblüten aufkochen, kurz ziehen lassen und erneut aufkochen. Danach die aufgekochte Lavendelmilch durch ein Sieb zu der Puddingpulvermischung geben und verrühren. Die Masse zurück in den Topf geben und kochen, bis sie andickt. Die Lavendelblüten zermahlen, erneut hinzugeben und den fertigen Pudding kalt stellen.

Für die Rosmarin-Ganache:
500 g Sahne mit
3 Zweigen frischem Rosmarin
und
5 TL frischem gehacktem Rosmarin aufkochen und ziehen lassen. Danach die Rosmarin-Sahne erneut aufkochen, durch ein Sieb über
1 kg klein gehackte weiße Schokolade geben, rühren, bis die Schokolade geschmolzen ist, alles gut vermischen und dann kalt stellen.

Fertigstellung:
Die ausgekühlten Windbeutel mit dem Lavendelpudding und der Rosmarin-Ganache füllen, dabei jeden Windbeutel mit ca. ⅔ Lavendelpudding und ⅓ Rosmarin-Ganache befüllen.

Für die Dekoration:
400 g weiße Schokolade schmelzen und mit Lebensmittelfarbe mintgrün einfärben.
400 g weiße Schokolade schmelzen und mit Lebensmittelfarbe lavendelfarben einfärben. Die Hälfte der Windbeutel in die mintfarbene, die andere Hälfte in die lavendelfarbene Schokolade eintauchen. Mit den Resten der Schokolade die jeweils anderen Windbeutel mit leichten Streifen und Tropfen überziehen. Mit glänzenden weißen Zuckerperlen unterschiedlicher Größe und kleinen Lavendel- und Rosmarinzweigen dekorieren. Schokolade aushärten lassen.

MÖHRENKUCHEN

Backofen auf 180 Grad Ober-/
Unterhitze vorheizen.
Eine Kastenform (ca. 26 cm) mit
Backpapier auslegen.

Für den Teig:
200 g geschälte Möhren sehr fein
raspeln.
4 Eier trennen. Das Eiweiß mit
1 Prise Salz sehr steif schlagen.
Das Eigelb in einer zweiten Schüssel mit
**130 g Zucker (oder 100 g Birken-
zucker/Xylit)** schaumig schlagen.
Die Möhren und
200 g gemahlene Mandeln in die
Masse rühren.
1 TL Zitronensaft und
1 TL Zitronenabrieb dazugeben.
50 g Mandelmehl mit
1 ½ TL Backpulver mischen und
unterrühren.

Den Eischnee vorsichtig unterheben. Alles in die Form geben und
etwa 1 Stunde backen. Danach
10 Minuten abkühlen lassen, anschließend aus der Form lösen.

Für die Dekoration:
4–5 junge Möhren schälen, dabei
das Grün nicht ganz entfernen.
30 g Butter,
1 Prise Salz und
15 g Zucker in eine Pfanne geben
und schmelzen lassen. Möhren
hinzufügen und häufig wenden.
Darauf achten, dass sie nicht
braun werden.
150 ml Wasser hinzugeben und
die Möhren darin köcheln lassen.
Die Möhren sind fertig, wenn
die Flüssigkeit verschwunden ist
und die Möhren von einem Glanz
überzogen sind.
Möhren abkühlen lassen und als
Dekoration längs auf den Kuchen
legen. Alles mit
Puderzucker bestäuben.

MALLORQUINISCHER LOW-CARB-MANDELKUCHEN

Den Backofen auf 150 Grad Umluft vorheizen.
Eine Springform (25 cm) mit Backpapier auslegen und beiseitestellen.

Für den Teig:
8 Eier trennen. Das Eiweiß mit **1 Prise Salz** zu sehr steifem Eischnee schlagen und zur Seite stellen. Das Eigelb mit
180 g Birkenzucker/Xylit,
1 Fläschchen Vanillearoma und **1 TL Zimt** verrühren, bis eine sämige Masse entsteht.
300 g ungeschälte gemahlene Mandeln mit der Eimasse verkneten.
2 TL Zitronenschale hinzugeben.
Den Eischnee vorsichtig unterheben, dabei darauf achten, dass die Masse luftig bleibt.
Den Teig in die Form geben und ca. 60 Minuten backen.
Stäbchenprobe durchführen. Wenn nichts am Holzstäbchen haften bleibt, ist der Kuchen fertig. Kuchen aus der Form lösen und abkühlen lassen.

Für die Dekoration:
100 g Mandelsplitter in einer Pfanne ohne Öl rösten, bis sie goldbraun sind. Abkühlen lassen und auf dem Kuchen verteilen.
40 g Birkenzucker/Xylit zu Puderzucker mahlen und den Kuchen damit vor dem Servieren bestäuben.

Nährwerte pro Stück (12 Stücke):
235 kcal, 19,4 g Fett, 1,8 g Netto-Kohlenhydrate, 10,9 g Protein

Muffinform mit Papierförmchen auslegen und Backofen auf 170–175 Grad Ober-/Unterhitze vorheizen.

Annemies Tipp:
Wenn Sie auf mehreren Etagen backen, nehmen Sie Umluft und reduzieren Sie die Wärme um ca. 10–15 Grad.

Für den Teig:
240 ml Guinness mit
225 g Butter in einem kleinen Topf erhitzen und köcheln lassen, bis die Butter komplett aufgelöst ist.
60 g Backkakao dazugeben und alles zu einer glatten Mischung verrühren.
285 g 550er Weizenmehl,
380 g extrafeiner Zucker,
1 ½ TL Backsoda und
¾ TL Salz in eine Schüssel geben und mit einem Schneebesen alle Zutaten gut vermischen. Zur Seite stellen.
In der Küchenmaschine
2 Eier (Gr. L) und
150 g saure Sahne (beides in Zimmertemperatur) zu einer cremigen Masse verrühren.
Die abgekühlte Guinness-Butter-Kakao-Mischung (leicht warm darf sie noch sein) in die Küchenmaschine geben und so lange rühren lassen, bis eine homogene Masse entsteht. Die Rührgeschwindigkeit reduzieren und die Mehlmischung dazugeben. Nur kurz rühren, bis der Teig schön glatt ist. Teig in die Muffinförmchen geben, bis diese dreiviertelvoll sind.
17–19 Minuten backen. Stäbchenprobe machen.
Die Cupcakes 5 Minuten in der Form abkühlen und dann auf dem Kuchengitter komplett auskühlen lassen.

Für die Whiskey-Ganache:
160 ml Sahne erhitzen.
175 g Vollmilchschokolade und
50 g Zartbitterschokolade klein hacken, in eine Schüssel geben und mit der heißen Sahne übergießen. 2–3 Minuten stehen lassen und dann mit einem Küchenspatel von der Mitte her verrühren, bis sich eine schöne cremige Ganache bildet.
30 g weiche Butter dazugeben und ebenfalls gut unterrühren.
Zum Schluss
2 TL Whiskey dazugeben.
Die Ganache abkühlen lassen, in einen Spritzbeutel geben und auf den Muffins verteilen.

DEATH BY CHOCOLATE

Den Ofen auf 180 Grad Ober-/ Unterhitze vorheizen.
Eine Springform (ca. 25 cm) mit Backpapier auslegen, evtl. mit Kakaopulver ausstreuen.

Für den Teig:
300 g **Butter** schmelzen.
300 g **Zartbitterschokolade** grob hacken, mit der Butter verrühren und bei geringer Hitze schmelzen.
5 **Eier** mit
5 **EL Zucker** und
1 **Prise Salz** schaumig schlagen.
150 g **Mehl** sieben, mit
½ **TL Backpulver** mischen und mit der flüssigen Schokobutter unter die Eiercreme ziehen. Die Masse in die Springform füllen, glatt streichen und ca. 35 Minuten backen. Auskühlen lassen.

Für die Creme:
400 g **Sahne** bei schwacher Hitze warm werden lassen.
400 g **Zartbitterkuvertüre** in kleine Stücke teilen und in der Sahne schmelzen und verrühren.
Die Schokosahne in zwei Portionen aufteilen. In einer Portion 30 g **Butter** schmelzen lassen und verrühren.
Kuchen und Cremes über Nacht ruhen lassen, die Cremes im Kühlschrank.

Den Kuchen zweimal waagerecht durchschneiden.
Die Schokosahne ohne Butter (Füllung) aufschlagen, auf die Böden streichen und den letzten Boden aufsetzen.
Die Schokosahne mit der Butter (Glasur) sanft bis zur Streichfähigkeit erwärmen, den Kuchen rundherum damit bestreichen und noch mal für mindestens 2 Stunden kühl stellen.

BRÖTCHEN MEERESBLICK (12 STÜCK)

Backofen auf 200 Grad vorheizen. Ein Backblech mit Backpapier auslegen.

150 g **Kichererbsenmehl**, 60 g **Chiasamen**, 30 g **Flohsamenschalen**, 1 Pck. **Weinsteinbackpulver** und 1 ½ TL **Salz** mischen. 200 g **Frischkäse** mit 2 **Eiern** (Gr. M) in einer großen Schüssel gut verrühren. Die Mehlmischung portionsweise unterrühren, bis der Teig fest wird. Wenn er zu krümelig wird, etwas Wasser dazugeben. Der Teig soll fest, aber nicht klebrig sein. 20 Minuten quellen lassen. Den Teig in 12 gleich große Portionen aufteilen. Aus den Teiglingen runde Brötchen formen. Je 2 TL **Sesamsamen**, 2 TL **Mohn** und 2 TL **Sonnenblumenkerne** sortenrein oder gemischt auf die Brötchen streuen. Auf der mittleren Schiene etwa 20 Minuten goldbraun backen. Auskühlen lassen oder noch lauwarm mit frischer Butter genießen.

Annemies 1. Tipp:
Statt des Kichererbsenmehls lässt sich auch Kürbiskernmehl sehr gut verwenden. Die Brötchen werden dann sehr kräftig im Geschmack.

Annemies 2. Tipp:
Die Brötchen sollten geschliffen werden. Dazu dreht man sie unter der leicht gewölbten Hand auf der Arbeitsfläche im Kreis. Auf diese Weise wandert der äußere Teig nach unten in den sogenannten Schluss des Teiglings, er dehnt sich und umspannt den Teigling wie ein Gummi. Diese Spannung hält die Brötchen beim Backen zusammen, sodass sie schön rund bleiben.

Anmerkung der Autorin:
Fast genauso schreibt man Krimis. Zum Schluss werden sie so geschliffen, dass die Spannung bleibt und die Geschichte rund wird ...

DANKE

Als Annemie Engel sich 2017 in »Makrönchen, Mord und Mandelduft« anschickte, die Miss Marple der Konditorinnen zu werden, sollte das nicht ihr erstes, sondern ihr einziges Krimiabenteuer sein. Dass sie nun ihr geliebtes Niedelsingen verlassen und an der Küste ausgerechnet den Mord an ihrem Lieblingsschlagerstar aufklären durfte, hat sie nicht zuletzt ihrer Beliebtheit bei Ihnen, liebe Leserinnen und Leser, zu verdanken.
Dafür auch von mir ein herzliches Danke.

Aber auch dieses Buch, meinen zwölften Kriminalroman, hätte ich nicht ohne die Unterstützung fachkundiger Menschen schreiben können. Danke dafür an …

… meine treueste Testleserin Heike König, die mich nicht nur zu meinem ersten Krimi inspiriert hat, sondern mir auch bei jedem der zwölf Bücher mit kritischem Blick zur (Text-)Seite stand.

… Ellen Schmidt, die mir nicht nur ihr reichhaltiges Backrezept-Arsenal (»Ja, da hab ich sicher was«) und ihr großes praktisches Wissen (»Bist du sicher? Hast du das ausprobiert?«) rund um alle Torten, Kuchen, Kekse und wundervollen Füllungen zur Verfügung gestellt hat, sondern auch noch meine letzten Premierenlesungen mit einer jeweils passenden Torte krönte.

… Unterbrandmeisterin Gaby Tatzel (Gab Riela) für ihre Hinweise zu Ursachen, Ablauf und Folgen einer Mehlexplosion (»Wenn es so wäre, wie du es beschreibst, fliegt ihr das ganze Haus um die Ohren …«).

… meine Tochter Eva für die Übersetzung ursprünglich verständlicher Sätze in den Frieda- und Luise-Passagen in Jugendsprache. Meine eigenen Versuche waren dann wohl doch zu cringe. Oder so.

… Marit Obsen, meiner sehr geschätzten Lektorin – es war mir wie immer ein großes Vergnügen.

… den Emons Verlag für Vertrauen und Unterstützung seit mittlerweile mehr als zehn Jahren.

… meinen Agenten Peter Molden für die gute Zusammen-
arbeit und Hilfe in allen Autor/-innenbelangen.

Und zum Schluss danke ich wie immer meinem Mann, meinen
Kindern und meiner ganzen Familie: Ohne euch wäre alles nur
halb so schön.

Weitere Bücher von Erfolgsautorin Elke Pistor:

Alle Titel auch als eBook erhältlich

Weihnachtskrimis:

Makrönchen, Mord & Mandelduft
ISBN 978-3-7408-0203-5

Lasst uns tot und munter sein
ISBN 978-3-7408-0671-2

Kling und Glöckchen
ISBN 978-3-7408-1249-2

Eifel Krimis:

Gemünder Blut
ISBN 978-3-89705-739-5

Luftkurmord
ISBN 978-3-89705-883-5

Eifler Zorn
ISBN 978-3-95451-013-9

Eifler Neid
ISBN 978-3-95451-293-5

www.emons-verlag.de

Weitere Kriminalromane:

Kraut und Rübchen
ISBN 978-3-7408-0267-7

111-Orte-Reihe:

111 Katzen, die man kennen muss
ISBN 978-3-95451-830-2

www.emons-verlag.de